로열 셰프 영애님

fio
ret

로열 세프 영애님 1

초판 1쇄 인쇄 2020년 7월 20일
초판 1쇄 발행 2020년 8월 20일

지은이 리샤
발행인 오영배
편집 편집부
표지·내지디자인 오정인
제작 조하늬

펴낸 곳 (주)삼양출판사 · 피오렛
주소 서울시 강북구 도봉로 173
대표 전화 02-980-2112 / **팩스** 02-983-0660
편집부 전화 02-987-9393 / **팩스** 02-980-2115
블로그 blog.naver.com/dan_gul
출판등록 1999년 3월 11일 제9-00046호

ISBN 979-11-283-9961-9 (04810) / 979-11-283-9960-2 (세트)

fioret 은 (주)삼양출판사의 로맨스 판타지 문학 브랜드입니다.

로열 셰프
영애님

Royal Chef Lady

Ⅰ

리샤
장편소설

fio
ret

Contents

1장

　하녀들이 축 처진 내 팔을 비틀듯 잡아 끌어냈다. 끊어질 것 같은 신음에도 아랑곳없었다. 그저 명받은 대로 나를 식당 안으로 욱여넣을 뿐.

　"모셔왔습니다."

　하녀의 말에 팔짱을 끼고 있던 여자가 고개를 들었다. 여자의 얼굴을 보는 순간 머릿속에 자막 같은 것이 떠올랐다.

　[플로헤타 메리아덴.]

　'내' 아버지의 네 번째, 아니, 정식으로는 세 번째 부인 후보로 1년 전 이 집안에 들어와 후작 부인 대행 중이다. 그녀가 앉으라는 말과 함께 하인을 쳐다보자 내 곁에 서 있던 하인이 냉큼 의자 위로 나를 찍어 눌렀다.

"네가 하루하루 말라가니 어른들을 뵐 면목이 없구나. 자, 세니아나. 너를 위해 준비했단다."

그녀의 말이 떨어지기 무섭게 테이블에 접시가 올라왔다. 접시의 돔을 치우자 지독한 외형의 음식이 보였다. 반쯤 녹은 연어는 본래 색을 알아보기 힘들 정도로 잔뜩 곰팡이가 피어 있었고, 진동하는 썩은 내는 구역질이 날 만큼 독했다.

"세니아나."

그녀가 포크를 허공에서 빙글빙글 돌리며 나를 불렀다.

"나는 네 천한 어미가 각하를 꼬여내지만 않았다면 일찌감치 이 집안의 안주인이 되었을 거란다."

"……."

"그러니 그 천한 년을 빼닮은 네가 오죽 역겹겠니."

요요한 얼굴이 왈칵 구겨지며 눈초리가 표독스러워졌다. 그녀가 우악스럽게 썩은 연어가 찍힌 포크를 내 손에 쥐어 주었지만, 내가 움직이지 않자 그녀의 눈썹이 꿈틀거렸다.

"누가 매춘부의 자식이 아니랄까 봐 말귀를 못 알아먹는구나."

하녀들이 킥킥, 조소하는 소리가 들려옴과 동시에 플로헤타는 눈을 부라리며 크게 일갈했다.

"매달아 매질하기 전에……!"

나는 그녀의 입이 벌어지는 틈을 놓치지 않고, 다 문드러져 썩은 물이 줄줄 흐르는 연어를 그녀의 입에 쑤셔 넣었다.

"……."

역한 냄새에 그녀는 반사적으로 표정을 굳혔다. 그리고 상황 파악을 하기까지 수 초.

"꺄아아악!"

플로헤타의 날카로운 비명에 별채가 요동쳤다. 동시에 입에 들어가 있던 연어가 그녀의 무릎 아래로 툭 떨어졌다.

"욱! 웨엑!"

소스라치게 놀란 하녀들이 황급히 그녀에게 뛰어갔다. 플로헤타가 토악질을 하느라 눈물이 그렁그렁한 눈으로 나를 노려보았다.

"너……, 너! 우웩!"

한겨울에 난방조차 되지 않는 방으로 내몰고, 얇은 홑이불 하나만 덜렁 놔둔 것은 참았다. 수틀릴 때마다 찾아와 시비를 거는 것도 그러려니 했다. 매달아 매질할 때도 꾸역꾸역 눌러 참았단 말이다.

'그런데 이제는 썩은 음식까지 먹으라고?'

더는 못 참겠다. 나는 바닥에 엎드려 구역질하는 그녀를 향해 입을 열었다.

"너나 많이 드세요."

세니아나는 죽으면 된다고 여겼을지 몰라도 난 아니다. 네 눈앞에 있는 나는 산전수전에 공중전까지 겪은 윤세나였으니까!

*   *   *

보름 전만 해도 나는 식당을 운영하는 20대의 사회인이었다. 그때의 내 아버지는 좋은 부모라고 할 수 없었다. 노름 좋아하고, 술 좋아하고, 여자를 좋아하는 데에 이어 천성이 게을러서 일자리를 구해도 사흘이 못 갔다.

'그래서 사채 빚이 어마어마했지.'

우리는 매일같이 빚쟁이들에게 쫓겼다. 운 없는 날이면 나 혼자 잡혀서 '아버지 있는 곳을 대라'며 두들겨 맞았다. 그래서 여덟 살에 고아원에 버려졌을 땐 차라리 고마울 지경이었다. 물론 고아원이라고 마냥 편한 곳은 아니었지만.

나는 글자도 모르고, 말도 어눌한 데다가 사람이 다가와도 버려질까 두려워 담을 쌓는 아이였다. 그런 탓에 언젠가부터 따돌림을 받게 되었다.

'하지만 그곳에서 부모님 같은 선생님을 만났어.'

선생님은 날 선 내게 끊임없이 손을 내밀어 주셨다. 철옹성 같은 벽도 그분 앞에선 소용이 없었다. 그분은 내게 유일한 친구였고, 동시에 부모님이었다. 나는 애정을 비롯한 모든 것을 그분에게서 배웠다.

성인이 된 후엔 선생님과 함께 작은 식당을 차렸다. 아주 작지만 내겐 세상 제일가는 안식처였다.

'선생님께서 돌아가시기 전까지는.'

췌장암이었다. 병을 알았을 땐 이미 손을 쓸 수 없었고, 선생님은 1년도 채 버티지 못하고 돌아가셨다. 선생님의 유골을 바다에 뿌리고 돌아오던 길에 나는 멍하니 횡단보도를 건너다가 덤프트럭에 치였다. 꼼짝없이 죽었구나, 싶었는데 일어나 보니 이 세계였다.

'─라는 건 흔한 패턴일까.'

소설에선 말이야.

나는 깊은 한숨을 내쉬며 거울을 빤히 쳐다보았다. 청녹발에 짙은 분홍색 눈, 작은 키와 빼빼 마른 몸을 한 소녀가 보였다.

'세니아나 프렌시프.'

동부의 절대강자라 불리는 프렌시프 가문의 막내딸. 타이틀만 보면 근사할지 몰라도 나는 조금도 기쁘지 않았다.

'그야 가족이 이상하니까!'

세니아나는 위로 오빠가 둘이 있는데 남매는 모두 어머니가 달랐다. 오빠들의 어머니들은 대단한 권력가의 여식이거나 왕국의 공주로 고귀한 핏줄이었으나 세니아나의 모친은 아니었다.

비천한 떠돌이 민족. 그것도 매춘부라는 소문의 노예. 그녀는 세니아나를 빼앗긴 채 성에서 쫓겨나고 말았다. 설상가상 서부로 이동 중에 이민족 탄압으로 사망했다.

사람들은 세니아나만 보면 수군거렸고, 그 때문인지 세니아나의 성격은 표독해졌다. 모든 불행을 가족 탓이라고 여기며 시위하듯이 각종 사건을 일으켰다. 종국엔 극심한 우울증까지 생겨 눈만 떼면 자살을 시도할 정도였다.

'마지막 시도에 기어이 성공해서 빈 몸에 내가 들어온 거야.'

가뜩이나 꺼림칙한 핏줄을 가진 애가 집안을 매번 발칵 뒤집어 놓았다. 그 탓에 조부는 세니아나를 혐오했고, 아버지는 피했으며 오빠들은 벌레 취급했다.

1년 전엔 플로헤타까지 등장했다. 처음엔 살살 눈치를 보며 괴롭히더니 점점 정도가 심해졌다. 내가 이 몸에 들어왔을 땐, 하녀들을 포섭해 매질까지 했다.

‘여긴 완전히 헬게이트야. 전쟁 위험 지대라고!’

그런 생각을 하는데 똑똑, 노크 소리가 들렸다. 고개를 틀자 나이 지긋한 남자가 나를 향해 허리를 굽혔다.

‘아, 집사다.’

내가 그런대로 이 세계에 적응하는 건 이것 덕분이었다. 세니아나의 육체가 일부나마 기억을 저장하고 있었기 때문이었다.

"큰 주인님께서 부르십니다."

집사의 말에 나는 조용히 한숨을 내쉬었다. 큰 주인님이라면 세니아나의 할아버지를 뜻하는 것이다. 그가 나를 부른 이유는 대충 짐작이 갔다. 플로헤타와의 일 때문이겠지.

‘우우, 가고 싶지 않아.’

하지만 가지 않으면 더 큰 일이 벌어질 게 틀림없으니 어쩔 수 없이 나는 집사를 따라나섰다.

*　　　*　　　*

내가 홀로 지내는 별채를 떠나 성안으로 들어왔다. 이 몸으로 들어온 지 보름이 됐지만, 성안 구경은 처음이었다.

‘우와아……!’

먼지 한 톨 없는 반질반질한 바닥을 거닐며 주변을 둘러보았다. 벽면은 휘황찬란한 금빛이고, 걷는 곳마다 기가 질릴 정도로 고급스러운 장식물이 놓여 있었다.

‘저 꽃병 하나만 있어도 평생 먹고 살겠다.’

'세상에, 저 액자는 뭐지? 보석이 빽빽하잖아.'

'부엉이 조각상 목에 다이아가… 주먹만 한 다이아가…….'

별천지가 따로 없었다. 언젠가 티브이에서 보았던 고상한 이름의 프랑스 성이 꼭 이랬던 것 같다.

집사와 함께 대접견실이라는 곳으로 들어가니 조부는 사치스러운 의자에 앉아 있었다. 그리고 양옆으로 세니아나의 두 오빠, 란슬롯과 가웨인이 뒷짐을 진 채 서 있었다.

"흑, 흐으윽."

플로헤타는 란슬롯의 옆에서 연신 훌쩍였다. 눈을 감고 있던 조부가 느리게 눈꺼풀을 올렸다. 세니아나의 눈을 본뜬 것 같은 붉은 눈이 위험하게 번뜩였다.

"내 성에 미친 망아지가 있었군."

소리를 친 것도, 그렇다고 노려본 것도 아닌데 온몸이 긴장된다. 기묘하리만큼 강렬한 위압감이었다.

'과연 동부의 왕이라고 불릴 만하네.'

대륙의 패권을 차지한 제국, 그 제국에서도 다섯 손가락 안에 드는 유서 깊은 가문이 바로 프렌시프였다. 그런 집안의 지배자가 바로 나베리우스 프렌시프, 세니아나의 조부다. 그는 이른 나이에 아들에게 작위를 물려주었지만, 여전히 동부의 왕으로 군림하고 있었다.

"네 행동이 도를 넘었다, 세니아나."

그러자 플로헤타가 나를 감싸는 체하며 끼어들었다.

"아버님, 모든 게 다 제 탓이에요. 제가 못나서 어미로 인정받지 못했어요."

그러면서 손수건에 거짓 눈물을 찍어 내는 모습을 보니 대충 상황 파악이 된다. 저 여자가 온갖 거짓말을 섞어서 연어 사건을 일러바친 게 틀림없다.

플로헤타는 어깨를 가늘게 떨며 말했다.

"세니아나, 네 사과 한마디면 나는 괜찮아."

나는 기가 막혔다. 세니아나의 성격을 뻔히 알면서 이런 쇼라니. 세니아나라면 절대로 사과하지 않을 거다. 정말 잘못을 한 것도 아니거니와 그녀의 자존심상 사과할 리가 없다.

'그걸 알면서 이러는 건 더 큰 벌을 받으라는 거잖아.'

플로헤타가 다정한 척 내게 다가왔다.

"응? 세니아나, 잘못했다는 말 한마디면 용서해 줄 테니……."

'흐음.'

사실 나는 싸움을 좋아하는 편은 아니었다. 어제까지 저 여자의 만행을 참았던 것도 비슷한 이유였다. 어느 정도인가 하면 나를 오래 보지 않은 사람들이 '순둥이'라고 부를 정도였다. 여기서 요점은 '나를 오래 보지 않은 사람들'이 그렇게 불렀다는 거다.

나는 산전수전을 다 겪은 고아였다. 걸어오는 싸움을 피하면 먹이 사슬의 최하층으로 전락하는 건 순식간이라는 걸 잘 알고 있다. 나는 조부를 바라보며 천천히 입을 열었다.

"저기…… 음."

뭐라고 불러야 할까? 사람들은 공경의 의미로 그를 '어르신'이라고 불렀다.

'세니아나도 어르신이라고 불렀어.'

그렇지만 남들과 같은 뜻은 아니었다. 남보다 못한 사이라는 걸 보여 주려던 것이었다. 그러니까 여기서 어르신이라고 부르는 건 역효과만 나겠지. 고민하던 나는 부드러운 어조로 그를 불렀다.

"할아버지."

― 하고.

그의 냉소적인 눈빛이 잠시 흔들렸다.

"할아버지께서 정 사과하라고 하신다면, 할게요."

예상치 못한 말이 연이어 나오자 몇몇의 얼굴에 당황한 기색이 역력했다.

"하지만 할아버지께서도 제게 사과해 주세요."

할아버지의 미간이 구겨졌다. 또 무슨 수작이냐는 표정이었지만, 나는 침착하게 말을 이었다.

"사과를 하는 건 저 여자의 거짓말에 굴복하는 거고, 제가 굴복하는 이유는 할아버지와 다투고 싶지 않기 때문이에요."

"뭐라고?"

"그러니까 제가 억울해져서 매일매일 눈물로 베갯잇을 적시게 되는 건 다 할아버지의 잘못이잖아요?"

할아버지는 한동안 굳어 있었다. 조금 시간이 지난 후에야 작은 실소가 흘러나왔다.

"허……. 뭐가 그토록 억울해서 매일매일 눈물로 베개를 적신단 말이냐."

나는 검지를 쭉 뻗어 플로헤타를 가리켰다.

"제가 준 건 원래 저 사람이 준 음식이거든요."

대접견실에 있던 모두의 시선이 그녀에게 향했다.

"그렇죠?"

플로헤타는 잔뜩 당황해서 입술만 옴짝거렸다. 세니아나는 플로헤타가 이 집안에 들어오기 전부터 삶을 포기했다. 죽을 생각만 했기에 그녀에게 반격한 적이 없었다.

'처음으로 반격당한 것이니 당황할 만도 하지.'

당황은 흥분으로 이어지고, 흥분한 사람은 틈이 생긴다.

"나는 그게 상한 음식인지 몰랐어! 하지만 너는……."

그렇지. 지금처럼 앞뒤가 안 맞는 말을 하거든.

"그렇다면 저도 몰랐겠지요. 좁은 테이블에 함께 있었잖아요. 그쪽이 모르는데 제가 어떻게 알아요?"

"그건……!"

당황한 그녀가 할아버지를 힐끔거리다가 치맛자락을 꽉 움켜쥐었다.

"거짓말은 그만둬. 너는 알고도 내게 썩은 음식을 먹였어!"

나는 비음을 흘리며 그녀를 지그시 보았다.

"증거는요?"

"뭐?"

플로헤타의 얼굴이 굳어졌다.

"하녀들이 그 일을 다 보았……!"

하녀 얘기가 나올 줄 알았다. 별채의 하녀는 대부분 그녀에게 매수당했으니까 거짓말을 서슴없이 할 거다. 하지만 예상했던 바이기에 태연히 대꾸했다.

"하녀들이 알았다면 더 이상하지요. 썩은 음식인 걸 알고 내왔다는 거니까요."

"그, 그건……!"

"주인을 얼마나 무시했으면."

할아버지는 묘한 표정으로 상황을 지켜보고 있었다. 그의 눈치를 본 플로헤타가 버럭 소리쳤다.

"나, 나는 그런 느낌을 받았어! 너는 분명……!"

나는 고민하는 척 고개를 모로 꼬았다.

"그러니까 이런 건가요? '그런 기분'만으로 이 소란을 만들었다."

"……!"

그녀는 말문이 막혀서 대답하지 못하고 입술을 꽉 깨물었다. 할아버지는 잠시 침묵하더니 이내 플로헤타에게 시선을 고정했다.

"그, 그게 아니라……."

그녀가 얼른 할아버지에게 다가갔다. 그러나 할아버지는 그녀의 말을 들어주지 않고 일어섰다.

"형편없군."

"오해예요! 해명하게 해 주세요. 그러니까 이건……!"

"어리석은 녀석."

"……예?"

"성의 일에서 손을 떼라."

"그, 그런…… 아버님!"

예비 후작 부인으로 온갖 호사를 누리던 플로헤타는 세상이 무너진 표정이었다. 그녀는 마치 사형 선고를 받은 죄수 같았다. 할아버지를 향해 뻗은 손이 달달 떨렸으나 그는 변명을 들어주지 않고 그녀를 지나쳤다. 그때, 할아버지와 나의 시선이 잠시 마주쳤다.

'응?'

세니아나 기억 속의 할아버지는 굉장히 무서웠고, 항상 한심한 눈으로 손녀를 보았다. 그런데 이상하게 오늘은 평소와 표정이 달랐다. 평소처럼 한심하다거나 혐오스럽다는 표정이 아니었다.

'어쩐지…….'

그런 생각을 하던 나는 고개를 절레절레 흔들었다. '말도 안 되는 일이지'라고 생각하며.

*　　*　　*

별채로 돌아온 나는 의자에 쪼그려 앉았다. 한숨이 절로 나온다.

'이대로 살아야겠지.'

이 몸에 들어온 후로 별짓을 다 했으나 돌아갈 수 없었다. 하지만…….

'드라마나 영화에 나오는 귀족은 엄청 잔인했잖아.'

미디어에서 본 장면들이 파노라마처럼 머릿속을 스쳐 지나갔다. 권력을 위해 부모가 자식을 희생시키고, 권좌를 차지하기 위해 형제가 서로를 죽였다.

'세니아나의 가족들이 피붙이라고 봐줄까?'

절대로 아니다. 봐줬더라면 애초에 플로헤타의 만행이 불가능했을 테니까.

'세니아나의 평소 행실상 죽게 될 가능성이 매우 매우 높아.'

머리가 뎅겅, 잘려서 맥없이 떨어지는 상상을 하자 소름이 돋았다.

'주, 죽긴 싫어.'

개똥밭에 굴러도 이승이 낫다는 말은 괜히 있는 게 아니라고.

'그렇다고 땡전 한 푼 없이 도망칠 수도 없는데…….'

끙끙거리며 고민을 하던 나는 이내 조그맣게 중얼거렸다.

"일단 잘해 주자."

그러면 쉽게 죽이지는 못하겠지……. 나는 우울한 얼굴로 결심했지만, 문제는 여전히 남아 있었다. 세니아나의 기억은 완전한 게 아니었다. 흐릿한 기억도 있고, 아예 지워진 것처럼 모르는 일도 있었다.

'별채로 쫓겨나게 된 사건도 무슨 일인지 전혀 모르겠어.'

만약 돌이키기 힘든 일이라면? 내가 알고 있는 일이 어디까지고, 모르는 일이 어디까지지?

'정보원이 필요해.'

정보원으로 가장 적합한 건 하녀였다. 가까이에 있으니 언제든 정보를 얻을 수 있을 것이다. 하지만 별채는 플로헤타의 끄나풀로 가득했기에 사람을 잘 보고 골라야 한다.

'아…!'

그런 생각을 하자 가장 먼저 떠오르는 사람이 있었다.

"시트론!"

이 별채에서 유일하게 플로헤타에게 맞서던 인물이었다.

　　　　　*　　　*　　　*

　나는 시트론을 찾기 위해 방을 나섰다. 하지만 시트론은커녕 사용인들조차 보이지 않았다. 때마침 괘종시계가 뎅 — 뎅 — 울었다.

　'아, 사용인들의 석간 회의 시간이 이쯤이었던 것 같아.'

　나는 석간 회의를 하는 지하로 내려갔다. 아니나 다를까 코너 안쪽에서 웅성거리는 소리가 새어 나왔다. 그쪽으로 걸어가려는데 짝 — ! 하고 날카로운 마찰음이 들렸다.

　"어디서 말대답이야!"

　이어서 터지는 고함은 하녀장의 것이었다. 복도 모퉁이를 돌자 예상대로 하녀장이 보였고, 그녀 앞에 낡은 제복의 하녀가 쓰러져 있었다. 쓰러진 하녀를 보자마자 난 알 수 있었다.

　'저 사람이 시트론이야.'

　그때 하녀장이 기척을 알아차리고 고개를 돌렸다. 내 얼굴을 본 그녀가 왈칵 인상을 쓰며 침묵했다. 나는 낮은 목소리로 물었다.

　"무슨 일이지?"

　"모르셔도 될 일입니다."

　그녀는 턱을 치켜들고 성가시다는 듯 대답했다. 몹시 오만한 태도였다. 누굴 믿고 이렇게 오만한지는 뻔하지.

　'태도가 딱 플로헤타 판박이잖아.'

　하녀장 니콜은 플로헤타의 유모 출신으로 그녀와 함께 이 성에 들어왔다. 그 뒤로 그녀의 충실한 앞잡이가 되어 별채를 엉망진창으로 만드는 데 일조했다. 플로헤타가 매질할 때, 나를 공중에 매단 사람도 하녀장이었다.

'내 방에 불도 때지 않고 이불을 뺏어간 것도, 옷장에 가둔 것도!'

다른 건 몰라도 이불을 뺏어 갔을 땐 정말 우울했다.

'지금은 한겨울이라고. 얼어 죽을 뻔했단 말이야.'

"이 별채에서 내가 몰라도 되는 일은 없어."

하녀장의 입매가 우그러졌다. 그녀는 헛웃음을 터뜨리고는 고개를 삐뚜름하게 젖혔다.

"사용인을 교육 중이었습니다."

"무슨 까닭으로?"

"되바라졌거든요."

그녀의 말에 소수의 사용인들이 쓰러진 시트론을 소리 없이 비웃었다. 하녀장과 말을 섞은 건 이번 한 번뿐이지만, 나는 대번에 그녀의 성격을 파악할 수 있었다.

오만하고 비열한데 눈치는 없는 사람. 눈치가 있는 사람이라면 내가 플로헤타의 입에 썩은 연어를 쑤셔 넣었을 때부터 자중했어야 옳다. 그건 내 안에서 무언가 변화했다는 뜻이었으니까.

내가 움직이려 마음먹는다면, 플로헤타를 단번에 아웃시킬 수는 없어도, 하녀 하나의 인생쯤은 쥐고 흔들 수는 있다. 나는 하녀장에게 다가가 짝! 뺨을 내리쳤다.

"이, 이게 무슨 짓······!"

"되바라진 하녀를 교육한 것뿐인데."

"뭐라고요?"

처음엔 기가 막힌 듯 어버버거리던 하녀는 이내 눈을 표독하게 치켜떴다.

"저는 레이디 메리아덴을 유년 시절부터 모셔 온……!"

짝! 한 번 더 맞은 그녀가 홱, 고개를 돌리고 나를 찢어 죽이기라도 할 것처럼 노려보았다.

"이 일을 레이디 메리아덴에게……!"

짝! 하녀장이 바닥에 시선을 고정한 채 파르르 떨었다. 새파랗게 질린 얼굴에서 수치와 굴욕감을 읽을 수 있었다. 세 대를 연이어 뺨을 내리쳤더니 내 손바닥도 새빨갛게 부어올랐다.

'사람을 때리고 싶지 않지만.'

나는 윤세나일 적 경험으로 진상은 가만히 두면 점점 더 심하게 군다는 걸 잘 알고 있었다. 술을 따라 보라고 명령하거나 허리를 쓰다듬으려 굴었다. 경찰에 신고한 후에야 잠잠해지는 종자들이 진상이었다.

손을 가볍게 털던 나는 사용인들을 쭉 둘러보았다. 경악한 사람도 있었고, 긴장한 사람도 있었다. 눈치 있는 몇은 처음 내가 왔을 때부터 쭉 고개를 푹 수그리고 있었다. 하녀장 또한 그제야 나의 변화를 느끼고 입을 꾹 다물었다. 나는 하녀장의 가슴에 달린 휘장을 떼어 냈다.

"해고야, 당신."

하녀장의 눈이 크게 뜨이더니 눈동자가 사정없이 흔들렸다. 무어라 뻐끔거렸으나 나는 그녀에게서 시선을 돌려 뻣뻣하게 군은 사용인들에게 말했다.

"휘장을 반납하고 싶은 사람이 더 있어?"

사용인들의 어깨가 흠칫 솟아올랐다.

"아, 아닙니다!"

"여기 외부인을 끌어내."

"예, 옛!"

하녀장이었던 여자가 당황하며 팔을 내저었지만, 사용인들은 양 팔과 다리를 단단히 붙잡고 질질 끌어냈다.

"이거 놔! 놓으란 말 안 들려?! 레이디 메리아덴께서 아시면 너희들이 무사할 성……!"

그녀가 비명 같은 고함을 내질렀지만 그뿐이었다. 해고에 겁먹은 사용인들은 그녀를 놓아주지 않았다. 모두 나간 뒤 대기실엔 나와 시트론만 남았다.

"자."

내가 손을 내밀자 그녀의 동공이 일렁거렸다. 하지만 곧 조심스레 내 손을 잡으며 몸을 일으킨 그녀가 고개를 숙였다.

"괜찮니?"

"예."

"달리 다친 곳은 없고?"

"……."

그녀는 아무런 말 없이 나를 빤히 쳐다보았다. 그러다 조그맣게 중얼거렸다.

"회유하시는 건가요?"

'회유?'

무슨 의미냐고 물어보기도 전에 그녀가 먼저 말했다.

"소용없어요. 저는 이곳을 나가지 않을 겁니다."

그때 머릿속에 어떤 장면이 떠올랐다.

[아가씨, 다시는 주제넘은 말을 입에 담지 않겠습니다. 떠나란 말씀
만은 거두어 주세요.]

불현듯 떠오른 기억에 혼란스러워졌다.

'세니아나가 시트론을 쫓아내려고 했다는 거야?'

어째서? 시트론은 그녀를 위해서 플로헤타와 맞선 인물이었기에
쫓아낼 이유가 없었다.

'시트론을 싫어한 걸까?'

그렇다기엔 또 이상한 점이 있었다. 가족들과 플로헤타를 처음
봤을 땐 거부감이 느껴졌다.

'육체가 감정을 기억하고 있어서 그런 걸 거야.'

하지만 시트론은 달랐다. 뭐랄까, 오히려 반가웠다. 나는 짧게
침음을 흘리다 가는 한숨을 내쉬었다. 사실은 쫓아내려던 게 아니
라며 거짓말을 해 봤자 소용이 없을 거라는 걸 느꼈기 때문이었다.

"어떻게 된 일인지 잘 모르겠어."

그래서 나는 '말해 줄 수 있는 선'까지의 사실을 얘기하기로 했다.

"네?"

"기억나지 않아. 자살 시도 후에 몇 가지 기억을 잃었거든."

내 말에 눈매가 발갛게 달아오른 시트론이 치맛자락을 꽉 비틀
었다.

"그러니까 왜 그런 바보 같은 짓을. 차라리 제가 도망치자고 할
때 함께 가셨으면······!"

시트론이 휙 고개를 돌리더니 숨을 골랐다.

'아, 그래서······.'

이제야 어떻게 된 일인지 감이 왔다.

'세니아나는 시트론을 싫어하지 않았어.'

처음으로 받는 호의는 아프다. 마치 아물지 않은 상처에 소독약을 바른 것처럼 쓰라렸다. 내가 선생님을 처음 만났을 때 그랬던 것처럼 세니아나도 상처받기 싫어서 가시를 세운 것이다. 시트론이 손가락을 꽉 그러쥐고는 고개를 숙였다.

"제가 또 주제넘은 말을 했습니다. 용서하세요."

그녀의 얼굴 위로 선생님의 얼굴이 덧그려졌다. 나는 얼른 시트론의 손을 잡았다.

"겁이 나서 그랬어!"

그 당시 선생님의 손을 뿌리치며 상처 주었던 것이 가슴에 말뚝처럼 박혀 있었다. 선생님에게 솔직하게 사과하고 싶었는데, 겁쟁이인 나는 돌아가실 때까지 말하지 못했다. 선생님이 달라진 내게 안심하고 떠나실지도 모르니까.

"친절이 나를 약하게 만들까 봐서. 그래서 동정에 익숙해질까 봐 무서웠어······."

"······."

"상처 줘서 미안해."

정말 미안해요.

시트론의 눈이 커다래지더니 한참을 내 손을 바라보았다. 선생님이, 아니, 시트론이 내 손을 뿌리칠까 봐 무서워서 나도 모르게 손이 덜덜 떨렸다. 떨리는 내 손을 바라보던 시트론은 가는 한숨을 흘렸다.

"감사해요."

"……."

"사과해 주셔서."

시트론이 살며시 웃었다.

*　　*　　*

나는 시트론과 함께 내 방으로 들어갔다. 그리고 '내가 사실 세니아나가 아니다'라는 사실만 빼고 자초지종을 설명했다. 그것은 자살 기도 후 기억이 온전하지 않다는 말로 포장되었다. 내 말을 경청하던 그녀는 잠시 고민하다가 이내 조그만 목소리로 말했다.

"제가 아가씨를 도울 수 있을까요?"

시트론의 말에 나는 고개를 끄덕였다. 그녀는 내가 원하는 정보원의 조건을 모두 갖추었다.

'부모 대부터 성에서 일해 정보에 밝아. 무엇보다 신뢰할 수 있지.'

매몰찬 대우에도 시트론은 세니아나가 걱정되어서 별채를 떠나지 않았다. 플로헤타를 고발하려다가 화장실의 오물이나 치우는 신세가 되기까지 했는데도 말이다. 이보다 더 좋은 정보원은 찾을 수 없을 거다. 나는 확신에 찬 눈으로 고개를 끄덕였다.

"네, 그럼 뭐든 물어보세요."

"우선 첫 번째. 저건 대체 뭐야?"

내가 방에 널브러져 있는 책들을 가리켰다. 이건 이 세계에 떨어지고 난 후로 계속 궁금했던 것이었다. 귀족 영애의 방에 전혀 어울리지 않는 책, 바로 요리서였다.

"아카데미의 교재예요. 동부에서 손에 꼽는 요리 아카데미에 재학 중이셨거든요."

"내가 다니는 아카데미가 요리 아카데미라고?"

"네."

"요리 아카데미가 집안과 무슨 상관인데?"

"그건 황궁 총요리장이 가진 권한 때문이에요. 로열 셰프라고 불리는 총요리장은 식품에 관한 모든 것을 총괄해요."

"전부라고?"

"네. 식료 물자 관리부터 식품 수출입 허가권까지 그에게 있지요."

즉, 제국의 돈줄을 쥔 자리라는 거네. 그래서 귀족들이 기를 쓰고 요리를 배우는 건가. 총요리장의 기본은 '요리 실력'일 테니까.

"귀족 가의 차남은 모두 식칼을 쥐어 봤다는 말이 있을 정도예요."

'그런데 왜 하필 나를? 란슬롯과 가웨인도 있잖아.'

시트론이 내 생각을 읽은 양 덧붙였다.

"큰 도련님은 가문을 이으셔야 하고, 작은 도련님은 기사단을 맡고 계시니까요. 남는 게 아가씨였죠."

할아버지도 되면 좋고 아니면 마는 식으로 내게 큰 기대는 없었다고 했다. 시트론이 어색한 표정으로 중얼거렸다.

"하지만……."

"으응. 무슨 뜻인지 알겠어."

시트론에게 이야기를 듣고 나니 아카데미가 어렴풋이 떠올랐다.

'이론 성적 하위, 실습 성적은 최하위.'

골탕이라도 먹이려는 것처럼 항상 꼴찌 성적표를 들고 왔다.

'아니, 실제로도 그럴 생각이었겠지.'

나는 곰곰이 생각하다가 시트론을 보았다.

"그럼 할아버지는 성의 일을 잘하는 것보다 요리를 잘하는 걸 더 좋아하겠네?"

"그렇죠."

내겐 좋은 일이었다. 나야말로 평생 칼을 잡아 왔으니까.

'하지만 칼질이나 불을 다루는 건 몸에 익어야 하는데.'

세니아나의 실력은 어느 정도일까? 시험 삼아 식칼을 잡아 보면 좋겠다.

"시트론. 그럼 혹시 내가 쓸 수 있는 주방도 있어?"

"있지요. 하지만 플로헤타의 계략 때문에 열쇠를 빼앗겼어요. 큰 도련님께서 보관하고 계세요."

"흐음."

이제야 내가 뭘 해야 할지 알겠다. 우선은 열쇠를 찾아야지.

* * *

다음 날 성에 들어간 나는 조심스럽게 문을 두드렸다.

"세니아나예요."

방 안에선 잠시 침묵이 흘렀으나 이내 대답이 돌아왔다.

"들어와라."

내가 방으로 들어가자 란슬롯이 책상에서 몸을 일으켰다.

"우리 아가씨가 나를 무슨 일로 찾아왔지?"

란슬롯이 생각보다 친절해서 나는 깜짝 놀랐다. 세니아나의 기억 속의 란슬롯은 음흉한 독사였으나 내가 직접 본 그는 달랐다. 나를 백 퍼센트 호의로 대하는 건 아니지만, 독을 숨기고 내 목덜미를 물어뜯을 때를 노리는 것도 아니었다.

'열쇠가 란슬롯에게 있어서 다행이네.'

둘째 오빠인 가웨인에게 갔으면 방에 들어가지도 못하고 쫓겨났을 거다. 그보다는 독사라도 대화를 할 수 있는 쪽이 낫다는 생각을 하며 나는 조심스럽게 말을 꺼냈다.

"조리실 열쇠를 주세요."

일순 란슬롯의 미소에 옅은 파동이 일었다.

"일단 앉아."

그가 소파를 가리키고는 하인에게 차를 가져오라 명했다. 나와 란슬롯이 테이블을 사이에 두고 앉았다.

"이건 별로 좋은 생각이 아닌 것 같구나, 막내야."

"왜요?"

그의 반듯한 잇새로 듣기 좋은 웃음소리가 흘러나왔다.

'우와……'

낮고 아름다운 미성에 절로 감탄할 수밖에 없었다. 그는 눈이 동그래진 나를 보고 눈매를 둥글게 휘었다.

"그건 너와 레이디 메리아덴의 관계 때문이야."

"플로헤타가 저를 싫어하기 때문에요?"

"레이디 메리아덴이 널 싫어하는 이유는 뭐지?"

"어…… 제가 어머니와 닮아서요."

"나를 여러 번 당황시키는구나."

내 말에 그는 곤란한 듯한 표정을 하며 중얼거렸다.

'그게 아니면 나를 싫어하는 이유가 뭐지?'

집중해서 생각하느라 나도 모르게 입술이 헤 하고 벌어졌다. 그러자 그의 오른손이 잠시 움찔했다가 다시 무릎 위에 놓였다.

'아, 선생님과 비슷한 표정이다.'

선생님에게 믿음이 없을 땐 나도 세니아나만큼 가시가 많은 사람이었던지라 남의 손이 내 몸에 닿는 걸 극도로 싫어했다. 그래서 선생님은 내 머리를 쓰다듬고 싶을 때면 가끔 이런 표정으로 손을 다른 손으로 꾹 붙들곤 했다.

"플로헤타가 너를 적대하는 가장 큰 이유는 네 신분 때문이야."

"신분이요?"

그는 친절하게 설명해 주었다. 플로헤타 메리아덴은 아버지와 사랑 없는 결혼을 할 예정이다. 그녀에게 집안일을 맡기는 대신에 메리아덴 가를 지원해 주었다. 물론 프렌시프에서도 이득을 보긴 했지만, 메리아덴처럼 가문이 들썩이는 이윤이 남는 건 아니다. 다시 말해 플로헤타는 어떻게든 집안일을 손에 쥐고 있어야 한다는 것이다.

"거기에 가장 방해되는 요소는 너다. 너는 그녀의 대체재가 될 수 있는 신분이니까."

"저는 원래 집안의 일을 하지 않았는데요?"

"사람은 언제 바뀔지 모르는 거지."

음, 그러니까 이 와중에 내가 뭔가를 하겠다고 나서면 그 여자가 더 불안해지겠네.

'특히 요리라면 더더욱.'

할아버지가 기회를 준 분야이므로 내가 나서게 되면 원망의 화살은 조리실 열쇠를 준 란슬롯에게도 향할 거다.

"그러니까 오빠는 나를 도와봤자 손해만 생긴다는 거죠?"

란슬롯의 눈이 살짝 커졌다. 그리고 조금 전과는 사뭇 다른 목소리로 내게 영리하다고 말했다.

"하지만 그것도 별로 좋은 생각이 아닌 것 같은데요?"

"왜지?"

"제가 오빠에게 앙심을 품을 테니까요."

"뭐라고?"

"제가 '제 기능'을 하면 플로헤타는 필요 없는 말이라는 거잖아요?"

"……."

"저는 이제 제 기능을 할 거고 플로헤타는 필요 없어질 거예요. 그러니까 이건 플로헤타와 제 관계의 이야기가 아니라……."

나는 오빠의 눈을 똑바로 응시했다.

"오빠와 제 관계의 이야기라는 거죠."

이런 말을 할 줄 예상 못 한 모양인지 그는 잠시 말을 잃었다. 나는 어색한 침묵에 눈을 도록도록 굴렸다. 그러다 덜컥 걱정이 들었다.

'란슬롯이 나를 건방지다고 생각하면 어떡하지? 그래서 열쇠를 주기 싫다고 하면?'

나는 슬그머니 머리를 숙였다.

"저기, 쓰다듬으실래요?"

"괜찮아?"

그렇게 말한 그가 퍼뜩 미간을 좁혔다.

"이게 아닌데……"

―라고 중얼거리며.

'화가 난 건 아닌 것 같아.'

내가 속으로 한숨을 삼키던 때에 하인이 차를 가지고 들어왔다. 란슬롯이 직접 내게 찻잔을 내밀었다. 뜨거운 차를 호호 불면서 마시자 그가 나를 빤히 쳐다보았다.

"왜지?"

"네?"

"갑자기 네가 달라진 이유 말이다."

"……."

언제고 이 질문을 받게 될 줄 알았기에 나는 애써 태연하게 말했다.

"여러 번 죽을 고비를 넘기면서 알았을 뿐이에요."

"무엇을?"

"내가 달라지지 않는 한 아무것도 바뀌지 않는다는 걸요."

윤세나일 적에는 어려서도 커서도 미움을 받았고, 평생 불행한 일들이 따라다녔다. 물통에 벌레가 들어 있었을 때. 열심히 한 숙제가 사라졌을 때. 부모 없는 고아라 도둑으로 몰렸을 때. 그때마다 아무것도 하지 않았다. 나는 원래 불행한 사람이라서 불행을 피할 수 없다고 생각했던 것이다.

하지만 선생님을 만난 뒤 세상에 불행하기 위해 태어난 사람은 없다는 걸 알게 됐다. 내가 바뀌니 억울한 상황에서도 의연할 수 있었다.

'그러니까 세니아나도 바뀔 수 있어.'

란슬롯은 나를 가만히 쳐다보다가 곧 고개를 끄덕였다.

"좋아. 열쇠를 줄게."

"정말요?"

나는 번쩍 고개를 들며 물었다.

"대신, 해야 할 일이 있다."

"그게 뭐지요?"

"저녁 식사를 하자. 조부님과 함께."

"그래요."

내가 선뜻 고개를 끄덕이자 그는 의외라는 표정을 지었다.

'속내가 예상이 가니까.'

란슬롯은 할아버지의 명으로 내게서 열쇠를 빼앗았다. 그런데 허락 없이 돌려준다면 할아버지는 란슬롯의 저의를 의심할 거다. 플로헤타와 날 싸움 붙여 놓고 이득을 취하려는 것으로 보일 수도 있었다.

'아예 그럴 생각이 없는 것 같진 않지만.'

그러나 열쇠를 주기로 한 가장 큰 이유는 '달라진 나에 대한 호의'였다. 눈빛을 보면 알 수 있었다. 할아버지에게도 그걸 어필하려는 생각일 것이다.

'내겐 나쁘지 않은 일이야.'

달라진 나를 보여 주는 건 그리 어려운 일이 아니었다. 세니아나는 절대로 가족들과 식사하지 않았다. 함께 식사하는 것만으로도 내 변화를 보여 줄 수 있을 것이다. 게다가…….

'할아버지를 볼 기회잖아.'

"왜 이렇게 순순히 대답하실까."

그의 물음에 나는 여상하게 대꾸했다.

"한 번이라도 더 봐야 정이 붙지요."

그가 픽 웃으며 내 머리를 쓰다듬었다. 머리를 쓰다듬는 손길이 부드러워서 기분이 좋았다. 나도 모르게 스르륵 눈을 감을 정도로.

*　　*　　*

내가 식당 문을 향해 손을 뻗자 란슬롯은 웃으며 내 손을 잡았다.

"자, 레이디 먼저."

그러고는 문을 열어 주었다. 정중한 대우가 처음이라서 나는 조금 콩닥콩닥했다. 식당에 들어가니 할아버지와 둘째인 가웨인이 먼저 앉아 있었다. 나는 란슬롯 뒤에 숨어서 빼꼼 고개를 내밀었다.

"안녕하세요?"

"너…!"

가웨인이 왈칵 인상을 구기며 나를 쏘아보았다. 란슬롯은 그의 어깨를 가만히 누르며 할아버지에게 가볍게 묵례했다.

"세니아나와 대화를 나누다 보니 마침 식사 때라 함께 왔습니다."

"흠."

할아버지는 속을 알 수 없는 표정이었다. 잠깐 나를 보았을 뿐 다시 식기로 시선을 돌렸다. 란슬롯은 다른 말 없이 할아버지 맞은 편에 가웨인과 함께 앉았다. 나는 잠깐 고민했다.

'어디에 앉지?'

이런 자리가 한 번도 없었기 때문에 어디에 앉아야 할지 모르겠다. 꼭 참석해야 하는 만찬 자리 같은 곳에선 할아버지와 오빠들에 게서 멀리 떨어져 앉았다. 나는 슬쩍 눈치를 보다가 할아버지 옆에 앉았다.

"……!"

가웨인이 크게 놀라 나를 쳐다보았고, 란슬롯도 조금 당황한 듯했다. 할아버지는 표정 변화가 없었지만, 스푼이 멈추었다.

'하지만 할아버지만 덩그러니 두고 셋이서 몰려 앉는 건 이상한 걸.'

정작 나는 별생각 없이 집사가 내온 게살 수프를 조금 떠먹었을 뿐이었다.

'맛있어!'

게살은 비린 맛 없이 담백하고, 함께 든 버섯의 식감도 아주 좋았다. 간이 절묘했다. 수프 자체는 짭조름한 편인데 게살 특유의 부드러운 단맛이 식욕을 자극했다.

'아시아 음식 같은걸.'

고명으로 올라온 길게 채 썬 파라든가, 뒷맛이 얼큰하다든가. 정통 프렌치 요리와는 거리가 멀어 보였다. 내가 음식에 푹 빠져 있었을 때, 할아버지와 오빠들은 대화 중이었다.

"반란군 토벌 건은 얘기 들었다. 우리 군이 수세에 몰렸다던데."

란슬롯의 물음에 나를 쏘아보고 있던 가웨인이 시선을 거두고 포크를 집었다.

"세드릭 장군의 계책이야. 수세에 몰린 척 농성하고, 지원군으로 반란군의 뒤를 칠 예정이지."

할아버지가 눈썹을 살짝 꿈틀거리며 가웨인을 쳐다보았다.

"반란군의 우두머리는 교활한 자다. 빈틈을 보여선 안 돼. 보급엔 문제가 없겠느냐?"

"농성 전에 비축해 두었습니다. 무기부터 식량까지 완벽합니다."

반란군과의 전투는 워낙에 유명한 일이라서 세니아나도 귀동냥으로 들은 적이 있었다.

[필립테스 강을 낀 지역에서 전투, 수세에 몰린 척 성문을 닫았다.]

'잠깐만 강? 강이라고?'

"그거 위험한 거 아닌가……."

나도 모르게 중얼거리니 세 남자의 시선이 쏠렸다. 할아버지가 한쪽 눈을 가늘게 뜨고 나를 쳐다보았다.

"무슨 말이냐."

"아, 그게……."

갑자기 얼어붙은 분위기에 나는 슬쩍 눈치를 보며 말했다.

"필립테스 강은 동에서 서쪽으로 흐르잖아요."

즉, 반란군이 있는 지역에서 농성지로 흐른다는 얘기다. 가웨인이 미간을 좁혔다.

"군사들이 강으로 통해서 기어들어 올 것도 아닌데 뭐가 문제란 말이야?"

"독을 풀 수도 있지 않을까요?"

가웨인이 실소를 흘렸다.

"물은 따로 비축해 놨어."

"그러니까 음수의 문제가 아니라 땅이요."

그곳 주민들은 봄이 되면 농사를 지을 텐데 강이 독에 오염되면 큰일이다. 그렇게 되면 봄이 오기 전에 다른 곳으로 떠나려는 사람들이 분명히 생길 터였다. 농성 중에 떠나려면……

'닫힌 성문을 몰래 열어야 할 것 아냐. 그럼 때를 노려 반란군이 쏟아져 들어오겠지.'

두 형제가 눈을 동그랗게 떴다.

'쓸데없는 말을 했다고 화났나?'

나는 냅킨 끝을 매만지며 우물거렸다.

"반란군이 방법을 가릴 것 같지 않아서요. 전쟁이란 건 처음부터 비인도적인 일이니까."

"……"

"또 반란군의 우두머리가 교활하다고 하셨잖아요. 프렌시프의 군사력이 강대하다는 건 어린애라도 알 거예요. 그런데 너무 쉽게 우리 군의 계책에 넘어간 것 같다는 생각이 들어서……"

식당이 고요해졌다. 얼마 지나지 않아 가웨인이 벌떡 일어났다.

"세드릭 장군에게 서신을 보내야겠습니다."

할아버지는 그를 말리지 않았다. 그저 나를 가만히 쳐다볼 뿐이었다.

"너 어떻게⋯⋯."

"네?"

"아니다."

그 말을 끝으로 할아버지가 식사를 마쳤다. 란슬롯과 단둘이 식당에 남겨진 나는 어리둥절했다.

＊ ＊ ＊

별채로 돌아온 나는 시트론과 함께 전용 조리실로 향했다. 가족 식사에서의 일이 살짝 걸리긴 했지만, 곧 털어 냈다.

'그래도 열쇠는 받았으니까.'

란슬롯은 식사 후에 나를 불러 열쇠를 건네주었다. 서양 사극에서나 나올 법한 예스럽고 화려한 열쇠였다. 내가 그것을 건네받고 기뻐하자 란슬롯은 다정히 웃으면서 말했다.

[요리를 만들면 맛보게 해 줘.]

—하고. 그가 시식해 준다면 여기 사람들의 음식 취향을 알 수 있으니 내게는 좋은 일이었다. 조리실로 들어간 나는 얼어붙고 말았다.

"세상에⋯⋯."

시트론이 그런 나를 보며 민망한 표정을 지었다.

"안 쓴 지 오래돼서 조금 지저분하죠? 치우면 말끔해질 거예요."

나는 비명을 지르고 싶은 기분이었다. 너무 멋져서!

세니아나의 지식을 통해 신비한 마도구들이 잔뜩 있다는 것을 알고는 있었다. 마력을 전력으로 변환한 전력석으로 움직이는 냉난방 장치나 조명 같은 것들이 그 예였다.

하지만 주방 기구에 관한 기억은 없었기 때문에 실제로 보니 엄청 놀라웠다. 쿡탑은 물론이고, 제빙기까지 있었으나 그중에서 가장 황홀한 건…….

'대형 오븐!'

나는 먼지가 뽀얗게 쌓인 오븐을 행주로 닦았다. 반질반질해진 표면에 황홀한 표정이 비쳤다.

'이거 진짜 가지고 싶었는데.'

식당을 하기로 결심했을 때 가장 가지고 싶었던 게 오븐이었다. 하지만 업소용 오븐은 너무 비싼 데다 주방이 작아서 들어가지도 않았다. 그래서 어쩔 수 없이 포기했었는데 이곳엔 정말 어마어마하게 큰 오븐이 있었다.

"하아……."

시트론은 한숨을 내쉬는 나를 보고 안타까워했다. 다시 요리할 생각을 하니 우울해진 거라고 생각한 모양이었다. 하지만 그때 내가 생각하고 있던 건,

'부자가 최고야!'

─였다. 그날 밤, 나는 쉬이 잠을 이룰 수 없었다. 온전한 나의 것을 가져본 건 처음이었기 때문이다.

'그것도 전용 조리실이라니. 나의 전용. 전용……'

설렘에 새벽녘까지 뒤척이다가 겨우 잠들었다. 그리고 이튿날, 눈을 뜨자마자 조리실로 달려갔다. 어제와 달리 말끔한 모습인 건 시트론이 새벽부터 부지런히 청소했기 때문이었다.

"칼도 갈아 놓았어요."

"고마워."

시트론은 싱글벙글한 나를 보고 기뻐했다. 어제와 달리 오늘은 마음을 잡았다고 생각하는 것 같았다. 처음으로 만들 요리는 정해져 있었다.

'양념치킨!'

여긴 치킨이라는 게 없었다. 이 세계로 온 뒤로 계속 생각나서 한번 만들어 보고 싶었다. 나는 재료실에서 닭과 우유, 각종 조미료 등을 꺼냈다.

'치킨 파우더는 없지만, 뭐 좋아. 빵가루로 식감을 살리자.'

닭고기를 먹기 좋은 크기로 잘라 밑간을 하고 잠시 숙성시켜 놓았다. 숙성되는 동안 양념을 만들었다.

'과연 미식의 나라네. 케첩도 있고.'

케첩에 고춧가루와 꿀, 마늘과 생강가루 등을 넣었다. 캡사이신 등의 핫소스는 없었지만, 하바네로(고추의 일종)를 넣어서 매운맛을 추가했다. 그 뒤로는 비교적 간단하다. 밑간한 닭에 튀김옷을 입혀 튀기고, 만들어 둔 소스를 넣어서 볶았다. 시트론은 나를 멍하니 보고 있었다.

"응?"

"아⋯⋯. 아니에요. 실력이 몰라보게 좋아지셔서요."

"으응, 뭐⋯⋯. 전에는 하기 싫어서 안 했던 거지⋯⋯."

내가 변명하자 시트론은 수긍하며 고개를 주억거렸다. 곧 완성된 음식을 먹어 본 나는 신이 났다.

'맛있어, 맛있어.'

여기에 맥주까지 있으면 금상첨화일 거라는 생각을 하며 나는 시트론에게 슥 접시를 밀어 주었다.

"먹어 볼래?"

그녀는 조금 머뭇거렸다. 만드는 건 그럴듯해 보여도 역시 맛엔 신뢰가 없는 모양이었다. 그러나 이내 치킨을 입에 넣었다.

"아⋯!"

그녀의 눈이 휘둥그레졌다.

"맛있어요, 아가씨!"

"그렇지?"

치킨은 내가 제일 자신 있는 요리 중에 하나였다.

'사실 닭 요리는 뭐든 자신 있어.'

돼지, 소보다 저렴해서 단백질이 절실할 때면 닭으로 이것저것 만들었다.

"이 정도면 어르신께서도 크게 만족하실 거예요!"

"그래? 으음, 그럼 란슬롯에게 시식을 부탁한 다음에 할아버지께 가져다드려야겠다."

"그럼 접시도 좋은 것으로 준비해야겠네요. 계셔요, 제가 다녀올게요."

"아니야, 같이 가. 나도 장식할 재료가 있나 봐야겠어."

나는 란슬롯에게 줄 치킨을 덜어 놓은 뒤 시트론과 함께 조리실을 나섰다. 잠시 후, 우리는 식용 허브와 당근을 가지고 돌아왔다. 바로 개수대로 향해서 당근을 닦고 있는데 시트론이 말했다.

"접시 크기는 이거면…… 어머? 아가씨, 요리를 치워 두셨나요?"

"아니?"

그녀가 있는 쪽으로 고개를 돌린 나는 눈을 휘둥그레 떴다. 당근을 내려놓고 황급히 그쪽으로 향했다.

"뭐야, 이게 왜……."

사라졌다. 요리가!

*　　*　　*

그 시각, 나베리우스의 서재에서 나베리우스와 란슬롯은 대화 중이었다.

"반란군의 일은 어떻게 되었지?"

"세니아나의 생각이 맞았습니다. 반란군과 맹독을 거래했다는 상단이 있었습니다."

그때 노크 소리가 들리고 가웨인이 들어왔다.

"상황은?"

"독을 풀기 전에 지원군을 투입했습니다."

"칼립스를 보내라. 그자라면 확실히 처리하겠지."

"거리가 먼지라 포털을 이용해야 합니다. 사비에르에서 포털 이용을 허가할까요?"

포털을 이용하면 단숨에 장거리를 이동할 수 있지만, 사비에르 후작가는 프렌시프를 적대하는 권력가였다. 이번 반란군 토벌에 성공하면 프렌시프는 황실로부터 큰 포상을 받을 터. 그걸 아는 사비에르에서 순순히 포털을 열어 줄 리 없었다.

그의 말에 나베리우스가 혀를 찼다.

"항상 포털이 문제로군."

란슬롯이 동의했다.

"우리 쪽에서도 포털을 확보하고 있다면 좋을 텐데요."

"포털이 될 마원을 찾는 것도 어려울뿐더러 포털을 여는 것은 성녀의 권능이다. 빌어먹을, 하필이면 그 작자의 딸이 성녀라니."

나베리우스가 짓씹듯 이야기하자 두 형제가 한숨을 삼켰다.

"사비에르 쪽엔 내가 서신을 보내도록 하지. 가웨인 너는 칼립스를 만나도록 해라."

"예."

"그리고 란슬롯."

란슬롯이 고개를 숙였다.

"말씀하십시오."

"세니아나에게 조리실의 열쇠를 주었다지."

"예."

"쓸데없는 수작은 그만둬라."

나베리우스의 마른 시선이 란슬롯에게 꽂혔다.

"조부님, 세니아나는 달라졌습니다. 죽지 못해 사느니 변화하고

자 한다는 말에서 진심이 느껴지더군요."

"……"

나베리우스는 마뜩잖은 표정으로 연초를 물었다.

"그 녀석의 실력은 이미 확인했지 않으냐. 나는 불모지에 투자하지 않는다."

그때, 가웨인이 헛기침을 하며 입을 열었다.

"그…… 실력이 진짜인지는 모르는 것 아닙니까."

"뭐라?"

"아카데미에서만 4년이 넘도록 수양했습니다. 한데 그것에 비하면 이전에 시식한 요리는 너무 형편없었지요."

"사실은 제법 요리를 한단 말이냐."

"의심이긴 하지만……"

"흐음……"

나베리우스는 희끗희끗한 수염을 쓰다듬으며 생각에 잠겼다. 타당한 의심이긴 했다. 세니아나라면 하기 싫은 일을 하느니 실력을 감췄을 것이다.

'확실히 달라지긴 했어.'

플로헤타를 궁지에 몰 때부터 세니아나는 이상했다. 썩은 생선처럼 푹 퍼져 있던 눈에 이채가 생기고, 음울하던 표정에 생기가 돌아왔다. 무엇보다 이상한 것은 머리를 쓰기 시작했다는 것이다.

"두고 보도록 하지."

"옳은 결정이십니다."

"예."

대화가 끝나고 란슬롯과 가웨인은 함께 방을 나섰다. 란슬롯이 픽 웃으며 가웨인을 보았다.

"네가 세니아나의 편을 들 줄은 몰랐는데."

"뭐, 은혜를 입긴 했으니까."

세니아나가 아니었더라면 반란군의 술수를 알아차리지 못했을 것이다. 그는 프렌시프 공자이기 이전에 은혜를 천금처럼 여기는 기사였다. 세니아나가 싫은 건 싫은 거고, 은혜를 입었으면 갚는 게 도리였다.

"그리고 실력이 형편없는 게 아닐지 모른다는 말은 진심이야."

란슬롯은 의아한 표정으로 그를 쳐다보다 동생의 입가를 보고 미간을 좁혔다.

"입가에 묻은 그 빨간 건 뭐냐?"

"아."

가웨인이 입가를 훔치자 양념이 손끝에 묻어났다. 란슬롯은 대답 없는 동생을 빤히 보다가 이내 고개를 돌렸다.

"됐다. 점심이나 들러 가자."

"별로."

"뭐?"

"배부르거든."

*   *   *

'치킨 도둑…….'

대체 누구지? 시트론과 머리를 맞대고 고민했으나 누군지 감이 잡히지 않았다. 플로헤타의 *끄나풀*이 아닐까 하는 추측만 나올 뿐이었다.

　"알아볼까요?"

　"아니야. 괜찮아."

　언제고 요리는 선보일 생각이었으니 들켜도 상관없다. 나는 요리를 다시 만들었다. 이번엔 아예 간장치킨과 프라이드치킨까지 세 종류를 만들었다. 장식까지 예쁘게 해서 성으로 가져갔을 때는 이미 뉘엿뉘엿 해가 지고 있었다. 란슬롯의 서재 앞에서 똑똑 문을 두드렸다.

　"응?"

　대답이 없다.

　'어디 갔나?'

　요리만 전달하고 돌아가기 위해 주변을 둘러봤지만, 하인도 보이지 않았다.

　'두고 가야겠다.'

　나는 문을 조심스럽게 열었다. 나쁜 짓을 하는 것도 아닌데, 어쩐지 이상하게 살금살금 걷게 되었다. 책상에 요리를 내려놓은 내가 고개를 돌렸을 때였다.

　'깜짝이야!'

　나는 소파에 길게 누운 인영을 보고 화들짝 놀라서 어깨를 움츠렸다. 가만히 보니 잠들어 있는 란슬롯이었다.

　'참, 란슬롯은 항상 잠이 부족하지.'

기억 속 란슬롯의 수면 시간은 4－5시간 정도였다. 선잠을 자면서도 그의 손엔 서류가 들려 있었다.

'귀족이라고 마냥 편한 건 아니구나.'

나는 의자에 걸려 있던 재킷을 그에게 덮어 준 뒤 조심조심 손끝에 걸린 서류를 빼냈다. 그의 눈썹이 잠시 꿈틀거렸다. 할아버지의 버릇과 비슷해서 역시 피는 못 속인다고 생각했다.

"아, 속눈썹 길다……."

나도 모르게 조그만 감탄사가 나왔다. 황금색에 가까운 밝은 갈색의 속눈썹은 어찌나 긴지 눈 밑에 그늘을 만들었다.

'그러고 보니 프렌시프 형제는 타국에까지 유명한 미남이었지.'

[가웨인 님이 기대고 싶은 야성적인 사내라면 란슬롯 님은 유혹당하고 싶은 매혹적인 남자죠]

─라던 모 영애의 말이 떠올랐다. 그때의 세니아나는 콧방귀를 꼈지만.

'내가 보기엔 진짠데.'

목덜미를 살짝 덮는 금발은 세상의 온갖 귀중한 것들을 다 그러모은 것처럼 찬란하게 반짝였다. 키가 훌쩍 크고 어깨도 넓지만, 이목구비가 워낙 섬세해서 그런지 아름답다는 말이 더 어울린다.

"진짜 잘생겼네."

"내가?"

"네…. 네?!"

나는 너무 놀라서 펄쩍 뛰어오를 뻔했다. 어느새 깬 란슬롯이 장난스럽게 웃으며 나를 보고 있었다.

"미안. 놀랐어?"

"그, 저기, 훔쳐보려던 건 아니고요…….."

원하지 않는데 몰래 훔쳐보는 건 성희롱이고, 나쁜 짓이었다. 내가 울상을 지으며 말하자 그는 픽 웃으며 괜찮다고 말해 주었다.

"덮어 주려던 거잖아."

그가 가슴에 덮여 있던 재킷을 살짝 들췄다.

"네."

"내가 네 눈에도 잘생겼나?"

그가 뺨을 쓸며 짓궂은 표정을 지었다. 나는 조금 민망해져서 슥 시선을 돌리며 웅얼거렸다.

"그렇게까지는 아니고…….."

"그래?"

"그냥 보고 있으면 깜짝 놀랄 정도…….."

란슬롯이 처음으로 크게 웃었다. 고개를 푹 숙인 채 어깨를 떠는 걸 보고 나는 좀 뾰로통해졌다. 민망한 걸 꾹 참고 진심으로 얘기했는데 이렇게까지 웃다니.

"갈 거예요."

"미안 미안."

그가 일어나려는 내 손목을 붙잡았다. 얼마나 웃었는지 눈에 물기가 어려 있었다.

"용건이 있지 않아?"

"아……. 어제 그러셨잖아요. 시식하게 해 달라고."

"그랬지."

"네. 그래서 가져왔어요."

치킨이 담긴 쟁반을 소파 테이블로 가져오자 그가 눈을 동그랗게 떴다.

"이걸 네가 만들었다고?"

"네."

"고마워. 잘 먹을게."

'어?'

란슬롯은 평소에도 시종일관 웃는 얼굴이었지만 미소 저편에 얼핏 독니가 보였다.

'그런데 지금은……'

내가 빤히 쳐다보자 그는 왜 그러느냐는 표정이었다.

"아니에요. 그럼 저는 가 볼게요."

"늦었는데 데려다줄까?"

"괜찮아요."

나서려다가 다시 뒤를 돌아보았다.

"그 요리요. 맥주와 함께 먹으면 더 맛있어요."

"맥주라고?"

"네. 그런데 지금은 많이 피곤한 것 같으니까 마음에 들면 나중에 몸 상태 좋을 때 다시 만들어드릴게요."

그 말을 끝으로 나는 고개를 꾸벅 숙였다. 방을 나온 뒤에 가는 숨을 내쉬었다.

'왠지 피곤해.'

잘생긴 얼굴은 굉장하구나. 보고 있는 것만으로도 심력이 소모

되는 기분이었다. 그렇게 생각하며 복도를 걷는 중이었는데, 내 앞에 커다란 그림자가 드리웠다. 무심코 고개를 들었다가 우뚝 굳어졌다. 가웨인이 못마땅한 표정으로 나를 보고 있었기 때문이다.

"어디에 다녀가는 길이지?"

그가 수상한 사람 보듯 내게 물었다.

"란슬롯을 보고 가는 길인데요."

"무슨 용무로?"

확실히 가웨인은 란슬롯과는 달랐다. 평생 검을 잡아 온 만큼 예리하게 벼린 듯한 위압감이 흘렀고, 서 있는 것뿐인데 솜털이 쭈뼛 서는 것 같은 기분이었다. 나는 슬그머니 뒷걸음질 치며 말했다.

"음식을 가져다줬어요."

"음식?"

가웨인이 고개를 삐딱하게 젖혔다.

"튀긴 닭인가?"

"그렇긴 한데……. 그걸 어떻게 아세요?"

무당도 아닌데 내가 뭘 만들었는지 그가 어떻게 안단 말인가. 잠시 침묵하던 그가 입을 열었다.

"……기름 냄새가 나잖아."

"아."

나는 옷에 밴 냄새를 킁킁 맡았다.

"네. 튀긴 닭 요리예요."

"더 있나?"

"아니요. 란슬롯에게 가져다준 게 다예요."

"흠……."

그가 작게 헛기침을 했다.

"그럼 더 만들어."

"왜요?"

"요리에 무슨 짓을 했을지 모르니까 나도 먹어 봐야겠다."

나는 인상을 쓰며 한 발 더 그에게서 멀어졌다.

"아무 짓도 안 했어요. 그리고 제가 정말 음식에 나쁜 짓을 했다면, 새로 만드는 요리에는 똑같은 일을 하지 않겠죠."

"……."

"저, 저는 갈 거예요."

난 그렇게 말하고 후다닥 뒤로 돌아 빠져나갔다.

'되게 무섭다.'

좀 수상해 보였으려나? 하지만 아무런 짓도 안 했는걸. 어차피 란슬롯에게 이상이 생기지도 않을 테니 괜찮을 거다.

"그런데 튀긴 게 닭인 줄 어떻게 알았지?"

그걸 아는 건 시식할 란슬롯과 만든 나, 그리고 나를 도와준 시트론뿐이었다.

'아니지. 한 명 더 있긴 해.'

치킨 도둑. 나는 눈을 가느다랗게 뜬 채 등 뒤를 쳐다보았다.

'에이, 설마.'

성에서 온갖 맛난 것들을 먹고 사는 가웨인이 왜 그런 짓을 하겠는가. 나는 고개를 절레절레 저으며 걸음을 재촉했다.

가웨인은 집무실로 들어가려다가 우뚝 멈춰 섰다.

'남았나?'

란슬롯은 입이 짧으니 남겨 놓았을 수도 있었다. 세니아나의 조리실에서 맛본 짭조름하며 매콤하던 튀긴 닭이 머릿속을 맴돌았다.

오늘 아침, 그가 세니아나의 조리실을 찾은 건 우연이었다. 본래라면 잠겨 있어야 할 건물의 문이 열려 있었고, 안에선 뭔지 모를 맛좋은 냄새가 흘러나왔다. 누가 허락 없이 조리실의 문을 열었나 싶어 들어갔는데 재잘재잘 말소리가 들려왔다.

[아니야, 같이 가. 나도 장식할 재료가 있나 봐야겠어.]

그건 세니아나의 목소리였다. 세니아나와 하녀가 밖으로 나간 후, 가웨인은 조리실에 들어갔다. 막 만든 듯한 요리가 테이블에 놓여 있었다.

그것을 맛본 건 우려 때문이었다. 평소라면 절대로 요리 같은 건하지 않았을 테니까. 무슨 수작을 부리는 것인가 싶어 독에 익숙한 제가 맛을 본 것이다.

'뭐, 나쁘지 않은 맛이었어.'

정신 차려 보니 전부 해치워져 있었다. 가웨인은 제 집무실이 아닌 란슬롯의 서재로 향했다. 문을 열고 들어가자 란슬롯이 무슨 일이냐는 듯 그를 쳐다보았다. 그의 손에 포크가 들려 있었는데, 아침에 맛본 붉은 닭이 아닌 검은 닭이었다. 가웨인은 별일 아니라는 듯 란슬롯에게 다가가 접시를 휙 쳐다보았다.

"……다 먹었군."

"뭐라고?"

"아니야."

"시답잖긴."

란슬롯은 픽 웃으며 빈 접시를 밀어 놓았다.

"세니아나가 만든 요리를 시식했다. 네 말이 맞더군. 실력을 숨겨 온 걸지도 모르겠어."

막내가 만든 요리는 정말로 괜찮았다. 단맛과 짠맛의 균형이 매우 훌륭했고, 바삭한 튀김옷 다음에 부드러운 닭이 나오면서 양념과 부드럽게 섞여들었다.

"한 번 더 맛보고 싶을 정도야."

"……."

"맥주와 잘 어울리는 요리라는데 함께 먹으면 또 어떤 맛이 날지……."

"맥주?"

가웨인이 눈을 홉뜨고 란슬롯을 보자 그는 무언가 생각났다는 듯이 고개를 끄덕였다.

"네가 맥주라면 환장을 하지. 딱 네 취향이로군."

"……."

"세니아나에게 부탁해 보든가."

아직도 세니아나의 만행이 선명하게 떠오르기에 가웨인이 얼굴을 왈칵 구겼다. 그날의 모멸감과 분노는 잊을 수 없었다. 그가 입을 열려던 찰나에 노크 소리가 들렸다. 란슬롯이 입실을 허락하자 젊은 집사가 들어와 형제를 향해 허리를 굽혔다.

"무슨 일이지?"

"레이디 메리아덴이 어르신을 뵙고 있습니다."

"왜?"

"아가씨의 조리실과 관련된 일인 듯싶습니다."

"무슨 짓을 벌이는 거지?"

"그것까지는 확인할 수 없었습니다."

란슬롯이 재킷을 입고 나서자 가웨인도 그의 뒤를 따랐다. 형제가 나베리우스의 서재에 들어갔을 때, 플로헤타는 누군가를 소개하는 중이었다.

"제 조카입니다. 서부 아카데미를 수석으로 졸업한 수재죠. 안드레, 인사드려야지?"

"뵙게 되어 영광입니다."

그 모습을 본 가웨인은 실소를 삼켰다.

'무슨 수작인지 알겠군.'

황궁 총요리장은 프렌시프에게도 구미가 당기는 자리이므로 세니아나가 요리에 능숙해진다면 조부는 지원을 아끼지 않을 터. 그렇게 되면 세니아나의 입지는 지금과 차원이 다를 것이다. 플로헤타가 우려하는 건 바로 그것이었다.

'그 전에 조카를 내세워 자리를 빼앗겠다는 것이겠지.'

플로헤타의 조카는 적절한 인재였다. 혼인 동맹으로 묶일 예정이니 배신이 쉽지 않은 데다가 서부 아카데미 수석이라면 세니아나보다는 로열 키친에 들어갈 가능성이 높다.

'약삭빠르긴.'

세니아나도 마음에 들진 않지만, 저 여자도 마찬가지였다. 플로헤타는 연신 싱글거렸다.

"아버님의 생신 만찬에 이 아이의 요리를 내놓을까 해요."

"흠……."

나베리우스는 테이블을 손끝으로 툭, 툭, 두드렸다. 그리고 이내 짧게 고개를 끄덕이는 걸 본 플로헤타의 얼굴이 밝아졌다.

조카와 함께 나베리우스의 방을 나선 플로헤타는 벌써부터 승리한 것 같은 기색이었다. 그녀의 조카 안드레가 걱정스러운 얼굴로 말했다.

"이, 이모님, 저는 수석이 아니었는데요……."

"그게 뭐가 중요하니. 성적표쯤이야 학교장에게 돈만 줘여 주면 얼마든지 고칠 수 있어."

"하지만 제가 프렌시프 영애에게 진다면……."

그 말에 플로헤타는 깔깔 소리 높여 웃었다.

"제깟 게 어딜 감히! 게다가 그 계집애와 나는 여기 수준이 다르단 말이야."

그녀가 머리를 손끝으로 두드리며 픽, 웃었다.

"예?"

"이미 만찬의 대가를 수배해 놨다. 너는 하는 척만 하면 돼."

무엇보다 애초에 그 계집애는 글러 먹었다. 매번 성적이 그 모양이었으니 칼 쥐는 법도 제대로 모를 것이다. 그런 년이 만찬 요리라고 제대로 하겠는가. 다 탄 고기나 가져오지 않으면 다행이었다.

"그렇다면야……."

안드레가 한숨을 내쉬자 플로헤타는 그의 턱을 강아지 어르듯 매만졌다.

"그 계집애가 쥐어야 할 것들을 전부 앗아다 줄 터이니 너는 이 이모가 시키는 대로만 하려무나."

"알겠습니다……."

그녀가 음험하게 웃으며 조카의 머리를 쓰다듬었다.

＊　　＊　　＊

이튿날, 시트론이 나를 급히 찾아왔다.

"무슨 일이야?"

"플로헤타가 조카를 성으로 데려왔다고 합니다!"

"조카?"

내 물음에 시트론은 자초지종을 설명해 주었다. 나는 눈을 가름하게 뜨고 중얼거렸다.

"할아버지의 생신 만찬이라……."

시기가 이르긴 하지만, 언제고 플로헤타가 수작을 부릴 줄은 알았다. 그래서 크게 당황스럽지는 않다.

"할아버지 생신이 언제야?"

"열흘가량 남았어요."

'열흘이라. 빠듯하긴 하네.'

고민하는 표정을 본 시트론이 조심스레 물었다.

"어떻게 하실 건가요?"

"그야 이쪽에서도 나서야지."

"하지만 상대는 아카데미를 수석으로 졸업한 수재예요."

나도 10여 년 가까이 칼을 잡았다. 물론 제대로 한 건 6년이 조금 넘지만, 매일 같이 전쟁터 같은 식당 주방에서 프라이팬을 돌렸다. 생각을 마친 나는 가볍게 주먹을 쥐었다.

"열심히 해 보는 수밖에."

곧바로 시트론과 조리실로 향했다. 그런데 이전엔 볼 수 없었던 무리가 조리실 안으로 들어가려 하고 있었다. 시트론이 그들에게 다가갔다.

"무슨 일이죠? 여긴 아가씨의 조리실이에요. 허가 없인 들어갈 수 없어요."

그러자 무리에서 누군가가 앞으로 걸어 나왔다. 시트론의 얼굴이 딱딱하게 굳어졌다.

"니콜 님……!"

별채의 하녀장이었던 니콜이었다. 별채에서 해고당하더니 플로헤타의 직속 하녀가 된 모양이었다. 그녀는 입꼬리를 비죽 끌어당기며 시트론을 보았다.

"앞으로 메리아덴 가의 안드레 님께서도 이 조리실을 사용하실 거다."

"누구 마음대로요!"

"메리아덴 영애께서 허락하신 일이야."

"여긴 본래 아가씨를 위해 지어진 곳이에요. 두 분 도련님께서도

다른 용도로 쓰지 못하는 곳인데 어떻게 레이디 메리아덴이 허가를
한다는 거죠?"

"나눠 쓴다고 건물이 닳는 것도 아니잖니."

그들의 대화를 가만히 듣고 있던 난 건물 안으로 들어갔다. 내가
어제 반짝반짝하게 닦아 놓은 조리대 앞에 처음 보는 남자가 서 있
었다. 본인의 레시피 수첩을 읽고 있던 그가 내 시선을 느꼈는지 나
를 돌아보았다. 그러곤 어색하게 고개를 숙였다.

"안드레 메리아덴입니다."

"……."

때마침 니콜과 시트론이 따라 들어왔다. 나는 거침없이 걸어가
그에게서 수첩을 빼앗았다.

"같이 쓰지."

"예?! 이건 제가 피땀 흘려 개발한 레시피입니다!"

"닳는 것도 아니잖아."

내 말에 니콜의 얼굴이 붉으락푸르락해졌다. 시트론은 그런 그
녀를 보고 실소를 삼켰다.

"조리실을 공유해도 좋아. 하지만 나만 공유하는 건 불공평하지."

"그, 그게 무슨……."

"나눠 쓰자고. 이 비장의 레시피도."

"그게 무슨 말도 안 되는 소리야!"

새빨개진 얼굴로 걸어 들어온 사람은 플로헤타였다. 찢어 죽이
기라도 할 듯이 쏘아보던 플로헤타가 나를 가르치듯 말했다.

"레시피 수첩은 요리사에겐 천금보다 귀중하단다. 네가 알겠냐

마는."

그녀는 눈치를 보고 있는 제 조카를 토닥이며 나를 돌아보았다.

"아버님께서 안드레에게 만찬에 요리를 내달라고 하셨단다. 귀중한 임무를 맡았는데 정신없는 성의 주방을 쓸 수야 없지. 그러니 네 조리실을 빌려야겠다."

"……."

"너도 아버님 생신엔 그분을 위해서 뭐라도 해야 하지 않겠니? 고집은 그만 부리렴."

그녀는 '조부의 명이라는데 네가 어찌하겠어?'라는 표정이었다. 나는 잠시 고민하는 척 침음을 흘렸다.

"그렇군요."

"그래야지."

그녀가 우후후 웃고 있을 때, 나는 안드레 쪽으로 다가갔다. 그러고는 와르르—! 꽝! 안드레의 요리 도구를 바닥에 죄 쏟아 버렸다. 식칼이며 팬, 볼이 날카로운 소리와 함께 나뒹굴었다.

"이게 뭐 하는 짓이야!"

그녀가 고함을 내질렀다.

"저는 레이디 메리아덴의 조언을 따른 것뿐인데요?"

내 말에 그녀의 눈꼬리가 살쾡이처럼 삐죽해졌다.

"그게 무슨 소리니!"

"할아버지를 위해서 뭐라도 하라고 하셨잖아요."

"그게 남의 물건을 내던진 것과 무슨 상관이란 말이야!"

"할아버지께선 '움켜쥔 것은 무슨 일이 있더라도 빼앗기지 말라'

고 가르치셨어요."

"뭐라고?"

"또 할아버지께선 말씀하셨죠. '내 것을 노리는 무뢰배에겐 쓴맛을 보여 줘야 한다'고요."

나는 어깨를 으쓱 올리며 말했다.

"그래서 할아버지의 가르침대로 했어요. 그분을 위해서."

"너……!"

새빨개진 얼굴로 파르르 떠는 그녀를 뒤로하고, 나는 안드레를 쳐다보았다.

"여기서 요리를 해야겠거든 해. 난 나대로 할아버지의 가르침을 지킬 테지만."

그가 어깨를 흠칫 오그라뜨리고 마른침을 삼켰다.

"아, 아니요. 저는 다른 곳에서……."

"안드레!"

"신경 쓰여서 아무것도 못 할 것 같아요. 이모님, 제발……."

플로헤타는 입술을 꽉 깨물고 날 노려보았다.

"이대로 넘어가지 않을 거다."

나는 생긋 웃으며 고개를 끄덕였다.

"그러시든가요."

*　　　*　　　*

플로헤타가 조카와 함께 조리실을 나섰다. 눈치를 보던 그녀의 사람들도 슬금슬금 짐을 챙겨서 떠나자 조리실엔 시트론과 나만이 남았다. 시트론이 걱정되는 어조로 물었다.

"괜찮을까요?"

'안 괜찮겠지.'

플로헤타는 이제 수단과 방법을 가리지 않고 나를 노릴 것이다. 할아버지의 생신 만찬에서 안드레가 인정받으면 난 자리를 빼앗길 터. 사람들의 관심이 안드레에게 집중되는 때를 노려 별채에 암살자를 넣을 수도 있었다.

'하지만 시일이 좀 빨라졌을 뿐 언제든 생길 일이었어.'

눈엣가시인 나를 그냥 둘 여자가 아니니까.

'이렇게 된 거 이번 기회에 플로헤타를 처리해야 해.'

나는 팔을 걷어붙이고 조리대로 향했다.

"시트론, 요리할 거야. 도와줘."

"아…. 네!"

나는 시트론과 함께 여러 번 칠면조 구이를 시도했다.

"어때?"

시트론이 나의 칠면조를 맛보았다.

"이 정도면 아가씨로선 괄목할 성과이긴 합니다만……."

하지만 그건 나를 대신해서 키울 만한 요리사가 없을 때의 이야기다.

'어중간한 건 그 여자 조카만 띄워 주는 꼴이야.'

시트론의 말에 따르면 조카는 수준이 높다. 등수는 차치하고서라도 정규 교육을 받은 사람이었다. 게다가 평생을 길라게온의 백

성으로 살았기에 이 나라 백성의 음식 취향은 그쪽이 더 잘 알 것이다.

'잠깐, 취향?'

"그래, 취향!"

"네?"

"할아버지는 어떤 음식을 좋아하시지?"

시트론이 의미를 모르겠다는 듯 눈을 깜빡였다. 한국인에겐 맛좋은 냉면도, 서양인들에게 가면 평가가 바뀐다. 차가운 면 요리라는 게 생소해서 '당황스러운 음식'으로 꺼리는 것이다.

'할아버지 취향을 공략하면 돼.'

내 설명에 시트론은 난처한 표정이었다.

"저는 어르신을 모신 적이 없습니다. 곁에 있는 시중인도 자주 바뀌는 터라 취향은 잘……."

"주방장은? 주방장은 알지 않을까?"

"접근하기 힘들 겁니다. 경계가 대단하거든요. 플로헤타도 허물지 못한 위인이죠."

나는 끄응, 앓는 소리를 내며 고민했다. 목적지를 알았는데도 길이 어두워서 나아갈 수 없는 기분이었다.

"아!"

시트론이 소리쳤다.

"방법이 있습니다."

"뭔데?"

나는 반색하여 물었다.

"도련님들이요. 도련님들은 늘 함께 식사를 하시니 알 거예요."

도련님들이라니…….

'란슬롯이 이번에도 내 부탁을 들어줄까?'

제 기능을 하겠다고 선언하여 조리실 열쇠를 받아 냈던 터라 계속 그에게 의지하면 우스운 꼴이 될 게 분명하다. 괜히 그의 자비에 기댔다간 애써 쌓은 호감까지 날아가 버릴 것이다.

'그럼 둘째인 가웨인에게 가야 하나?'

다시금 앓는 신음이 나왔다.

'무서운데……. 게다가 나를 끔찍하게 싫어하는 그가 대화를 나눠 줄까?'

찾아갈 핑곗거리를 만들어야겠다고 생각한 나는 우울한 표정을 한 채 성으로 향했다.

*　　*　　*

성안에서 반나절을 서성였는데도 마땅한 핑곗거리가 생기지 않았다. 이대로 돌아가야 하나 고민하는 중에 모퉁이 뒤에서 하녀들의 기죽은 목소리가 들렸다.

"작은 도련님께 가져가는 거야? 어떡해. 오늘도 찬바람 장난 아니던데."

"운도 없지……."

'가웨인에게 가져간다고?'

핑곗거리다! 그녀들에게 냉큼 다가갔다. 갑자기 다가온 나에게 놀란 그녀들이 화들짝 놀라 뒷걸음질 쳤다.

"벼… 별채! 아니, 아가씨!"

"그거 내가 가져갈게."

내 말에 하녀들의 눈이 도르륵 굴러갔다. 좌우로 구르던 눈이 제 품에 있던 서류에 고정되었다.

"이거요?"

"응. 내가 가져갈게."

내가 고개를 끄덕이자 서류를 가지고 있던 하녀의 표정이 밝아졌다. 그녀가 폭탄이라도 떠넘기듯 서류를 건넸다.

'좋은 핑곗거리야.'

기분이 좋아졌다. 그의 서재 앞에서 서둘러 노크를 하려는데, 벌컥 문이 열렸다. 가웨인이 인상을 찌푸린 채 나를 보았다.

"뭐야."

나는 눈이 동그래져서 주춤 뒷걸음질 쳤다.

'우와, 진짜 무섭게 생겼어.'

가뜩이나 차갑게 생겼는데 웃지도 않으니 더 무서웠다. 천재 검사라고 하더니 몸도 진짜 좋았다. 키가 훌쩍 크고 어깨도 떡 벌어져서 마른 몸이지만 덩치가 크게 느껴졌다. 가웨인의 시선이 내가 가진 서류로 향하더니 그의 얼굴이 순식간에 굳어졌다.

"네가 그걸 어떻게……."

그는 황급히 주변을 살핀 뒤 내 손목을 쥐더니 휙 하고 방문 안으로 끌어당겼다. 커다란 문이 무거운 소리를 내며 닫혔다.

"읽었나?"

그의 목소리가 땅을 뚫고 들어갈 것처럼 낮았다. 무서운 얼굴로 무섭게 구니 진짜 무서웠다.

"아닉! …요."

딸꾹. 놀라서 딸꾹질까지 나온다. 나는 서류를 쥐지 않은 손으로 입을 막았다. 가웨인이 눈썹을 꿈틀거려서 화가 났나 싶었는데 손목을 잡은 손에서 힘이 풀렸다. 그가 옅은 한숨을 내쉬었다.

"줘. 네 손에 있을 물건이 아니다."

'어?'

"이리 달라니까."

나는 무의식적으로 힘을 주어 서류를 끌어안았다. 어쩐지 내가 아주 요긴한 것을 들고 있는 것 같다.

"뭐 하자는 거야."

위협할 듯 으르렁거리는 가웨인에게 서류를 빼앗기면 안 된다고 생각하면서도 무서웠다. 나는 조그만 목소리로 물었다.

"혹시 서류를 안 주면 저를 때리실 건가요?"

그는 기가 찬다는 듯 헛웃음을 터뜨렸다. 마치 짜증 나는 농담이라는 표정이었지만, 난 진심이었다. 차라리 맞는다고 생각하는 쪽이 편했다. 어차피 아플 테니까 고통만 견디면 된다.

난 폭력엔 익숙했다. 아주 어릴 땐 친부의 빚쟁이들에게 두들겨 맞았고, 나이 들어선 고아원 원장에게 수없이 맞았다. 뺨을 맞아 고막이 터진 적도 있었고, 발길질에 팔과 다리가 한 짝씩 부러진 적도 있었다.

'맞는 것보다 때릴지도 모른다고 생각하는 게 더 괴로워.'

그러니까 가웨인이 선택지를 하나로 좁혀 줬으면 좋겠다.

"저기, 그럼 안 때리실 건가요?"

"내가 널 왜……!"

반응을 보고 알았다. 안 때릴 모양이구나!

"생각보다 좋은 사람이네요."

내가 활짝 웃으며 가웨인을 보자 그의 눈이 잠시 커졌다.

"대체 무슨……."

황당함에 중얼거리던 그가 왈칵 인상을 썼다.

"여자를 때리는 인간 말종으로 보였나, 내가?"

"아니시잖아요."

"당연히 아니지!"

"그럼 됐죠."

나는 가웨인의 얼굴을 쳐다보았다.

'좀 무섭긴 한데…….'

살짝 얼빠진 모습을 봐서일까. 콩콩 뛰던 심장이 조금씩 진정되었다. 무섭긴 해도 내 장기에 가격을 매기던 사채업자보다는 덜 했다. 안 때린다고도 하고. 그런 생각이 드니 딸꾹질도 점차 가라앉았다.

"할아버지의 음식 취향을 알려 주시면 드릴게요."

"저번부터 계속 무슨 수작을 부리는 거야."

"수작은 저보다는……."

나는 슬그머니 그를 훑었다. 가웨인이 한 손으로 벽을 짚고 있던 바람에 나는 그의 팔에 갇혀 있는 꼴이었다. 남매인 줄 모르고 보면 수작 부린다는 말이 나올 자세였다. 가웨인이 왈칵 인상을 쓰며 나에게서 몇 걸음 떨어졌다.

"장난은 이쯤 하지. 그거 두고 나가."

"저는 진지한데요."

나는 진지한 눈으로 그를 쳐다보았다.

"그게 왜 궁금한 건데."

"알아야 할 일이 있어서요."

"그러니까 그 일이 뭐냐 말이다."

나는 잠시 고민하다가 웅얼거렸다.

"할아버지 생신에 요리를 내려고요."

"네가 조부께?"

"네."

"무슨 바람이 불어서."

계속 말꼬리를 물고 늘어지는 것을 보니 말해 줄 생각이 없는 것이다. 나는 한숨을 내쉬었다.

'여기서 있어 봤자 시간 낭비겠구나. 돌아가야겠지.'

서류는 어떻게 해야 하나. 가지고 가면 와 줄까? 그런 고민을 하는데 퉁명스러운 목소리가 들려왔다.

"물렁한 감."

황급히 고개를 돌리니 가웨인이 나를 보고 있었다.

"들었잖아. 그러니까 내려놔, 그거."

그가 짧게 혀를 차며 말했다.

'감?'

물렁한 감이면…….

"홍시."

내 말에 그가 고개를 홱 돌리는 것을 보니 그렇다는 뜻인 듯했다. 나는 뽀르르 달려가 그의 손목을 덥석 잡았다.

"단 걸 잘 드세요?"

동공이 미약하게 흔들릴 뿐 이번에도 답이 없었다. 한 번 더 되물었다.

"단 걸 좋아하시는 거예요?"

"그렇진 않아. 하지만 뭐…… 입맛이 바뀐 걸지도."

가웨인이 중얼거렸다.

"좋아하지 않던 면도 자주 드시니까."

'홍시와 면이라고? 어, 설마…….'

머릿속의 전구에 번뜩 불이 들어왔다.

"고마워요!"

나는 가웨인의 손을 붕붕 흔들고 방을 나선 뒤 급히 별채의 조리실을 찾았다. 만찬 요리의 재료를 옮기던 시트론이 홍조 띤 나를 보고 눈을 깜빡였다.

"아가씨?"

"필요한 재료가 있어. 아, 근데 이 계절에 있을까?"

"그게 뭔데요?"

내가 재료를 말해 주자 그녀는 고개를 끄덕였다.

"구할 수 있긴 할 거예요. 그런데 그걸 어디에 쓰시려고요?"

"요리에!"

시트론의 얼굴이 묘하게 일그러졌다. 내가 자포자기했나 하는 표정이었지만, 이내 그것을 가져오겠다며 조리실을 나섰다. 내 생각이 맞다면 '그 재료'가 이번 일의 결과를 좌우할 거다.

*　　*　　*

란슬롯이 늦은 시간에도 불이 켜진 세니아나의 조리실을 보고 있을 때였다. 바스락, 마른 풀 소리와 함께 가웨인의 목소리가 들려왔다.

"형?"

란슬롯에게 말을 걸던 그가 별채의 불빛을 발견하고는 인상을 찌푸렸다. 때마침 별채에서 재잘거림이 들려왔다.

"아가씨, 이번에도 고기가…!"

시트론의 목소리 뒤에 끄응 앓는 소리가 딸려 왔다.

'정말로 조부님의 생신에 요리를 선보이겠다는 건가.'

가웨인이 헛웃음을 흘리며 중얼거렸다.

"미친 걸까."

그렇게 말하는 그의 표정이 이전처럼 완전한 혐오는 아니었다. 란슬롯은 빙긋 미소지었다.

"인정할 건 인정해라. 달라진 건 맞아."

"형은 저걸 믿어?"

란슬롯이 어깨를 으쓱였다.

"사실이니까."

그렇다고 해서 그가 '자살 시도 후 깨달음을 얻었다'라는 세니아나의 말을 완전히 신뢰하는 건 아니었다. 과거의 세니아나는 기분 나쁜 여자였다. 창백한 얼굴로 금방이라도 쓰러질 것처럼 걷는 모습이 산송장을 방불케 했다. 독선적이고 신경질적이라 주변에 남는 사람이 없었다.

'하지만…… 확실히 변했다.'

반란군의 계략을 짚어내고, 요리를 하려 드는 데다가 혐오하던 가족들과 말을 섞었다.

[쓰다듬어도 돼요.]

그때의 기억이 떠오르자 란슬롯의 입가에 미소가 번졌다. 겉보기엔 부스스한 머리카락의 촉감이 꽤 좋았다. 해초 같은 머리칼이 손가락에 부드럽게 얽혀들었고, 세니아나는 고양이가 골골거리듯 기분 좋은 표정을 지었다.

'묘했지.'

사방을 경계하며 하악질하던 고양이가 제게만 어리광을 부리는 듯한 느낌은 결코 싫은 기분이 아니었다. 란슬롯은 픽 웃고는 동생의 어깨를 두드렸다.

"가문에 이득이 된다면 응원할 일이다."

"저러다 말 거라는 데 내 검을 걸 수 있어. 하다 말면 이득이고 나발이고 없잖아."

"메리아덴의 견제 도구로는 저만큼 훌륭한 게 없지."

"뭐……."

거기에 있어선 가웨인도 동의했다. 플로헤타는 벌써 프렌시프 후작 부인이 된 것처럼 날뛰었다. 일전에 조부 앞에서 세니아나와 그 난리를 친 이후에야 조금 얌전해졌다.

"조부께선 그 여자를 언제까지 놔두실 거래?"

"완전히 눈 밖에 나지 않는다면 나서지 않을 생각이신 듯한데……."

그의 눈이 깊게 가라앉았다.

"난 슬슬 거슬리기 시작하네."

그녀의 부친인 메리아덴 백작은 프렌시프 내에 딸의 세력을 만드는 데 혈안이었다. 몇몇 가신의 자택으로 금화 실은 수레가 들어갔다는 보고가 있었다. 플로헤타가 손주를 낳은 후에 그 아이를 프렌시프의 후계로 만들어 가문을 주무를 속셈일 것이다. 가웨인이 낮은 목소리로 물었다.

"세니아나를 도우려고?"

"스스로 기회를 만든다면."

란슬롯이 빙그레 웃었다. 늘 그렇듯 사람 좋아 보이는, 녹아내릴 듯 아름다운 미소였다. 가웨인은 그런 형을 못마땅한 시선으로 쳐다보았다.

'하여간 독사라니까.'

─하고 생각하며.

*　　*　　*

파티 당일, 플로헤타가 수배한 요리사는 은밀히 성안에 들어왔다. 그가 만든 시범작을 맛본 플로헤타의 표정이 만족스러웠다.

"먹을 만은 하군."

오만하게 말했지만, 실은 정말로 괜찮은 요리였다. 고기 자체엔 간이 심심해도 소스와 함께 먹으면 기가 막힌 하모니를 자아냈다. 플로헤타의 조카인 안드레마저 혀를 내두를 정도였다.

요리사는 안드레를 대신해 모든 것을 준비했다. 이대로 굽기만 하면 그들이 맛본 완벽한 맛의 칠면조가 완성될 거다. 플로헤타는 시계를 보며 뇌물을 먹여 둔 문지기가 교체될 시간을 확인했다.

"굽는 건 이 아이가 할 테니 너는 그만 성을 떠나도록 해라."

"하지만 제 요리의 관건은 불 조절⋯⋯."

"하라는 대로 해. 네깟 게 감히 대꾸할 생각 말고!"

날카로운 말에 요리사는 허겁지겁 고개를 숙였다. 요리사를 쫓아내듯 내보낸 후, 안드레는 굽기에 열중했다. 맛보니 요리사의 것만은 못해도 그럴듯했다. 다소 퍽퍽하긴 하지만, 어차피 세니아나의 요리와는 비교가 안 될 것이다.

"세니아나, 그년이 놀라서 까무러칠 거다."

플로헤타는 깔깔 소리 높여 웃었다. 제깟 년이 잘난 척을 한 것부터가 문제였다.

"그래도 자신 있으니 요리를 하겠다고 나선 게 아닐까요?"

"아카데미에선 내내 꼴찌만 하던 계집이야. 뭘 그리 불안해하니."

그 말에도 소심한 조카는 긴장을 풀지 못했다.

'하긴, 완벽하게 코를 눌러 주려면 아예 나서지 못하게 하는 게 나을지도.'

그 계집애가 요리에 재주가 없다는 건 어르신이 제일 잘 안다. 문제는 의욕이었다. 지금은 요리지만, 실패 후엔 다른 것을 하겠다고 나설지도 모른다.

'그게 집안의 일이 된다면 골치가 아프지.'

이전처럼 제 앞에선 고개도 못 들도록 완전히 어르신 눈 밖으로 밀어내는 게 좋겠다. 플로헤타가 별채의 하녀를 호출했다.

"별채는 뭘 하고 있지?"

"단장 중입니다."

"그래?"

플로헤타가 머리끝을 매만지며 말했다.

"그 애가 오늘 같은 큰 파티에 와도 될까…… 자진 시도의 충격이 아직 남아 있지 않겠니?"

"예?"

"푹 쉬는 게 좋을 것 같아서 말이다. 기왕이면 오늘 내내 단잠에 빠지는 것도 좋겠지."

플로헤타는 작은 궤에서 무언가를 꺼냈다. 종이에 싸여 있던 흰 가루를 확인한 하녀가 고개를 끄덕였다.

"차에 녹여 별채에 가져가겠습니다."

플로헤타는 픽, 웃고 말귀 빠른 하녀에게 돈 몇 푼을 쥐여 주었다.

*　　*　　*

해가 지자 만찬장에 불이 들어왔다. 프렌시프의 권력에 기대고 싶어 하는 하이에나들이 플로헤타의 주위에 북적였다.

"영애께선 날이 갈수록 아름다워지십니다."

"꽃과 함께 있으니 누가 꽃인지 분간이 안 갑니다."

귀족들이 제 앞에서 손바닥을 비비는 건 언제라도 기분이 좋았다. 그녀는 프렌시프 후작과 약혼 전엔 '황도의 개다래 열매'라고 불렸었다.

개다래 열매란 혼기 넘은 남녀를 부르는 은어로, 열매가 맵고 써서 약용할 뿐 먹기 위해 접근하는 사람은 없었다. 가문은 괜찮아도, 매력이 없다는 조롱이었다.

플로헤타는 번듯한 가문, 아름다운 외양임에도 연인이 생기면 석 달을 못 갔다. 그런 그녀가 프렌시프 후작의 약혼녀가 되자 뒤에서 비웃던 사람들이 손바닥 뒤집듯 태도를 바꾸었다. 어디를 가도 플로헤타가 주인공이었고, 늘 꿈꿔 왔던 상황이 현실에 녹아들어 환상적인 일상으로 바뀌었다.

플로헤타가 만찬장으로 걸어오는 두 남자를 발견했다.

"란슬롯, 가웨인!"

그녀는 자랑하듯 아름다운 새 아들의 이름을 불렀다. 란슬롯과 대화하고 있던 가웨인이 인상을 썼다. 플로헤타는 성큼성큼 걸어가, 태도에 귀찮음이 역력한 가웨인의 팔을 잡았다.

'각하를 처음 만났을 때가 딱 가웨인의 나이였어.'

황궁 파티에서 만나 첫눈에 빠졌을 때의 아서 프렌시프가 떠올랐다. 플로헤타가 황홀한 표정으로 가웨인의 팔을 쓰다듬었으나 그는 냉정하게 그녀의 손을 뿌리쳤다. 그녀는 아이가 아직 숫기가 없다며 깔깔 웃었지만, 메리아덴 백작은 표정을 굳혔다.

'건방진 놈.'

그가 이를 득득 갈고 있을 때, 누군가 물었다.

"오늘 파티엔 두 분만 참석하시는 겁니까?"

만찬이 시작했는데도 세니아나는 보이지 않았다. 마침 만찬의 주인공인 나베리우스 프렌시프가 들어왔다. 플로헤타는 이때다 싶어 난처한 듯 중얼거렸다.

"그게⋯⋯."

"몸이 안 좋으시다더니 큰 병인 겁니까?"

"아침만 해도 말짱하기에 기운을 차린 줄 알았는데 착각이었나 봐요."

"예?"

"몸이 안 좋으니 오지 않겠다더라고요. 얼굴만 비쳐 달라고 설득하긴 했지만⋯⋯."

의뭉스러운 태도에 파티장이 술렁였다.

'정말 아픈 게 아닌 모양인데?'

'제 조부의 생신이 아닌가. 이럴 때도 얼굴을 비추지 않는다고?'

'망나니 버릇이 어디에 간답니까. 어르신께서 막내 손주 키우기엔 실패하신 게지요.'

'어르신 망신은 제가 다 시키는군.'

사람들이 속닥거리며 나베리우스를 힐끔거렸다. 그 또한 세니아나가 오지 않은 것이 언짢은 듯 미간에 주름을 잡고 있었다. 플로헤타는 웃음을 삼키고 당황한 척 중얼거렸다.

"이게 다 제가 부족하여⋯⋯."

말하는 도중에 사람들의 시선이 문가로 집중되었다. 예상치 못한 인물이 들어온 것이다.

"늦었습니다."

세니아나 프렌시프가 트레이와 함께 등장했다. 그것도 프렌시프가의 광견이라 불리던 평소와 전혀 다른 모습으로 말이다. 덥수룩하고 치렁치렁하던 머리를 곱게 땋아 한쪽으로 늘어뜨렸고, 칙칙한 무채색 드레스 대신 밝은 제비꽃 색깔의 드레스를 입었다.

조금 깔끔해졌을 뿐인데도 평소에 워낙 꾸미지 않았기에 변화가 선명히 느껴졌다. 플로헤타의 얼굴이 딱딱하게 굳었다.

'어떻게 저 계집애가…!'

* * *

나는 소란스러운 회장을 한 번 둘러보고, 할아버지에게 향했다.

"생신 축하드려요."

"……"

할아버지는 눈썹을 한 번 까딱였을 뿐 말이 없었다.

'늦어서 화가 났나? 하지만 요리 때문에 어쩔 수 없었는걸.'

나의 칠면조 구이는 시행착오 끝에 완성되었다. 단장할 시간도 부족해서 제대로 꾸미지도 못하고 왔다. 할아버지가 만찬 테이블의 상석에 앉는 것이 보였다.

'오늘은 평소의 세니아나처럼 행동하는 게 좋겠지.'

가족들만 있는 자리가 아니기에 나는 그와 멀리 떨어진 의자를 향해 다가갔다.

"이리로."

할아버지는 자신의 바로 옆자리를 가리켰다. 아버지가 없을 때면 항상 플로헤타의 자리였던 곳이다.

'응?'

의아했지만 시키는 대로 할아버지의 옆에 앉았다. 플로헤타의 움켜쥔 주먹이 바르르 떨리자 메리아덴 백작은 자중하라는 듯 그녀를 툭 쳤다. 그제야 그녀는 엉거주춤 내 옆자리에 앉았다.

프렌시프 가의 일원—반쪽 일원까지도—이 모두 착석하자 손님들도 하나둘 자리에 앉았다. 의자 끌리는 소리에 시끄러운 틈을 타 플로헤타가 입을 열었다.

"어떻게 왔니."

속삭이는 목소리에 난 태연히 대답했다.

"걸어서요."

그녀가 휙 고개를 꺾어 살쾡이처럼 날카로운 샛노란 눈동자로 나를 보았다. 그녀가 궁금해하는 것이 뭔지 안다.

'차를 왜 마시지 않았냐는 것이겠지.'

하지만 나는 물음에 답을 주지 않았고, 그녀는 분해서 어쩔 줄 모르는 표정이었다.

나는 샐러드를 먹으면서 주변을 구경했다. 다들 만족스러운 표정으로 식사하고 있는데, 한 사람만은 달랐다. 할아버지는 반쯤 녹은 치즈를 조금 떠먹을 뿐이었다. 그때 플로헤타가 그를 불렀다.

"아버님, 제 조카가 아버님을 위해 만든 칠면조를 내오겠습니다."

그녀가 손을 올리자 하녀들이 커다란 은쟁반을 가지고 들어왔다. 쟁반의 크기가 엄청났는데, 내 것과 비교하면 거의 두 배, 아니, 세 배는 되어 보였다. 하인이 은돔을 열자 식당 곳곳에서 탄성이 터졌다.

"오오! 굉장하군!"

칠면조는 보통 1미터쯤 되는데 이건 그 두 배는 커 보였다. 질 좋은 칠면조가 윤기로 반질반질했고, 육류 구이 특유의 구수한 냄새가 후각을 자극했다. 플로헤타는 의기양양하게 할아버지를 보다가 나를 향해 고개를 돌렸다.

"세니아나도 아버님을 위해 준비한 게 있는 모양인데……."

그러고는 시트론이 잡은 트레이를 흘낏 쳐다보았다. 감탄을 자아낸 요리 뒤에 내 것을 언급하는 이유는 명백했다. 제 조카의 훌륭한 칠면조와 비교당하길 바라는 것이다. 플로헤타의 의도대로 사람들은 큰 관심을 보였다.

"프렌시프 양의 요리라니."

"어허, 이거 놀랍군."

체면을 잊고 목을 길게 뺀 자도 있었다. 내가 시트론에게 눈짓하자 그녀는 쟁반을 테이블 위에 올리고 돔을 열었다.

"하…하하, 이거 아주 사랑스러운 칠면조로군."

"영애께서 애쓰셨겠습니다. 요리는 금세 느는 게 아닌데요."

"그렇지요. 정성의 산물이라는 게 중요하지요."

사람들이 할아버지의 눈치를 보며 애써 내 요리를 칭찬했다. 내 칠면조는 한눈에 봐도 플로헤타가 내민 칠면조보다 못했다. 플로헤타 조카가 만든 칠면조 요리는 살이 탱글탱글하고, 빛깔이 고왔다. 하지만 내 것은 아주 작은 데다 살은 물러 보이고, 양념에 절였기에 색마저 탁하다. 풋, 하고 플로헤타에게서 실소가 터져 나왔다.

"세상에, 세니아나. 귀엽기도 하지."

플로헤타는 까르륵 웃으며 말을 이었다.

"서툴게 노력한 모습이 귀엽지 않습니까?"

그러고는 하인을 불렀다. 나와 그녀의 칠면조를 각각 덜은 하인이 할아버지에게 가져갔다. 할아버지가 먼저 맛본 건 플로헤타의 칠면조였다. 소리 없이 칠면조를 씹던 할아버지가 미간을 좁히자 메리아덴 백작이 긴장된 표정으로 물었다.

"입에 맞으십니까?"

"나쁘지 않군."

플로헤타와 메리아덴 백작의 입이 함지박하게 벌어졌다. 할아버지는 평생 '로열 키친에서 세 손가락 안에 꼽혔던 요리장'의 음식을 먹고 살았다. 그런 그가 나쁘지 않다고 말했다는 것은 정말 훌륭한 음식이란 것이다. 귀족들은 오! 하며 탄성을 터뜨렸고, 플로헤타는 벌써 승리한 기색이었다.

그리고 이번엔 내 차례. 할아버지가 천천히 고기를 입에 넣었다. 회장에 조금 전과는 다른 긴장이 감돌았다. 사람들은 나베리우스의 입을 주목했다. 씹기를 서너 번쯤 하더니 꿀꺽, 목젖이 부드럽게 위아래로 움직였다. 가웨인이 세니아나의 고기를 한 번 쳐다보았다.

'몇 번 안 씹혔군.'

너무 무르다. 프렌시프 성에 질 낮은 칠면조가 있을 리 없으니 음식에 문제가 있었다면 모두 요리사의 솜씨 탓이다. 그런데 나베리우스의 손길이 멈추지 않았다.

도무지 이해할 수 없는 일이었다. 한눈에 보기에도 훌륭한 메리아덴 가의 칠면조는 한 번 맛을 본 게 다였다. 메리아덴의 요리에 못 미치는 세니아나의 요리를 어째서? 만찬장에 있던 사람들이 목소리를 죽인 채 속삭였다.

"설마 손녀의 면을 세워 주려는 건가?"

"그럴 리가. 혈육에도 냉정할 만큼 엄격한 분이시오."

플로헤타는 입술을 짓씹었다.

'대체 무슨 짓을 한 거야……!'

그녀가 세니아나를 노려보았다. 세니아나는 마치 예상에 들어맞았다는 듯한 표정으로 옅은 한숨을 내쉬고 있었다. 이번 일에 가장 놀란 사람은 시식한 당사자, 나베리우스였다.

'몇 번 씹지도 않았는데 목 안으로 넘어가는군.'

칠면조의 식감을 완전히 뭉개 버렸는데도 자꾸만 손이 가는 건 양념 때문이었다. 보통 칠면조의 소스는 맵거나 시기 마련인데, 이것은 달고 짭조름했다. 속살을 집어 올릴 때마다 수프의 그것처럼 양념이 주르륵, 접시 위로 흘러내렸다.

'이 달콤한 건 꿀인가. 아니, 꿀뿐만이 아니야.'

익숙한 향기였다.

'홍시?'

요새 즐겨 먹는 것을 어떻게 안 것인가. 나베리우스가 생글생글 웃고 있는 세니아나를 빤히 쳐다보았다. 그의 앞에 놓인 접시를 텅 비운 채.

＊　　＊　　＊

성공이다. 나는 속으로 쾌재를 불렀다. 사람들은 물론이고, 란슬롯과 가웨인마저 놀란 듯 할아버지가 비운 접시를 쳐다보았다.

'예상이 맞았어. 그래, 배가 고프셨을 거야.'

평소에 음식을 제대로 드시지 못했을 터였다.

'이가 아파서!'

나는 가웨인의 말에서 힌트를 얻었다. 홍시를 '물렁한 감'이라고 표현한 것에서 말이다. 가웨인이 홍시라는 단어를 몰랐을까? 어린 애가 아니고서야 그럴 리 없다.

'그래서 생각했지.'

할아버지가 그것을 '물렁한 것'이라고 부르지 않았을까 하고. 면을 즐긴다는 것도 힌트 중 하나였다. 그래서 나는 시트론에게 파인애플과 키위를 구해 오라고 했다. 파인애플에 있는 브로멜린이라는 성분과 키위에 있는 액티니딘이라는 성분은 단백질을 녹인다.

'그래서 형태만 남을 정도로 육질을 녹이고, 불고기 양념으로 쪄 냈지.'

굽는 것보다 쪄 내는 게 육질을 부드럽게 한다는 건 상식이다. 거기다 양념에도 꿀과 홍시를 듬뿍 넣어 보다 촉촉하고 부드럽게 만들었다. 사람들의 수군거림에서 요리와 재능이라는 단어가 들리는 것으로 보아 나의 평가가 상당히 올라간 듯했다. 란슬롯은 부드럽게 웃으며 할아버지를 보았다.

"두 요리 모두 훌륭한 선물이로군요."

"흠……."

"두 요리 중 훌륭한 쪽에 답례를 하시는 게 어떻겠습니까? 만찬의 여흥이 될 겁니다."

귀족들이 껄껄 웃으며 그의 말에 동의했다. 플로헤타는 예상과 다른 상황에 놀란 듯했지만, 이내 손을 움켜쥐었다. 그녀의 조카가 만들었다는 칠면조 요리도 상당히 훌륭한 축이었다. 나의 요리를 더 많이 먹긴 했지만, 객관적인 판단은 다를 거라는 희망이 엿보였다.

할아버지는 고개를 끄덕이곤 포크를 집었다. 어느 접시에 포크가 올라가느냐에 따라 승자가 결정된다. 모두가 숨을 죽이고 그의 손을 지그시 바라보았다. 달칵, 포크가 내려갔다. 나의 접시에.

"오오!"

탄성이 터져 나옴과 동시에 란슬롯은 빙그레 웃으며 나에게 말했다.

"자, 세니아나. 조부님께 바라는 바를 말씀드려라."

나는 두 손을 맞잡고 마른 침을 꼴깍 삼켰다.

"저는……."

사람들은 물론이고, 란슬롯과 가웨인, 그리고 할아버지까지도 나를 주시했다. 나는 천천히 입을 열었다.

"할아버지, 저를 구해 주세요."

그리고 검지를 쭉 펴 플로헤타를 가리켰다.

"저는 저 사람에게 학대당해 왔습니다."

나는 떨리는 눈빛으로 할아버지를 쳐다보았다.

"제가 바라는 건 그 일에 관한 진상 조사예요."

가웨인의 표정이 얼어붙고, 란슬롯도 얼굴을 굳혔다. 내 입에 이러한 말이 나올 줄은 예상하지 못한 것 같았다.

"뭐, 뭐라고?"

"무슨……!"

회장에 폭탄이라도 놓인 것처럼 터져 나갈 듯한 소음으로 가득해졌다. 플로헤타는 새파랗게 질려 어찌할 바를 몰랐다.

"무… 무슨! 아니에요! 아니에요! 아버님, 전 그런 적 없……! 이건 모함이에요!"

메리아덴 백작의 동공이 바르르 떨렸다.

"영애, 이성적으로 생각하십시오. 제 딸이 무슨 이유로 영애를 학대하겠습니까!"

"네, 그래요! 제가 어떻게 세니아나를……!"

플로헤타는 비명을 지르듯 소리치며 벌떡 일어났다. 하지만 할아버지는 아무런 말이 없었다. 생각에 잠긴 듯 손끝으로 테이블을 툭, 툭, 칠 뿐이었다.

"어르신! 일이 이렇게 된 이상 이건 여흥이 아닙니다. 정식으로 항의하겠습니다!"

다급해진 메리아덴 백작이 협박하듯 나를 잠시 쳐다보았다. 그때 낮은 웃음소리가 들렸다.

"저 홀로 막내의 말을 잘못 들은 모양입니다."

란슬롯이었다.

"예?"

"막내는 진상을 조사해 달라고 했지, 무작정 믿어 달라고 한 것이 아니잖습니까."

"그건……!"

"오해가 있었다면 조사를 하여 풀면 될 일."

"하지만 가당키나 한 소리입니까! 말도 안 된다고요! 영애가 제 딸을 매도하고 있습니다!"

가웨인이 흥분해서 어쩔 줄 모르는 백작을 쏘아보았다.

"그러니까 매도인지 아닌지 확인을 해 보자는 게 아닙니까."

형제의 말에 메리아덴 백작의 안색이 흙빛으로 변했다. 조부가 손을 들어 올리자 터져 나갈 것처럼 시끄러웠던 장내가 순식간에 조용해졌다.

"란슬롯은 헤더우드에게 조사를 명해라."

헤더우드는 황궁 조사관 출신의 우직한 남자였다. 목전에 칼이 들어와도 거짓을 말하지 않을 자로, 이 자리에 있는 모두 그의 일화를 알고 있었다. 회장에 침묵이 이어지던 때에 할아버지가 나에게 말했다.

"내겐 오해로 사단을 만드는 손주 따윈 없다."

학대가 사실이 아니었다고 밝혀질 시엔 역풍을 맞을 각오를 하라는 뜻이었다.

나는 파티장을 나서는 란슬롯을 따라갔다. 그가 무슨 일이냐는 표정으로 나를 돌아보았다.

"헤더우드 경에게 제 말을 전해 주세요."

"그는 청탁 같은 건 받지 않는 사람이야. 물론 협박도 통하지 않지."

"제 조리실에 증언할 사람이 있어요."

"뭐라고?"

그 말에 나는 짧게 한숨을 내쉬었다.

'여기 사람들은 나를 바보로 알아. 증거도 없이 이런 일을 벌일 리 없잖아.'

몇 시간 전, 별채 하녀가 차를 가져오며 란슬롯을 언급했다.

[란슬롯 도련님께서 보내 주신 귀한 차입니다.]

나는 듣자마자 시트론에게 명해 그녀를 붙잡았다. 이 일을 전하니 란슬롯의 표정이 묘해졌다.

"너는 내가 보내지 않았다는 걸 어떻게 확신했지?"

"그야 이상한걸요."

"무엇이?"

'별채의 하녀'가 '란슬롯의 명'을 받았다는 게.

"별채는 얼마 전까지만 해도 플로헤타의 세상이었잖아요. 제게 선물을 보내려 했다면 간계를 꾸밀 수도 있는 별채 하녀가 아니라 다른 사람을 보냈겠죠."

게다가 군이 파티 시작 전에 차를 보낸다는 것도 수상하다. 내 말을 듣고 란슬롯이 물었다.

"어떻게 확신하지?"

"오빠는 똑똑하니까요."

란슬롯이 그런 걸 놓쳐서 불상사를 만들 사람이 아니란 걸 알고 있다. 그가 눈을 가름하게 떴다.

"내가 너를 해하려 했을 수도 있어."

"아니요. 그럴 수 없어요."

나는 확신에 찬 어조로 말을 이었다.

"저는 플로헤타의 견제 도구로 쓸 만하잖아요. 그러니까 오라버니는 이용 가치가 있는 저를 버리지 않을 거예요."

란슬롯의 눈이 조금 커지더니 이내 부드럽게 휘었다. 그는 헤더우드 경에게 꼭 전하겠다고 말했다. 그리고 그 덕에 조사는 생각보다 더 빠르게 마무리되었다.

* * *

헤더우드 경의 보고서가 할아버지에게 전달되었다. 플로헤타는 만찬에서의 당황이 거짓말인 것처럼 기세등등했다. 학대의 현장을 목격한 건 별채의 하녀들뿐이었고, 그들은 침묵했다. 아예 팔을 걷어붙이고 도운 이들의 수도 제법 되었다.

다시 말해 모두가 공모자인 것이다. 절대 입을 열지 못할 테니, 쫓겨나는 건 눈엣가시 같은 나라고 생각한 것일 터다.

'시트론이 내 사람인 건 모두가 알 테니, 시트론의 증언은 힘이 없고.'

메리아덴 백작도 딸과 같은 생각이었기에 그다지 위기감을 느끼는 표정이 아니었다.

'과연 그럴까?'

나는 조사 보고서를 읽는 할아버지를 쳐다보았다. 그가 테이블 위에 보고서를 내려놓았다. 그러고는 조용하게, 그러나 위험하도록 낮게 읊조렸다.

"뺨을 내려치는 건 예삿일이고, 한겨울에 언 이불만 남기고 담요까지 불태웠으며 옷장에 가둔 적도 다수, 오물까지 먹이려 했다, 라."

거기에 짤막한 한 마디가 덧붙었다.

"감히 내 피붙이에게."

플로헤타의 얼굴이 순식간에 굳어졌다. 메리아덴 백작이 다급하게 딸과 할아버지를 번갈아 보았다.

"무… 무슨! 오해가 있을 겁니다! 그럴 리가……!"

대접견실에 있던 모두의 시선이 플로헤타에게 박혔다. 그녀가 딱딱 이를 부딪치며 어깨를 오들오들 떨었다. 할아버지의 말은 모두 사실이었다. 증언이 있지 않고서야 나올 수 없는 말이라는 걸 그녀가 더 잘 알고 있을 것이다. 딸의 표정을 본 백작은 사색이 되었다.

"플로헤타!"

"아, 아니, 그러니까 이건……."

누가 토설했고, 몇 명이나 증언하였는지 모르는 이상 함부로 변명할 수 없을 거다.

'차라리 시인하는 쪽이 이로울 텐데.'

일이 이렇게까지 빨리 풀린 건 뒤에서 조종한 인물이 있다는 뜻일 테니까.

'내 생각에 그건⋯⋯.'

란슬롯을 슬그머니 쳐다보자 그는 빙그레 웃었다.

'역시.'

플로헤타가 허둥지둥 소리쳤다.

"거짓말! 거짓말이에요!"

"거짓말이라고?"

"저를 궁지에 몰려고⋯⋯! 하녀들을 매수해서⋯⋯!"

플로헤타의 변명에 나는 속으로 고개를 저었다.

'바보. 이럴 때 변명은 역효과라고.'

하기야 그녀가 머리를 쓸 줄 아는 사람이었다면 처음부터 이런 사달은 만들지 않았을 거다. 문이 벌컥 열리고 헤더우드 경이 익숙한 면면들과 함께 등장했다. 별채 하녀들이었다.

플로헤타가 한 말을 들은 모양인지 그들의 얼굴에 여러 가지 감정이 복합되어 있었다. 겁, 기막힘, 억울함, 분노. 충성의 빛 같은 건 한 점 찾을 수 없었다. 그렇게 앞잡이 노릇을 했건만 돌아온 건 꼬리 자르기였다.

플로헤타는 이제 하녀들의 도움마저 구할 수 없을 것이다. 하녀들이 하나씩 알고 있는 것을 이야기했다. 이야기를 들을수록 메리아덴 백작의 얼굴이 썩어들어 갔고, 플로헤타는 안절부절못했다.

세니아나가 오물을 맞은 이튿날, 자살 시도를 했다는 이야기까지 나오자 백작은 플로헤타의 뺨을 올려붙였다. 짜악! 하는 날카로운 소리와 함께 플로헤타의 얼굴이 돌아갔다.

"이 개돼지만도 못한……!"

나는 기가 막혔다. 그런 플로헤타를 물밑에서 도운 것이 바로 백작이었다. 하녀들을 매수할 돈을 플로헤타에게 쥐여 준 것도 그였고, 헛소문까지 만들어서 세니아나를 궁지에 몬 것도 그였다.

'그래 놓고 본인은 모른 척이라니.'

어떻게 보면 정말 대단한 사람이었다. 그는 납작 엎드려 할아버지를 올려다보았다.

"어, 어르신, 이 일은 어떻게든 보상하겠습니다. 그러니 제발……!"

가웨인이 헛웃음을 터뜨렸다.

"사람을 죽일 뻔해 놓고 보상이라. 조부님, 저자는 딸보다 형편없습니다."

란슬롯도 그의 말에 힘을 보탰다.

"저런 여자를 가문의 안주인으로 들일 수는 없지요."

할아버지는 턱을 느리게 매만졌다. 어찌할까 고민하는 듯한 표정에 백작과 플로헤타는 잠시 용서를 기대했다. 물론 아주 잠시였지만.

"파혼만으로는 안 되지."

"어… 어르신!"

"나는 내 뒤에서 발톱을 드러낸 자를 가만히 둔 역사가 없다."

고함을 지르지도 않았는데 엄청난 위압감이었다.

"어찌할까, 세니아나."

"예?"

갑자기 돌아온 말에 나는 눈을 깜빡였다.

"당사자인 네가 결정해라. 사냥 정도는 해 주마."

"사냥이요?"

"단번에 숨통을 끊어 주랴? 아니면 팔다리를 죄 잘라 네 장난감으로 만들어 줄까? 돈줄을 막아 굶어 죽게 하는 것도 좋겠지."

할아버지가 아주 위험한 표정으로 낮게 웃었다. 메리아덴 백작이 엉금엉금 기어 나에게 다가왔다.

"아가씨, 아가씨! 자비를 베풀어 주십시오. 이번 한 번만 용서해 주신다면 평생 충성……!"

"아버지!"

플로헤타가 날카롭게 소리쳤다. 자존심 상한 그녀가 무어라 말하려 할 때였다. 벌떡 일어난 메리아덴 백작이 딸의 멱살을 잡았다.

"입 닥치지 못하겠느냐! 내가 평생을 일군 가문이 네년 때문에 풍비박산 나게 생겼어!"

"그, 그렇지만……."

"노예로 내다 팔아 주랴!"

진심이 담긴 말에 플로헤타는 흠칫 놀랐다.

"당장 무릎을 꿇고 아가씨께 사죄드려!"

찢어질 것 같은 노성에 플로헤타는 덜덜 떨었다. 그녀가 입술을 꽉 깨물었다.

"아, 아가씨……."

메리아덴 백작이 애걸하며 늘어져서 나는 조금 고민이 되었다. 나이 많은 어른이 한참 어린 내 앞에서 절절매니 마음이 쓰인 것이다. 실수 한 번은 할 수 있기도 하고. 짧게 신음하며 고민하는 나를 본 메리아덴 백작의 표정이 밝아졌다.

"제발……."

쥐어짜 낸 목소리에 나는 살짝 고개를 끄덕인 뒤 할아버지를 보았다.

"돈줄을 끊어서 굶어 죽게 하는 게 좋겠어요."

바로 죽이는 게 아니니 얼마나 자비로운 판결인가. 잘하면 살아날 수도 있잖아? 란슬롯과 가웨인이 음험하게 웃는 걸 보면 쉽지는 않겠지만.

*　　　*　　　*

할아버지는 그날 즉시 행정 관리에 명해 메리아덴 가에 투자한 전액을 회수했다. 죽으라는 소리였다. 그 길로 메리아덴 부녀는 쫓겨났고, 백작은 프렌시프 성을 떠나면서도 당장 투자자를 찾아야 한다며 날뛰었다. 아마 쉽지 않은 일일 것이다. 나베리우스 프렌시프의 눈 밖에 난 그에게 누가 돈을 빌려주겠는가.

나와 할아버지, 그리고 오빠들 사이에 침묵이 감돌았다. 어색한 침묵을 깬 사람은 란슬롯이었다.

"상은 마음에 들어?"

'플로헤타를 쫓아낸 걸 말하는 건가? 그야 물론…….'

나는 냉큼 고개를 끄덕였다. 란슬롯 옆에 서 있던 가웨인의 입가에 얼핏 미소가 보인 것 같았다. 빤히 쳐다보니 뭘 보냐는 듯 팩 인상을 쓰긴 했지만 말이다. 란슬롯은 다행이라며 눈을 나붓이 휘었다.

"그럼 이제 알려 줄래?"

눈을 동그랗게 뜬 나를 보는 란슬롯의 눈빛이 일순 날카로워졌다.

"네가 변한 진짜 이유."

"……"

대접견실 안, 세 쌍의 눈동자가 모두 내 얼굴에 박혔다.

"그건……."

이런 상황이 올 거라는 건 예상하고 있었다. 세니아나의 기억이 있다고 해도 내가 그 애를 완전히 흉내 내는 건 무리였다. 난 세니아나와는 다른 사람이었기에 할아버지와 오빠들이 위화감을 느끼지 않았을 리 없다. 충분히 수상했을 것이다. 내가 입을 열려던 찰나였다.

'어……?'

삐익ㅡ! 날카로운 이명이 머릿속을 가로질렀다. 눈앞이 희뿌옇게 변하고, 천지가 빙글빙글 회전했다. 몸이 휘청거리더니 쿵! 쓰러졌다.

"세니아나!"

"……아나!"

커다란 인영이 내게 다가왔지만, 발끝만 겨우 보였다. 시야가 좁아지면서 그들의 목소리가 점점 멀어졌다…….

*　　　*　　　*

손을 내려다본 나는 고개를 갸웃 기울였다. 꼭 단풍잎처럼 작고 야들야들한 손이다. 마디며 손톱 밑은 새카맣고 손등엔 큰 화상 흉터가 있었다.

'이건…….'

윤세나의 손이었다. 정확히 말하면 어릴 적 윤세나의 손. 그렇게 생각하고 있는데 한순간에 주변이 바뀌었다.

"어디 있어!"

"네 애비 어디 갔느냐고!"

"내 돈 떼먹고 너는 등 따시고 배부르게 살 줄 알아? 어?!"

알이 큰 반지가 몇 개나 끼워진 손. 솥뚜껑처럼 두꺼운 남자의 손. 손톱에 새빨간 매니큐어가 발라진 손. 몇 개나 되는 손이 나를 향해 날아들었다. 나는 얼른 몸을 웅크렸다. 최대한 둥글게 말고 머리 위를 팔로 막아야 덜 아프다.

'눈을 꼭 감고 백까지 세면 돼.'

괜찮아, 지금의 나는 백까지 정확히 셀 줄 아니까. 옛날처럼 구까지 세고 다시 일로 돌아가지 않아도 되니까. 그런데,

'······어라.'

어느새 주변이 또 바뀌어 있었다.

"꼭꼭 숨어라. 머리카락 보인다."

"다 숨었니?"

"다 숨었다!"

주변을 돌아보니 나는 익숙한 터널 안에 있었다.

'놀이터의 터널이잖아.'

아이들이 시끄럽게 떠드는 소리가 멀리서 들려왔다.

'고아원? 놀이 시간인가?'

고아원에선 놀이 시간에 항상 숨바꼭질을 했다.

"예은이 찾았다!"

"주호 찾았다!"

숨을 죽이고 무릎을 끌어안았다. 나는 이곳에서 가장 숨바꼭질을 잘하는 아이였다.

'아무도 나를 찾아 주지 않았으니까.'

간식 시간이 지나서도 이곳에 홀로 있었다. 마음속으로 누군가 찾아 주길 바라며.

'누구도 오지 않을 텐데 나는 왜 항상 끝까지 기다린 걸까.'

그런 생각을 하다가 조금 웃었다. 그때의 내가 바보 같고, 가련해서. 나는 터널 안으로 밀려드는 아이들의 웃음소리를 계속 듣고 있었다. 까르륵, 맑은 웃음소리와 열댓 개의 발소리는 여전히 다른 세상의 소리 같았다. 무릎에 고개를 묻고 흐르는 코를 쿨쩍 들이켜며 손으로 훔쳐 냈다.

'혼자서도 괜찮아, 혼자서도 나는 괜찮아.'

세뇌하듯 속으로 말하면서.

"세나 찾았다."

코 묻은 손을 바지춤에 문지르던 손이 느려지고, 숨이 멈추었다. 나는 이 목소리를 알고 있다.

"세나야."

내가 세상에서 제일 사랑하는 목소리. 꿈에서라도 듣고 싶어서 끈질기게 잠을 청했던 목소리.

"세나야 같이 놀자."

엉금엉금 기어 터널을 나왔다. 손과 다리가 모두 덜덜 떨렸다. 사라져 버릴까 봐 무서워서. 낡은 옷을 입은 어른이 나를 향해 손을 뻗었다.

"선생님……."

"자, 이리 와."

나는 선생님을 향해 뛰었다. 하지만 아무리 뛰어도 선생님은 자꾸만 멀어졌다.

"선생님! 선생님!"

무서웠다. 이러다 선생님을 놓칠 것 같아서. 눈물과 콧물로 범벅된 얼굴로 계속 뒷모습을 쫓아갔다.

"서, 선……!"

돌부리에 걸려 넘어질 찰나였다.

"그러다 넘어지면 코 깨져요."

선생님이 나를 끌어안았다. 나는 덜덜 떨리는 손으로 선생님을 붙들었다.

"나, 나…… 버리지 마세요."

머리를 쓰다듬는 손이 다정해서 눈물이 멈추지 않았다. 선생님 품에 안겨서 나는 펑펑 울었다.

"착한 아이가 될게요. 그러니까 선생님, 저를 혼자 두지 마세요."

─ 하고 말하면서.

* * *

침대에 죽은 듯 누워 있는 세니아나를 살피던 의사가 몸을 일으켰다.

"어떻게 된 거지?"

가웨인이 묻자 의사가 안경알을 추켜올렸다.

"몸 상태가 엉망인데 피로까지 축적되어 혼절한 것뿐입니다."

그 말에 란슬롯이 미간을 좁혔다.

"쓰러지기 직전만 해도 아무렇지 않았어. 아무런 전조도 없었는데 갑자기 이렇게 되는 게 말이 되나."

"글쎄요. 제가 보기엔……."

그가 새파랗게 질린 세니아나를 빤히 쳐다보았다. 아무렇지 않았을 리 없다. 몸살처럼 온몸이 욱신거리고 열이 올랐을 것이다.

"내색하지 않으신 듯합니다만."

"혼절할 때까지?"

가웨인이 왈칵 성을 내듯 묻자 의사는 고개를 끄덕였다.

"참는 게 익숙하신 것 같습니다."

"그럴 리가. 심심하면 패악을 떨던 녀석인데!"

가웨인이 콧방귀를 뀌었다. 의사는 침대 아래로 떨어진 그녀의 손을 다시 올려 주었다. 소매가 밀려 올라가며 노랗게 변한 멍 자국들이 보였다.

"……."

모두 아무 말도 할 수 없었다. 나베리우스 프렌시프는 시체처럼 누운 손녀를 빤히 보았다. 세니아나의 것과 꼭 닮은 붉은 눈에선 감정을 읽을 수 없었다. 때마침 성의 행정관이 들어왔다.

"어르신, 황도에서 연락책이 왔습니다."

"……가지."

가웨인이 눈살을 찌푸렸다.

'하여간 더럽게 바쁘시지.'

쓰러진 손녀보다 일이 더 중요한 사람인 건 알고 있었다. 그런데 왜인지 기분이 나빴다. 체한 것처럼 가슴이 답답했다. 짜증이 나는 것도 같고, 화가 나는 것도 같았다.

나베리우스가 등을 돌리려던 찰나 세니아나가 그의 옷깃을 잡았다. 간호하던 이들도, 가웨인과 란슬롯도, 나베리우스마저도 우뚝 멈춰 그녀를 돌아보았다.

"버리지…… 마세요……."

"……."

"……."

"……."

세 남자의 얼굴이 굳어졌다.

"착한 아이가 될게요……."

가웨인이 주먹을 꽉 움켜쥐었고, 란슬롯이 그녀의 얼굴에서 눈을 떼지 못했다. 타인이 제 몸에 닿는 것을 극도로 꺼리는 나베리우스조차 세니아나의 손을 뿌리치지 못했다.

*　　*　　*

내가 눈을 뜬 건 창밖이 어슴푸레 밝아올 때였다.

'새벽인가?'

억지로 몸을 일으켰다. 푹 자고 일어나서인지 상태가 한결 좋았다.

'아니면 꿈 때문일 수도 있고.'

좋은 꿈을 꾸었다. 내용은 하나도 기억나지 않지만, 그저 기분이 아주 좋았다는 것만은 알겠다. 주변을 둘러본 나는 고개를 갸웃했다.

"여기가 어디지?"

"아가씨!"

갑자기 들려온 소리에 흠칫 놀랐다. 뒤를 보니 시트론이 대야와 물수건을 들고 들어오는 중이었다. 그녀가 대야를 아무렇게나 내려놓고 내게 다가왔다.

"몸은 어떠세요?"

"괜찮아."

그녀가 크게 한숨을 내쉬었다.

"얼마나 놀랐는지 아세요? 혼절하셨대요!"

"혼절?"

"몸이 안 좋은데 과로하셔서……. 안 좋으시면 말씀하셔야죠."

죽을 것 같진 않았다.

'참을 만해서 괜찮은 줄로만 알았지.'

"이제 정말로 괜찮아. 그런데 시트론, 여기가 어디야?"

"작은 도련님의 침실이에요. 여기가 대접견실과 가장 가까워서 이쪽으로 모신 것 같아요."

가웨인의 침실이라고? 나는 헉! 숨을 들이켜고 헐레벌떡 일어나 베개를 탁탁 털어 냈다. 시트론이 당황한 낯빛으로 물었다.

"뭐 하시는 거예요?"

"하룻밤을 꼬박 썼다고 화내면 어쩌지?"

"하룻밤이요?"

"하룻밤이잖아? 새벽인걸."

"사흘이에요."

"뭐?"

"아가씨께서 쓰러지신 후로 사흘이 지났어요."

뭐?! 나는 눈을 크게 뜨고 시트론을 쳐다보았다.

"그만큼 몸이 안 좋으셨던 거죠."

그녀가 내 어깨를 살며시 눌러 나를 다시 침대 위에 눕혔다.

"괜찮아지시거든 가도 좋다고 하셨어요."

"가웨인이?"

"다른 분들도요."

잠든 새 무슨 일이 있었길래 그들이 성의 침실을 내주었지? 그럼 가웨인은 어디서 잤을까?

'이렇게 커다란 성이니까 방이야 많겠지만……'

어리둥절한 얼굴을 본 시트론이 싱긋 웃었다.

"도련님들께서 매일 오셨어요. 그리고……."

"그리고?"

"아니에요. 일단 주무세요."

시트론이 꿀을 탄 우유를 가져다주고는 계속해서 나를 돌봐 주었다. 하지만 도무지 마음이 편해지지 않았다.

'두 사람이 대체 왜?'

나는 내가 달라진 진짜 이유를 말하라는 가족들 앞에서 쓰러졌다. 믿을 수 없다고 생각한 건가? 그래서 깨어나면 쫓아내려고?

'어쩌지……. 아직 여비도 못 모았는데.'

우울한 얼굴로 천장만 빤히 바라보았다.

*　　*　　*

하지만 의외로 프렌시프의 사람들은 인간성이 있었다. 내가 아픈 후라서인지 바로 쫓아내지는 않았다. 며칠은 살얼음판을 걷는 것 같았는데 그것도 시간이 지나니 옅어졌다. 시간은 쏜살같이 흘렀다. 귤을 입에 쏙쏙 집어넣던 나는 부르르 기지개를 켰다.

"휴가 온 것 같아."

시트론이 후후 웃으며 고개를 끄덕였다.

"플로헤타가 없으니 평화롭네요."

"오늘은 하녀들 우는 소리도 안 들리고."

플로헤타의 끄나풀들은 죄 잘렸다. 당연한 일이었지만, 문제는 모두가 영지민이었다는 것이다. 그들은 '이대로 프렌시프 아가씨의 학대범이 되면 영지에서 살 수 없다'며 매일매일 무릎을 꿇고 울었다.

하지만 내가 그들을 용서하는 일은 없었다. 이제 그들은 터전인 영지에서도 쫓거나 유랑하게 될 것이다. 그것도 평생에 걸쳐 막대한 배상금을 갚으며.

"좀 심했나……."

내가 중얼거리자 시트론이 눈을 부릅떴다.

"아가씨 몸에 멍을 보세요. 그들은 아가씨를 공중에 매달고 플로헤타와 함께 채찍을 들었어요!"

그렇긴 하다. 나는 동정하지 않기로 하고, 말을 돌렸다.

"참, 니콜은 어떻게 됐어?"

하녀장이었던 자를 언급하자 시트론의 눈빛이 날카로워졌다.

"별채의 운영 자금에도 손을 댔나 봐요. 아가씨 일까지 더해서 고문받고 있어요. 아마 앞으로 죽는 게 더 나은 삶을 살겠죠."

그녀는 플로헤타도 마찬가지일 거라며 덧붙였다.

"으아, 살벌하다."

나는 그렇게 말하며 침대에서 뒹굴거렸다. 그런 날 보던 시트론이 손뼉을 치며 소리쳤다.

"어머! 아가씨, 늦겠어요."

오늘은 할아버지, 그리고 오빠들과 함께 점심을 먹기로 한 날이었다. 시트론은 드디어 점수를 회복한 거라고 기뻐했다.

"……나 오늘 아프면 안 될까?"

내가 풀 죽은 목소리로 중얼거렸지만, 그녀는 단호히 고개를 저었다.

옷을 갈아입은 뒤 성으로 향했다. 식당 안에 들어가자 할아버지, 그리고 란슬롯과 가웨인이 앉아 있었다. 나는 눈알을 도록 굴리다가 벽면에 붙은 시계를 보았다.

'제시간에 맞춰 왔는데?'

"늦었… 습니다?"

란슬롯이 빙그레 웃으며 말했다.

"우리가 일찍 왔다. 나눌 이야기가 있었거든."

"아······."

고개를 주억거리며 자리에 앉았다. 곧 애피타이저가 나왔는데, 커다란 관자가 여러 개 든 수프였다. 할아버지는 국물만 조금 떠먹다가 스푼을 내려놓았다.

"늘 먹던 것을 가져와라."

나는 눈을 동그랗게 뜨고 그를 보았다.

"물렁한 것이요?"

"······."

'아직 이가 아프신가.'

그러자 할아버지의 미간에 옅은 주름이 잡혔다.

'어떻게 알았냐는 표정이네.'

가웨인에게 힌트를 얻어서 알게 되었지만 말하지 않기로 했다. 그가 굳은 얼굴로 나를 뚫어지게 보고 있기에 말을 돌렸다.

"치료를 받으세요."

"······별것 아니다."

"몇 달째 계속 아프시잖아요."

"······."

나는 할아버지 쪽으로 몸을 틀었다.

"할아버지, '아' 해 보세요."

그의 얼굴이 굳어졌고, 란슬롯과 가웨인은 눈을 홉떴다.

"여긴 가족밖에 없는걸요. 괜찮아요."

"정신 사나우니 그 입 좀 다물어라."

"하지만 계속 아프시잖아요."

"음식이나 먹어."

"그럼 칠면조 찜을 또 해드릴까요?"

"……."

그건 싫지 않은지 핀잔이 돌아오지 않았다. 한동안 침묵하고 있던 그가 천천히 입을 뗐다.

"레시피를 요리장에게 전해라. 값을 치러 주마."

"값이요?"

그가 테이블 아래에 걸린 작은 벨을 흔들자 문밖에 있던 집사가 들어왔다.

"세니아나에게 레시피 값을 내줘라."

집사는 말없이 고개를 숙였다. 그러고 보니 세니아나는 오빠들처럼 사재(개인적으로 운용 가능한 재산)가 따로 없다. 몇 년 전까진 있었는데 어떤 사고를 쳐서 몰수당했다. 레시피는 그냥 줄 생각이었지만, 값을 치러 준다면 거절할 이유가 없었다.

'우와, 내가 돈을 벌었어.'

여기 와서는 처음이다. 돈을 싫어하는 사람이 있을까? 나도 돈을 무척 좋아했다. 식당의 매상을 세는 게 삶의 낙 중 하나였다. 내가 헤실거리며 웃자 란슬롯이 픽 실소를 흘렸다.

"그 돈으로 뭘 할 거야?"

"일단 시트론에게 얼마쯤 주려고요."

칠면조 찜을 만들 때 시트론도 나만큼 고생했다.

"그리고 구두를 살 거예요."

"구두?"

"네. 원래 있던 구두가 안 맞나봐요. 신으면 쓸리고 아파요."

"수제화로 맞추는데 안 맞을 리가."

"올해 맞춘 건 플로헤타가 다 불태웠어요. 작년에 있던 걸 신고 다녔더니 피고름이 생기더라고요. 안 맞는 게 맞아요."

세니아나는 주로 침대에서만 지냈기에 구두가 필요할 일이 없었지만, 나는 다르다. 매일매일 안 맞는 구두를 신고 돌아다녔더니 발이 망가졌다. 나는 아무렇지 않게 말하며 관자를 입에 넣었다. 살이 탱탱한데 얼마나 잘 손질했는지 이에 조금도 끼지 않았다.

"음, 맛있다."

한참 맛있게 먹고 있다가 고개를 들었다.

'응?'

그들이 나를 쳐다보고 있었다.

'혹시 구두 얘기 때문에?'

나는 정말로 아무렇지 않았다. 고아원 애들이 신발을 숨겨 놔서 한겨울에 맨발로 학교에 간 적도 있었다.

'게다가 아예 못 걸을 정도는 아닌걸. 왜 그런 표정으로 쳐다본담.'

그리고 보니 가족들의 눈빛이 평소와 다른 것 같았다. 나는 어리둥절한 표정으로 남은 관자를 입에 넣었다.

*   *   *

식사가 끝난 후 나는 할아버지에게 돈주머니를 받았고, 가웨인은 벌을 받았다. 일전에 반란군 토벌 사건 때 일을 그르칠 뻔했기 때문인 것 같았다. 벌을 내린 사람은 란슬롯이었다.

'그런데 왜 나도 함께 받아야 하는 거지?

가웨인의 벌은 나의 쇼핑을 돕는 것이었다.

"장인을 불러서 맞추면 될 것을."

"상점에 가 보고 싶었는걸요. 안 와도 된댔는데 오셔 놓곤……."

우리는 서로 구시렁거리며 상점 거리로 나왔다. 상점 거리 안까지는 마차가 들어갈 수 없기에 내려서 걸었다. 나는 가웨인의 뒤를 졸랑졸랑 쫓아 걸었다. 하지만 걸음이 빠르고 사람도 많아서 여차하면 놓치기 일쑤였다.

앞서 걷던 가웨인이 우뚝 멈춰 섰다.

"거북이냐?"

"빨리 걷는 건 그쪽이에요."

그가 인상을 찡그렸다.

"평소보다 훨씬 느린 걸음이야. 네 쪽으로 기척을 살피면서 걸었다고. 또…!"

그가 말하려다가 말고 입을 다물었다. 내 발까지 슥 내려온 시선이 다시 휙 올라갔다. 그러곤 이해할 수 없다는 듯 머리를 모로 꼬았다.

"어디가, 어떻게, 대체 왜 빠른 거지?"

정말로 이해할 수 없다는 얼굴을 한 그를 보고 있자니 울컥했다.

"그쪽은 다리가 기니까요!"

"……."

"엄청 길잖아요. 그러니까 이렇게 훌쩍 크고."

내가 그를 새초롬히 노려보자 그는 잠시 침묵하더니 내 곁으로 다가와 섰다. 그의 발걸음이 현저히 느려진 덕분에 한결 편하게 걸었다. 노란 간판의 상점 앞에 다다르자 그가 문을 열었다. 딸랑, 맑은 차임벨 소리에 점원들이 몸을 일으켰다. 가웨인을 본 그들의 눈이 떨어질 것처럼 커졌다.

"프, 프렌시프 경!"

주인인 듯한 남자가 허둥지둥 달려왔다.

"여긴 어떻게……."

"동생의 구두를 사러 왔다."

"동……? 아! 예예! 이리 오십시오."

남자 뒤에 있는 사람들의 눈알이 이리저리 움직였다. 천덕꾸러기라고 불리던 내가 어째서 가웨인과 함께 오는지 몹시 궁금한 모양이었다. 하지만 그들은 곧 남자의 지시에 바쁘게 뛰어다녔다. 내 앞에 서른, 아니, 마흔 켤레는 족히 되어 보이는 구두가 쫙 늘어섰다.

'예뻐…….'

나는 멍하니 꽃밭 같은 구두 밭을 구경했다. 세니아나에겐 단순한 구두만 있어서 역시 현대보다는 디자인이 발전하지 못했나 싶었다.

'그냥 세니아나 취향이었구나.'

스틸레토에 펌프스, 웨지힐까지 종류도 다양했다. 이 세계를 막연히 중세에서 빅토리아 시대쯤으로 생각했다. 하지만 실제로는 지구의 역사와는 사뭇 다른 흐름이었다.

'판타지 세계라서 그런가? 하긴 오븐도 있으니까.'

나는 눈을 반짝이며 구두를 하나하나 살폈다. 내가 디자인을 고를 때마다 점원들이 색깔별로 구두를 보여 주고, 신겨 주었다. 한참 고민하던 나는 선택지를 두 가지로 좁혔다. 아주아주 편한 갈색 플랫 구두, 그리고 보송보송한 재질의 벚꽃색 메리제인 구두. 전자는 편하게 신을 수 있고, 후자는……

'너무 예뻐!'

하지만 당장 신을 구두를 사러 온 것이다. 발이 퉁퉁 부은 지금은 굽 높은 메리제인 구두를 신을 수 없다. 나는 시무룩해져서 메리제인 구두를 바라보았다.

"둘 다 사든가."

가웨인이 퉁명스러운 목소리로 말했지만, 나는 고개를 저었다.

'언제 무슨 일이 터질지 모르니까 비상금은 가지고 있어야지.'

가족들이 날 쫓아내면 쓸 여비가 필요하니까 말이다. 생각을 끝낸 나는 메리제인 구두를 내려놓고 플랫 구두를 내밀었다.

"이걸로."

신고 가겠다고 하자 점원이 정중한 손길로 구두를 신겨 주었다. 맞춘 것처럼 꼭 맞는 아주 편한 구두였다. 나는 주인에게 값을 지불했다.

'하나 사길 잘했어.'

엄청 편하고 좋은 구두긴 하지만 이렇게 비쌀 줄은 몰랐다. 그래도 새로 산 덕분에 상점을 걸어서 나올 수 있었다. 나는 가웨인의 뒤를 따라서 졸졸 걷다가 좋은 냄새에 걸음을 멈추었다. 반가운 마음에 나도 모르게 중얼거렸다.

"크레프다!"

크레프는 길거리에서 덥석 베어 무는 것도 즐겁지만, 나이프로 썰어 먹는 것도 재미있다. 게다가 전문점! 내게는 '한 메뉴를 전문으로 하는 곳은 웬만해선 맛있다'는 선입견이 있었다. 앞서 걷던 그가 걸음을 멈추었다.

"그거 먹으려고?"

아무 말 하지 않고 꾸물꾸물하자 가웨인은 작게 한숨을 내쉬었다.

"그러든가."

"정말요?"

"기사는 빈말을 하지 않아."

나는 활짝 웃으며 크레프 전문점으로 들어갔다. 길거리에서 파는 크레프가 아니라 제대로 된 예쁜 디저트 전문점의 것이라 다행이다.

'아니었더라면 가웨인은 허락하지 않았겠지.'

메뉴판을 보고 한참 고민하다가 초콜릿 바나나 크레프로 결정했다. 즐겁게 기다리고 있는데 가웨인이 가게 안을 슥 훑어보았다.

"귀족 여성들이 자주 찾는 곳이라 경비병을 고용했군."

"그런가 보네요."

가게의 경비병은 마치 성의 근위병처럼 제대로 갖춰 입고 있었다. 입구마다 한 명씩, 내부에도 두 명이나 있다.

"잠깐 나갔다 올 테니 여기서 기다려."

"네."

내부를 눈으로 훑으며 일어나던 가웨인이 다시 나에게 시선을 맞췄다.

"모르는 사람은 따라가지 마."

"안 가요."

"혹시 도자기를 팔면……."

"안 사요."

"시답잖은 놈이 시답지 않은 소리를 하면서 접근하면 사기꾼인 거다."

"알겠어요."

그는 몇 번이나 나를 주의시켰다.

"어디로 튈지 모르니 안심할 수 있어야지."

그가 짧게 한숨을 내쉬며 가게를 나섰다. 가웨인이 밖으로 나간 후 얼마 지나지 않아 크레프가 나왔다. 곧바로 나이프를 손에 쥐고 슥슥 움직였다.

썰리는 감촉이 너무 좋아서 깜짝 놀랐다. 질긴 곳 하나 없이 나이프가 움직이는 대로 조각났다. 조각난 곳에서 초콜릿과 반쯤 녹은 아이스크림이 주르륵 흘러나왔다. 조그맣게 자른 크레프를 포크로 집어 입에 넣었다.

'흐으음, 이거야, 이거!'

이가 녹아내릴 것처럼 달다. 입안에서 당이 마치 폭죽처럼 펑펑 터지는 것 같았다. 순식간에 크레프 하나를 비우고 다시 메뉴판을 보았다.

'좋아, 단것은 먹었으니 이번엔 짠 거.'

스크램블과 참치, 달콤한 식초에 절인 올리브, 체더치즈가 들어간 크레이프를 주문했다. 들뜬 마음으로 기다리고 있는데 풍경이 울렸다. 가웨인인가 싶어서 문을 보았는데 아니었다. 그런데 무언가 이상하다.

"응?"

여기저기에서 일제히 탄성이 터졌다. 어머! 하는 소리를 내는가 하면 깊은 한숨을 내쉬며 앓는 소리도 있었다. 여성뿐만 아니라 남성들까지 들어온 남자들을 쳐다보았다. 정확히 말하면 앞서 걷는 흑발의 남자를 말이다.

'란슬롯과 가웨인도 이 정도는 아니었는데.'

메뉴판으로 얼굴을 슬쩍 가린 채 힐끔힐끔 지켜볼 뿐, 저 정도로 격한 반응을 끌어내진 못했다. 남자들은 카운터가 아닌 나를 향해서 성큼성큼 걸었다.

'뭐야?'

나를 아는 사람인 건가 했지만, 세니아나 기억 속엔 없었다. 그때 흑발의 남자가 마치 인사하듯 고개를 조금 까닥였다. 그러면서 반쯤 가려져 있던 뒤편의 남자가 보였다. 아니, 정확히 말하면 그가 들고 있는 것에.

'도자기······?'

눈이 휘둥그레진 나는 남자들을 빤히 쳐다보았다. 그가 들고 있는 건 웬 화려한 청자였다.

'가웨인의 말이 정말이었잖아. 진짜로 도자기 파는 사람이 있었어.'

그들이 나를 향해 다가왔다.

"영……."

"안 사요."

흑발 남자의 표정이 묘하게 변하며 미미하게 눈살이 찌푸려져 있었다. 그는 상황 파악을 하려는 듯 내 시선이 고정된 도자기를 돌아보았다.

"하?"

남자는 이건 무슨 장난이냐는 것처럼 미간을 좁혔다. 도자기를 든 남자가 어색하게 웃으며 말했다.

"재미난 농담을 배우셨습니다, 영애님."

"농담?"

흑발의 남자가 어처구니없다는 듯이 중얼거렸고, 도자기를 든 남자는 공손한 투로 말했다.

"홀로 계시고 싶으신 모양입니다. 저희가 실례했군요."

'응응, 실례했어.'

가웨인이 돌아왔을 때 도자기를 들고 있으면 엄청나게 혼날 거야. 오죽했으면 가게 안까지 들어와서 영업일까 싶기도 했다. 식당을 운영할 때도 가끔 껌이나 초콜릿을 팔러 잡상인이 출입했다. 대체로 등이 굽은 할머니나 할아버지가 손자의 손을 잡고 왔다. 그럼 안쓰러운 마음에 한두 개 사 주었다.

'하지만 이 사람들은 사지 멀쩡해 보이는걸.'

가엽게 생각하지 말자며 나는 고개를 끄덕였다. 그러자 남자들이 인사하듯 고개를 잠깐 숙이곤 가게를 떠났다.

달걀 참치 크레이프를 한 조각 정도 남겨 놨을 때, 가웨인이 돌아왔다.

"가자."

마차를 불러온 모양인지 유리문 앞에 익숙한 마차가 보였다. 가웨인의 시선이 접시로 향했다.

"바나나가 든 크레이프를 시키지 않았나?"

왜 참치와 달걀이 보이냐는 표정이었다.

"새로 시켰어요."

"또? 점심에 식사를 하고 나왔잖아."

"단 걸 먹은 뒤엔 짠 걸 먹어야죠."

'상식이라고?'

나는 뭘 묻냐는 듯 그를 보았다. 그리고 남은 크레이프를 입에 쏙 집어넣고 일어났다. 계산하려는데 그가 됐다며 돈을 내주었다.

어느새 해가 산등성 뒤로 사라지고 캄캄한 밤이 찾아왔다. 달리는 마차 안에서 창밖을 보던 나는 황홀해져서 중얼거렸다.

"아, 예쁘다."

하늘 위에 설탕을 듬뿍 뿌려 놓은 것 같았다. 새카만 도화지 위로 셀 수 없이 많은 별이 반짝였다.

'여기에도 은하수가 있구나.'

나는 창밖으로 고개를 조금 내밀고 하늘을 구경했다. 그때 갑자기 가웨인이 내 머리 위를 손으로 막았다. 동시에 마차가 덜컹! 하더니 내 몸이 위로 통 튀어 올랐다. 가웨인이 아니었으면 머리를 박을 뻔했다.

"이 부근은 길이 험해."

계속 덜컹거릴 테니까 밖으로 고개를 내밀지 말라는 것 같았다. 나는 얌전히 그의 말을 따랐다. 한동안 마차에 침묵이 감돌았다. 가웨인이 나를 힐끔 쳐다보더니 의자 밑에서 무언가를 꺼냈다. 그가 퉁명스레 웬 상자를 쑥 내밀었다.

'응?'

가만히 쳐다보고 있자 그가 내 무릎 위에 상자를 내려놓았다. 익숙한 로고라고 생각하던 차에 구두 상점 간판에 그려져 있던 로고가 떠올랐다. 나는 천천히 상자를 열었다.

"이거……!"

벚꽃색의 메리제인 구두가 곱게 누워 있었다.

"제 거예요?"

"그럼 내가 신을까?"

퉁명스러운 답이 돌아왔지만, 나는 얼떨떨한 기분이었다.

'왜?'

그가 나에게 구두 같은 것을 선물할 이유가 없다. 곰곰이 생각하던 나는 헉, 하고 그를 쳐다보았다.

'이거 신고서 꺼져 버리라고?'

지구에선 신발을 선물하는 건 그런 의미이지 않은가! 내 얼굴을 본 그가 인상을 찌푸리며 말했다.

"그 표정은 뭐야? 너 하라고, 그거. 그냥 가져."

"…왜요?"

그가 고개를 팩 돌렸다. 설마 아침에 했던 말이 마음에 걸렸나? 하지만 그가 어째서?

"저를 싫어하시잖아요?"

"……나를 싫어하는 건 너잖아."

"네?"

그가 눈을 감더니 작게 한숨을 내쉬었다.

"그때의 일을 잊은 건 아니야. 아마 형도, 조부님께도 너 때문에 힘들었던 기억이 있겠지."

'그때의 일?'

그가 다시 눈을 뜨고 나를 보았다. 검붉은 눈동자에 어리둥절해 보이는 내가 비쳤다.

"하지만 플로헤타에게 끔찍한 일을 겪도록 마냥 내버려 둔 건…… 미안하게 생각해."

나는 가만히 그를 쳐다보다가 고개를 끄덕였다.

"방치."

"……!"

"응, 잘못하셨죠."

"나도 그 정도인 줄은……!"

―하고 말하려던 그가 입을 다물었다. 아주 미미한 변화긴 했지만, 다시 입을 열었을 땐 어쩐지 풀이 죽은 것 같은 목소리였다.

"네 말이 맞다."

그는 다시 조용해졌다. 마치 면목이 없다는 것처럼 나를 보지 못했다. 이들의 사이에 무슨 일이 있었는지는 모르겠다. 뚝 떼서 버린 것처럼 기억나지 않는다.

'하지만 내 상상보다 심한 일이 있었다고 해도 모든 게 정당화되는 건 아니지.'

나도 선생님을 만나기 전까지는 세니아나와 비슷한 일을 겪었다. 한겨울에 추운 방에 갇혀 이불 없이 잔 것도 비슷했다. 죽을까 봐 무서워 몸을 동그랗게 말고, 한숨도 자지 못했다. 오물도 맞아 봤고, 사물함에 쥐나 개구리가 들었던 적도 있었다. 물론 폭력은 예삿일이었다. 그런 내게 누군가는 말했다. 너를 위해 그들을 용서하라고.

'나는 그 말이 더 힘겨웠어.'

당연한 말이지만, 용서는 쉬운 일이 아니다. 자신을 상처 입힌 사람을 용서하려면 치열하게 고민해야 한다. 그래서 당사자가 아니라면 용서라는 말을 쉽게 입에 담아선 안 된다.

하지만 여기에 있는 건 세니아나가 아닌 윤세나였다. 내가 그 애의 갈등과 시련을 겪어 낼 당사자라서 선택도 내 몫이었다. 나는 가웨인을 빤히 쳐다보았다.

"이거 고마워요."

"뭐?"

상자를 조금 흔들며 나는 생긋 웃었다. 내 얼굴을 빤히 보던 그가 홱 시선을 돌렸다. 그의 귓불이 붉어져 있었다.

어느새 마차가 성에 도착했고, 마차에서 내린 가웨인은 작게 헛기침했다.

"밤에 돌아다니지 마."

"눈에 띄지 말라고요?"

"그게 아니라 널 걱……! 됐다."

그렇게 말한 가웨인이 먼저 뒤돌아 걸었다. 어쩐지 토라진 것 같아서 어리둥절했지만, 나도 상자를 끌어안고 별채로 향했다.

'밝은 데서 제대로 봐야지.'

빨리 신어 보고 싶어서 두근두근했다. 그때 멀리서 익숙한 인영이 보였다.

'아, 할아버지.'

그를 향해 고개를 살짝 숙였다.

"다녀왔습니다."

"……그걸 산 거냐?"

내가 안은 구두 상자를 보고 말하는 것이었다. 나를 아는 체하는 것도 신기했지만, 내 일에 신경 쓰는 게 더 신기했다. 그러다 불현듯 드는 생각에 상자를 끌어안았다.

'빼앗으려고?'

나는 경계하는 눈빛으로 할아버지를 쳐다보았다.

"……."

"……."

잠시 어색한 침묵이 흘렀다. 나는 상자를 꼭 끌어안고 살짝 몸을 비틀었다. 그러자 할아버지가 눈썹을 까딱여서 심장이 덜컹 내려앉았다. 어떻게 도망치지…….

"들어가."

그러나 할아버지는 그렇게 말했을 뿐이었다.

*   *   *

별채로 들어온 나는 상자를 슬며시 열어 보았다. 상점에서 보았을 때보다 더 고운 자태였다.

"예뻐……."

—하고 중얼거리자 어느새 다가온 시트론이 한번 신어 보라며 미소 지었다. 나는 조심스럽게 구두를 신고 커다란 거울 앞에 섰다. 구두만 덜렁 볼 때보다 신고 있을 때 더 예뻤다. 굽이 높긴 하지만, 그렇다고 불편하진 않았다.

'발의 부기가 가라앉으면 신어야지.'

신발에서 조심스럽게 내려와 다시 상자 안에 잘 넣어 두었다. 잠옷으로 갈아입는 중에 시트론이 무언가 떠올랐는지 나를 보며 말했다.

"이제 슬슬 아카데미에 복학계를 내셔야지요? 학교로 돌아가실 건가요?"

잠시 멈칫한 나는 다시 단추를 꼭꼭 여미며 말했다.

"생각 중이야."

"달리하고 싶은 일이 있으세요?"

나는 이 세계에 떨어진 후 이곳에서 어떻게 살아가야 할지에 대해 계속 고심해 왔다. 할아버지 생신 만찬에서 요리한 후 명확하게 느꼈다.

'요리하면서 살면 좋겠어.'

익숙한 것도, 하고픈 것도 그것뿐이었다. 요리하는 것만으로도 즐거운데, 내 요리를 기분 좋게 먹어 주는 사람이 있다면 더 기쁠 거다.

'여기서 식당을 하면 어떨까?'

오늘 상점가에 다녀온 이유도 사실 그와 비슷한 이유였다. 식당의 수요를 직접 확인하기 위함이었다.

'미식의 나라라 다행이야.'

거리가 온통 식당인 것에 안도하기도 했다. 옷을 갈아입은 나는 시트론을 빤히 쳐다보았다.

"시트론, 만약에 내가 여길 떠나고 싶다고 한다면……."

눈치를 보며 말하자 그녀는 잠시 쓰게 웃었다. 그러나 이내 다정한 목소리로 말했다.

"아가씨가 가자면 가요, 전."

"……."

그녀에게 고마워서 코가 조금 시큰했다.

"성을 나가시게요?"

그녀의 물음에 나는 눈을 동그랗게 뜨고 아니라고 답했다.

'큰일 날 소리!'

밑천도 없이 나가면 엄동설한에 굶어 죽기 딱이다.

"밑천을 가지고 나가야지."

"어떻게요? 사재 한 푼 없으시면서."

"이제 벌 거야."

나는 방긋 웃었다. 문제는 방법인데…… 그건 차차 고민하기로 했다. 가족들은 아직 나를 쫓아내진 않을 것 같았다.

'그러니까 아직은 시간이 있어.'

*   *   *

다음 날, 나베리우스는 아침 식사를 마치고 식기를 내려놓았다. 꽤 오랜 기간을 무른 감과 좋아하지 않는 면류로 연명하다 보니 입이 짧아졌다. 그런데 칠면조 찜을 알게 된 후론 달랐다. 이틀을 내리 그것만 먹었는데도 아주 만족스러웠다.

'그 녀석의 음식이라.'

제법이다. 시위하는 것처럼 아무것도 하지 않던 녀석이 만든 것치고는 말이다. 마지막 자살 시도 후 세니아나는 변했다. 뭐라도 하려는 모습이 썩 나쁘지 않았다. 처음엔 수상했는데, 그건 두 손자도 마찬가지였던 모양이다. 하지만…….

문득 세니아나가 중얼거리던 소리가 떠올랐다.

[버리지 마세요…….]

[착한 아이가 될게요.]

'정말 마음을 고쳐먹은 건가.'

턱을 매만지던 그가 요리장을 호출했다.

"부르셨습니까."

요리장이 그를 향해 정중히 절했다.

"레시피는 어땠던가."

"칠면조 찜을 말씀하시는 겁니까?"

"그래."

"아가씨의 레시피라고 들었습니다만……."

요리장은 말을 골랐다. 나베리우스가 손녀를 싫어한다는 건 유명했다.

'좋은 말을 뱉었다가 불똥이 튀면 곤란하긴 하지만…….'

그가 나베리우스의 붉은 눈을 지그시 응시했다.

"이제껏 몰랐던 것이 아쉽습니다."

나베리우스의 미간에 미미한 주름이 잡혔다.

"무슨 뜻이냐."

"훌륭합니다. 현장에 있는 요리사들과 비교하면 능숙한 솜씨라곤 할 수 없지만, 노련한 자들에게 없는 재치가 있습니다."

거짓말은 할 수 없었던 건 그만큼 칠면조 찜이 훌륭했기 때문이다. 고기를 무르게 만드는 방법은 가히 혁신적이었다. 넘겨받은 레시피를 보고 나서야 알아차릴 수 있었다. 세니아나는 무려 과일로 육질을 녹인 것이다.

'키위와 파인애플이 그런 작용을 할 줄은…….'

게다가 자신도 알아보지 못한 나베리우스의 문제점을 정확히 알아챘다. 나베리우스는 느릿하게 턱을 쓰다듬었다.

"재치라."

"저희는 이것을 타고났다고 합니다."

손놀림으로는 순위를 매길 수 없다. 십 년, 이십 년 끊임없이 불 앞에 선다면 손재간은 늘 수밖에 없으니까 말이다. 그러한 까닭에

이 세계에서 승자와 패배자를 가르는 건 창의성이었다. 그리고 세니아나에겐 그것이 있었다.

"그만큼 재능이 있다는 말이냐?"

"저만한 연배의 요리사라면 누구든 제자로 두고 키우고 싶을 겁니다."

나베리우스는 요리장을 빤히 쳐다보았다.

"너도 그런가?"

"주제넘은 생각입니다만…… 솔직히 그렇습니다."

요리장 아곤은 미식의 나라 길라게온에서도 이름난 요리사였다. 실력은 물론이고, 사람 보는 눈이 유달리 훌륭했다. 로열 키친의 관복을 벗은 이후 황실 직속 아카데미의 교수직을 제안받을 정도였다. 그가 이토록 칭찬하는 일은 거의 없었기에 나베리우스의 눈이 번뜩였다.

'시험해 봐야겠군.'

마침 괜찮은 문제가 있었다.

*　　*　　*

할아버지가 나를 호출했다. 점심을 함께하는 날도 아니어서 의아했지만, 성으로 들어갔다. 나를 본 집사가 문을 열어 주었다. 방 안으로 들어가자 할아버지가 소파에 앉아 양피지를 보고 있었다.

"앉아라."

그의 맞은편에 앉자 붉은 눈이 나를 응시했다.

"네게 시킬 일이 있다."

'나한테?'

란슬롯이나 가웨인이 아니고?

"내 성에 황궁의 손님이 와 있다. 해산물을 입에 대지 않지."

"네."

"정치판은 짐승의 우리야. 아주 사소한 틈도 허용되지 않는다."

"사소한 틈이라면……. 아, 할아버지의 이가 부실했던 것처럼요?"

"……부실한 건 아니었어."

할아버지가 한쪽 눈을 찌푸렸지만, 일단 나는 고개를 주억거렸다. 그가 치통을 내색하지 않는 이유를 대충 짐작하고 있었다. '이가 부실하다'에서 '노화로 인한 건강 이상', 그리고 '호랑이의 이빨 빠질 날이 얼마 남지 않았다'로 소문이 흐를 수도 있다.

소문이 힘을 갖는 경우는 뉴스를 통해서도 알 수 있지 않은가. [모 그룹 경영자 건강 이상! 주가 곤두박질쳐…….]라든지, [모 국가 원수 돼지고기를 먹어 종교 단체 반발]이라든지. 그런 생각을 하던 나는 눈을 도록 굴렸다.

"음, 그러니까 그건 저를 이용해서 손님에게 빚을 만드시겠다는 거죠?"

"그래."

나는 고개를 끄덕이곤 상황을 가늠했다. 이 성엔 실력 좋은 요리사들이 많았다. 게다가 매번 사고만 쳐 온 나보다는 다른 요리사에게 더 신뢰가 있을 거다. 그런데도 굳이 나에게 일을 맡겼다.

'시험… 일지도.'

어쨌든 이건 내게 나쁜 일이 아니었기에 슬그머니 그의 눈치를 보며 말했다.

"그러면 이용료를 주세요."

"뭐라고?"

마침 차를 내오던 집사가 굳어졌다. 그 바람에 쟁반 위에 놓인 찻잔이 덜컹 소리를 내며 흔들렸다. 나도 조금 무섭긴 했지만, 기회를 날릴 순 없었다. 일이 잘 풀리면 돈도 얻고, 신뢰도 얻는다. 안 풀려도 할아버지가 차후 나를 어떻게 이용할지 알 수 있었다.

"저는 가문의 일원이니 할아버지를 따라야 하는 걸 알아요."

"안다니 다행이군."

"예를 들어 그런 거죠. 직원이 상사를 따르는 것처럼요. 그리고 직원이 상사를 따르는 이유는 보상이 있기 때문이잖아요?"

"허."

"또 할아버지께서도 보수 없는 일에 제가 정성을 들일지 확신하실 수 있겠어요?"

단도직입적으로 말하면 '급료 챙겨 주세요'라는 의미였다.

"……."

그는 침묵했다. 화가 난 게 아니라 마치 할 말이 없는 것 같아서 조금 신기한 기분이었다. 나는 손가락을 꼬물꼬물 얽으며 조심스레 말했다.

"열심히 할게요……."

"그러니까 보수를 내놔라?"

내가 헤헤 웃자 그가 골치 아프다는 듯 머리를 꾹 눌렀다.

"말을 아주 잘하는군."

청찬인가 싶어서 나는 감사하다며 고개를 숙였다. 그 모습을 보던 할아버지가 눈썹을 꿈틀하며 물었다.

"무얼 원하지?"

나는 냉큼 대답했다.

"사재요!"

그는 낮게 침음을 흘렸지만, 이내 고개를 끄덕였다.

2장

나는 오후에 다시 성에 불려갔다. 응접실로 들어가자 할아버지와 프렌시프 형제, 그리고 낯선 남자 둘이 테이블에 앉아 있었다.

"인사해라, 세니아나."

란슬롯의 말에 배수한 나는 테이블을 보고 화들짝 놀랐다. 아니, 정확히 말하면 테이블 위에 올려진 것을 보고.

'도, 도자기!'

"이, 이건……."

그러자 란슬롯이 답해 주었다.

"황궁에서 조부님의 생신 선물로 보내 왔다."

나는 볼이 화끈거렸다. 가웨인이 도자기를 운운하기에 이 세계에서는 도자기 상인이 거리에서 영업하는 줄로만 알았다. 그때 시선이 느껴져 고개를 돌려보니 할아버지의 맞은편에 크레프 전문점에서 보았던 흑발의 남자가 앉아 있었다.

"도미니크 저하시다."

'도미니크? 도미니크라면······.'

세니아나의 기억 속에 있는 이름이었다. 생김새는 흐릿하지만, 사람들이 하는 말을 기억하고 있었다. 황제가 신관과 간통하여 낳은 비운의 황자, 전장의 마물, 인간성이 결여된 괴물. 좋은 말이라고는 찾아볼 수 없는 기억이어서 긴장됐다.

'저번 일을 일러바치면 어쩌지?'

그러나 도미니크는 별말 없이 고개만 돌렸을 뿐이었다.

나는 도미니크 전하에게 화원을 보여드리라는 할아버지의 명을 받았다. 도미니크와 나는 함께 화원에 들어갔다. 그가 앞서 걷는 탓에 나는 울상을 지으며 뒤를 졸랑졸랑 쫓아갔다.

'여기 남자들은 왜 이렇게 걸음이 빠른 거람.'

아직 발이 다 낫지 않았는데 걸음이 빨라서 가웨인과 외출했을 때처럼 그를 놓칠 것 같았다. 그가 한 걸음 걸을 때 나는 서너 걸음 걷는 기분이었다. 낑낑거리며 쫓아가던 나는 결국 그를 불러 세웠다.

"자, 잠깐만요······."

그가 걸음을 멈추고 나를 돌아보았다. 나는 이때다 싶어 재빨리 그를 향해 종종걸음으로 다가갔다. 그때, 발목이 크게 휘며 몸이 휘청했다.

"앗!"

'넘어진다!'

눈을 꼭 감았는데…….

"아?"

그가 나를 받아 주었다.

'조, 좋은 냄새.'

도미니크의 손목 안에서 아주 좋은 향을 맡았다. 시원한 코롱 같기도 하고, 깔끔한 비누 같기도 한 묘한 향이었다.

"조심. 다칩니다."

동굴에서 울리는 것 같은 낮은 저음이 귓속으로 파고들었다. 등의 솜털이 쭈뼛 서는 기분이다. 잠시 상황 파악을 하다가 흠칫 놀라서 얼른 한 걸음 물러났다. 그는 말없이 나를 쳐다보았다. 나는 어색함에 우물쭈물하다가 퍼뜩 고개를 숙였다.

"아! 오늘은 감사합니다."

고개를 숙이자 그는 의아하다는 듯 나를 보았다.

"넘어질 뻔했는데 받아 주시고, 또 저번 일도 모르는 척해 주셨으니까요."

황자를 도자기 상인으로 오해했다는 걸 할아버지가 알았다면 곤란해졌을 거다.

"그건 농담…… 아니었습니까?"

"네……?"

"……."

"……."

눈을 도르륵 굴리고 있자 그가 나지막하게 말했다.

"지루할 테니 가 보세요."

"지루하지 않은데요?"

"다른 사람들은 나와 있는 걸 지루해하던데."

"지루한 게 아니라 어색한 거예요."

그가 고개를 끄덕였다.

"나는 농담을 모르니까."

"농담과는 상관없는 일인데요?"

"그렇습니까……."

"네."

희미한 미소였지만, 그가 웃었다. 나는 깜짝 놀라서 눈을 동그랗게 떴다. 냉정해 보이던 얼굴이 부드럽게 풀리니 인상이 완전히 달라졌다.

"그래도 가 보는 게 좋겠군요. 그대 조부가 바라는 건 정원 구경이 아닐 겁니다."

"결혼이요?"

"알고 있었습니까?"

오늘 온 손님이 도미니크 황자라는 걸 알고 눈치를 챘다. 할아버지가 내게 시키려는 게 무엇인지 말이다. 도미니크에게 해산물을 먹여 빚을 졌다는 인상을 남기길 바랐겠지만, 그게 다는 아닐 것이다. 황자와 단둘이 정원 산책을 보내는 것 자체가 이상하지 않은가.

'그걸 읽기도 했고.'

처음 가웨인에게 말 붙일 핑계 삼아 하녀들에게 받아 낸 서류. 가웨인에겐 읽지 않았다고 했지만, 사실 읽었다. 정보는 가지고 있을 수록 득이 되니까 읽지 않을 이유가 없다. 거기엔 도미니크 황자에게 혼담을 넣은 가문이 적혀 있었다.

'그걸 보면 답이 나오지.'

프렌시프의 영애는 나 하나. 당연히 혼담에 밀어 넣을 수 있는 사람도 나뿐이다. 할아버지는 내가 이번 일에 실패해도 한 가지는 얻으려 한 것이다.

'그게 황자와의 결혼일 테고.'

그가 나를 보며 물었다.

"영애의 장점은 뭡니까?"

"네? 음……. 당근으로 꽃을 만들 수 있어요."

"……."

"……?"

그의 표정이 묘해져서 난 어색하게 웃었다.

"혹시 결혼했을 때의 이득을 물으시는 거라면 걱정하지 마세요."

내가 손을 내젓자 도미니크는 차갑게 굳은 눈으로 물었다.

"그만큼 자신이 있다는 겁니까?"

"아니요?"

"그럼?"

"저는 결혼할 생각 없어요."

그의 눈이 살짝 커지는가 싶더니 다시 입을 열었다.

"……왜죠?"

"네? 으음, 그…렇게 매력적이지 않으신데."

혹시나 그가 화를 낼까 봐 조그맣게 말했다.

＊　　＊　　＊

화원 구경을 마친 뒤 황자와 인사를 하고 헤어졌다. 나는 조리실로 향하면서 고민했다.

'매력적이라고 할 걸 그랬나?'

상처 주었을까 봐 조금 걱정이 되었지만, 이내 고개를 저었다.

'요리만 생각하자. 해산물을 싫어하는 사람도 잘 먹을 수 있는 요리.'

몇 가지 요리를 해 봤는데도 감이 잡히지 않았다.

'대부분 비린내 때문에 꺼리지.'

하지만 냄새를 완전히 없앨 순 없었다. 칠면조 찜 때처럼 살을 다 녹인다고 해도 생선 특유의 냄새는 남을 거다. 나는 시작품을 맛보는 시트론을 쳐다보았다.

"어때?"

"맛있어요. 확실히 새우를 튀기니 비린내가 덜 하네요. 하지만 전혀 없는 건 아니라서……."

나는 끄응 신음을 흘렸다. 도미니크 황자가 떠나는 건 이틀 뒤이기에 그때까지 요리를 마쳐야 한다. 하지만 대체 어떻게?

'사재……. 되찾아야 하는데.'

나는 양손으로 턱을 괴고 해산물을 노려보았다. 그때, 시트론이 작게 중얼거렸다.

"완전히 으깨 버리면…… 아, 그럼 식감이 나쁘려나."

"그야 그렇…… 잠깐, 뭐라고?"

나는 눈을 동그랗게 뜨고 시트론을 보았다.

'설마 그거라면……!'

어쩌면 먹일 수 있을지도 모른다.

다음 날 아침, 성의 식당에 들어가니 할아버지와 란슬롯이 먼저 와 있었다. 자리에 앉자 란슬롯이 친절한 목소리로 말했다.

"잘 잤어?"

"아니요."

잠이 부족해서 눈 안이 당기고 쓰렸다. 눈을 살며시 누르며 식탁 앞에 다다랐지만, 바로 앉을 수 없었다.

'어디에 앉지…….'

식사를 할 때면 대개 두 오빠가 함께 앉고, 할아버지는 상석이었다. 하지만 오늘은 자리 배치가 조금 달랐다.

'그렇지, 황자가 있으니까.'

상석이 비어 있고, 오른쪽으로는 란슬롯이, 왼쪽으로는 할아버지가 앉아 있었다.

"정신 사나우니 어서 앉……."

할아버지는 말을 끝맺지 못했다. 내가 또 그의 옆자리에 앉았기 때문이었다.

"……."

"자리를 옮길까요?"

"……됐다."

다행히 별말이 없었다. 때마침 도미니크가 들어와 식사를 시작했다. 이날 식사는 이전보다 더 조용했다. 나는 집게로 샐러드를 집으려다가 슬그머니 할아버지 접시를 바라보았다. 아무것도 없었다.

'아직 이가 아프구나.'

황자 앞이라서 다른 걸 내오라고 할 수도 없을 거다. 나는 샐러드에 곁들여 나온 콩을 조금 퍼 그의 접시에 올려 주었다.

"부드러워서 맛있어요."

"……."

"이렇게 으깨서 드셔 보세요. 달짝지근해요."

그가 잠깐 멈칫하긴 했지만, 곧 스푼이 움직였다. 잘 드시기에 한 번 더 떠드렸다. 란슬롯이 고개를 숙인 채 어깨를 열심히 떨었다.

식사하는 동안 나는 도미니크를 주시했다. 무얼 잘 먹는지, 어떤 걸 기피 하는지 꼼꼼히 점검하며 그가 먹는 건 나도 따라서 맛보았다. 가지 구이를 썰어서 먹다가 깜짝 놀랐다.

'매워! 여기 든 고추가 졸로키아였나!'

입안에 불이 난 것처럼 얼얼하고, 얼굴이 화닥닥 달아올랐다. 기침까지 나올 것 같아서 고개를 푹 수그렸다.

"세니안?"

란슬롯이 괜찮으냐는 듯 물었다. 그는 얼굴이 빨개져서 어쩔 줄 모르는 나에게 물 잔을 건넸다. 한 컵을 다 마시고도 매운맛이 가시지 않아서 끙끙거렸다.

‘저걸 어떻게 먹지?’

맵기로 유명한 라면 브랜드의 고통스러운 볶음면보다 더 괴로웠다.

“정말 괜찮겠어?”

란슬롯의 말에 나는 겨우겨우 고개를 끄덕였다.

“네……”

도미니크는 가지 요리의 집게를 잡으려다가 멈칫하며 나를 쳐다보았다. 그러더니 우유에 졸인 밤을 접시에 덜었다.

‘다행이다…….’

가지 요리를 엄청 좋아하는 거면 다시 먹어야 하나 싶었다. 나는 달짝지근한 밤으로 매운맛을 중화시켰다.

식사를 하고 돌아와 침대에 늘어졌다. 혀는 아직까지 얼얼하고, 위는 화끈화끈하다. 시트론이 나에게 약을 챙겨 주며 말했다.

“전하께서 매운맛을 즐기신대요.”

“그래서 그렇게 매운 게 나왔구나.”

“평소에는 매운 음식이 안 나오나 봐요. 가웨인 도련님이 좋아하시는데도요.”

“할아버지의 몸에 부담될 테니까.”

나는 시트론이 챙겨 준 약을 먹으며 푸르르 고개를 저었다.

‘정신 차려야지.’

오늘 저녁에 내 요리를 선보여야 한다. 사실은 ‘그것’을 그대로 튀겨내 국으로 만들려고 했다. 손님과의 저녁상엔 술이 빠지지 않고, 그건 술안주로 제격이었으니 말이다. 하지만 매운맛을 좋아한다면 메뉴 자체를 바꾸는 게 좋을 거다.

시트론과 나는 조리실로 향했다. 그런데 조리대 위에 못 보던 것이 올려져 있었다. 쪽지를 묶어 놓은 것 같은 종이였는데, 펼쳐보니 가루약이 들어 있었다.

"이게 뭐지?"

"글쎄요?"

'누군가 나를 방해하려고 또 수면제를 넣어놨나.'

중요한 일을 앞두고 먹는 건 께름칙해서 바구니에 넣어뒀다. 시트론은 어제 정리한 칼과 도마를 꺼냈고, 나는 만들어 둔 것을 꺼내 보았다.

"어때요?"

"고운 빛깔이야."

"맛도 좋았…… 어머."

도마를 내려놓던 그녀가 깜짝 놀라 고개를 숙였다. 창문 밖에 서 있는 가웨인을 보고, 나는 눈을 동그랗게 뜨고 물었다.

"왜 여기 계세요?"

그는 창문틀에 기대어 턱을 괸 채 나를 빤히 쳐다보았다.

"붕어."

"네?"

"입술이 퉁퉁 부었군."

'그야 엄청 매운 음식을 먹었으니까.'

매운맛은 미각이 아니라 통각이라잖아. 졸로키아 소스가 입술에도 닿았으니 퉁퉁 부을 수밖에.

"못생긴 얼굴이 더 못생겨졌네."

"뭐라고요?"

"남매 중에 제일 못났잖아."

"그쪽도 그렇게 잘생긴 얼굴……."

"어머!"

가웨인의 뒤를 지나가던 하녀들이 그를 발견하곤 얼굴을 붉혔다. 나는 그를 새초롬하게 흘겼다.

"란슬롯이 더 잘생겼어요."

"뭐?! 말도 안 돼. 눈이 삔 거 아냐?"

벌떡 일어나는 그에게서 진심으로 어이없어하는 게 느껴졌다.

"란슬롯이 얼굴도 더 하얗고, 섬세하게 생겼잖아요."

"그건 약해빠지게 생긴 거지."

"아름답게 생긴 거예요. 왕자님처럼."

"말도 안……!"

"기쁜걸."

어느새 다가온 란슬롯이 나와 가웨인의 대화에 끼어들었다.

"이리 와 봐."

가웨인이 그를 바짝 끌어당겼다.

"잘 봐. 내 어디가 형보다 못하다는 거야?"

나는 두 남자를 지그시 응시했다.

"역시 란슬롯이 더 잘생겼어요."

"너……!"

"나도 세니안이 네 녀석보다 예쁘다고 생각해."

란슬롯이 픽 웃으며 가웨인의 머리를 밀어내자 그가 왈칵 인상을 썼다.

"내가 이 녀석보다 예쁘면 그게 더 문제 아니야?"

날뛰는 가웨인을 뒤로하고, 란슬롯이 나를 향해 무언가를 내밀었다. 내가 다가가자 손에 쥐어 주고는 물과 함께 먹으라고 했다.

"약이에요?"

"응. 위장약."

"고마워요."

"뭘."

그는 내 머리를 쓰다듬었다.

"왕자를 시켜 줬는데 이쯤이야."

가웨인을 골려 주려고 한 말이었는데, 생각해 보니까 엄청 부끄러운 말이다. 나는 얼굴을 조금 붉힌 채 약봉지만 매만졌다.

"왕자는 무슨."

"주라던 약도 잊은 놈이 왕자님 자리는 탐이 나?"

툴툴대는 가웨인을 약 올리듯 란슬롯이 빈정거렸다.

"주려고 했어."

그가 슥 봉투 하나를 내밀었다.

"자."

"……"

"왜? 왕자님이 준 건 먹고 왈패 같은 내가 준 건 안 먹으려고?"

왠지 골이 난 것 같은 표정이었다. 두 사람의 약을 펼쳐 본 나는 조리대를 돌아보았다. 두 사람이 준 가루약은 노란색, 바구니에 넣어 둔 가루도 노란색이다.

'저것도 위장약일까? 그럼 누가 준 거지?'

나는 눈을 데루룩 굴렸다. 식당을 나오던 나를 불러 세우던 할아버지가 떠올랐다. 그의 부름에 기다리고 있었으나 한참 말이 없었다.

[아니다. 가 봐라.]

그렇게 말하던 그가 떠올랐다.

'설마……'

나는 말도 안 되는 생각이라며 고개를 저었다. 할아버지를 떠올렸더니 일을 해야 한다는 생각이 들었다.

'그래야 월급을 받지!'

나는 가볍게 주먹을 쥐었다. 란슬롯과 가웨인은 움직이는 나를 구경했다. 가웨인이 다시 창틀에 턱을 괴고 중얼거렸다.

"병아리 같네."

"뭐?"

"뽈뽈거리는 게 말이야. 입술이 퉁퉁 부어서 새빨간 게 부리 같고."

"그러네."

"엄청 작아. 왜지? 같은 걸 먹고 컸는데."

물을 끓이던 나는 인상을 찌푸렸다.

'집중이 안 돼.'

나의 우울한 표정을 본 시트론이 웃음을 삼켰다.

만찬을 앞두고 무사히 요리를 완성했다. 졸로키아가 든 토마토 소스 그라탱이었다. 손수 만든 회심의 '그것'을 미트볼 대신 넣었다. 방을 정리하고 온 시트론이 나를 불렀다.

"아가씨, 이제 슬슬 준비하셔야 해요."

"그래."

"요리는 마무리되었나요?"

"응, 이대로 성의 주방으로 가져가."

"오븐에 넣고 돌리라고 하면 될까요?"

별채에서 성까지는 꽤 거리가 있기에 요리를 완성해서 가져가면 다 식을 것이다. 그래서 굽는 것은 성의 주방에서 하기로 했다.

"그래, 양이 많으니까 30분 정도. 아, 그리고……!"

"아가씨의 조리실에 있는 오븐과 같은 오븐에 세 번으로 나눠서요."

시트론은 미리 알려 준 지시 사항을 잘 기억하고 있었다. 만찬용 주방에 미리 가서 확인해 보니 오븐 화력이 너무 거셌다. 이 세계의 오븐은 윤세나가 살던 세계처럼 세심하게 불 조절을 할 수 없어서 태우지 않기 위해 세 번 나누어 굽기로 했다.

트레이를 맡기고 서둘러 돌아온 시트론이 단장을 도왔다.

'와, 전문가의 손길은 다르네.'

오늘 드레스는 정말 예뻤다. 에메랄드색의 드레스는 치마 밑단으로 갈수록 짙은 쪽빛이 되었다. 소매며 치맛단에 작은 진주와 큐

빅이 콕콕 박혀 있어 마치 밤하늘을 연상시킨다. 시트론은 가을밤은 춥다면서 하얀색 몽실몽실한 망토를 입혀 주었다.

"이렇게 머리까지 땋으니 요정 같으시네요."

시트론의 평가가 너무 후하다고 생각했는데, 만찬장에 들어가자 다들 놀란 표정으로 나를 보았다.

'세니아나가 꾸미는 걸 싫어하긴 했지.'

매번 할아버지 보란 듯이 엉망인 꼴로 왔었으니 반응이 저럴 만도 하다. 란슬롯과 가웨인이 다가왔다.

"오늘은 봐 줄 만한데?"

"오늘도, 예요."

그러자 그가 킥킥 웃었다. 우리 남매는 손님들과 짧게 대화를 나누었다.

"도미니크 전하께서 아가씨의 요리를 맛보신다는 이야기를 들었습니다."

"전하께서는 늘 운이 좋으시군요."

"하하, 영애의 요리라니."

말투는 상냥하지만, 가소롭다는 눈빛이었다. 가웨인의 표정이 일순 굳어졌다.

'내가 할아버지에게 밉보였다고 생각하니까.'

잘 보일 필요가 없다고 생각하는 것이다. 가웨인이 인상을 쓰며 입을 열려 했을 때였다.

"아가씨."

시트론이 종종걸음으로 다가왔다.

"무슨 일이야?"

주변의 눈치를 본 그녀가 내 귀에 속삭였다.

"요리가 전부 타 버렸습니다."

'뭐라고?!'

나는 사람들을 헤치고 만찬용 주방 안으로 들어갔다. 그라탱이 새까맣게 타서 오븐 도어 위에 올려져 있었다. 그것도 하나가 아니라 전부. 내 눈치를 보던 관리급 요리사가 버럭 고함을 내질렀다.

"너 이 녀석! 아가씨의 요리를 이따위로 망쳐 놓다니!"

그러자 벌벌 떨고 있던 요리사가 울먹였다.

"제, 제 탓이 아닙니다!"

"아가씨가 좀 더 자세히 설명해 주셨다면 이, 이런 일은 없었을……."

"뭐라고?"

"오, 오븐의 특성을 모르시니까 그냥 한 번에 구우면 된다고 생각하셨나 본데……!"

그 말에 시트론이 눈을 부릅뜨며 소리쳤다.

"거짓말! 아가씨께선 이 오븐을 미리 확인하셨어요! 그래서 세 번에 나눠 구우라고 말씀하셨다고요!"

"나, 나는 못 들었다고요. 그, 그리고 애초에 정말로 그렇게 말씀하신 게 사실인지도 모, 모르는……."

"뭐라고요?"

"요리에 서툰 아가씨께서 그걸 어떻게 알고 계시겠습니까!"

"무례한 작자! 감히 아가씨께……!"

화가 잔뜩 난 시트론의 고함과 요리사의 울먹거림, 그리고 허둥거리는 요리사들의 목소리가 시끄럽게 뒤섞였다. 그때 사달이 났다는 말을 듣고 총주방장 아곤이 주방 안으로 뛰어 들어왔다.

"이게 대체 무슨 일이냐!"

터질 듯 혼란스러운 주방 가운데에서 나는 시계를 확인했다. 지금 막 애피타이저가 나갔으니 내가 쓸 수 있는 시간은 고작해야 20분가량이다. 그동안 음식을 다시 만들어야 한다.

'시간이 부족해.'

곰곰이 고민하던 나는 문득 탄 그라탱을 쳐다보았다.

'혹시 그거라면…….'

내가 생각을 정리하고 있을 때도 소란은 계속되었다.

"거짓말만 늘어놓다니 교활해요! 집사님께 고발하겠어요!"

그 말에 수셰프 제레미가 펄쩍 뛰었다.

"뭐라고? 잠깐! 이건 주방의 일입니다. 이 녀석의 일이 밖으로 퍼지면 주방의 체면이……!"

이어서 이 사달을 만든 요리사가 다급히 변명했다.

"고, 고발?! 나는 잘못한 게 없다니까요!"

짝! 내가 손뼉을 치자 놀란 사람들이 나를 돌아보았다.

"다들 자리로 돌아가."

"하, 하지만……!"

제레미가 항변했지만, 나는 단호하게 말했다.

"돌아가. 손님이 기다리고 계시면 요리사는 요리에 집중한다! 그게 요리사의 상식이잖아."

주방이 고요해졌다. 요리사들이 놀란 표정으로 나를 응시했다. 나와 눈이 마주친 붉은 머리의 여자 요리사가 말했다.

"아가씨의 말씀이 백번 옳습니다. 다들 뭐 해요, 어서 자리로 돌아가세요!"

그녀가 조리대에 팽개쳐 둔 에이프런을 두르자 사람들도 서둘러 움직이기 시작했다. 총주방장인 아곤이 묘한 시선으로 나를 빤히 쳐다보았다.

"왜?"

"아…. 아닙니다."

"그보다 혹시 테이블용 화로 같은 게 있을까?"

"그거라면 일전에 구비 해 둔 것이 있습니다."

"그럼 가져다줘."

나는 조리대에 놓인 빵 끈으로 예쁘게 손질했던 머리를 하나로 틀어 묶었다. 그리고 여분의 조리복을 드레스 위에 끼어 입었다. 내가 팔을 걷어붙이자 요리를 태워 먹은 요리사가 가늘게 한숨을 내쉬었다. 나는 싸늘한 표정으로 그를 보았다.

"안심하란 뜻은 아니었는데."

"예, 예?"

"이번 일은 차후에 제대로 논의할 거야. 거짓말을 줄줄 토해 냈으니 입이 찢어질 각오 정도는 해 둬."

남자의 얼굴이 새파랗게 질렸지만, 나는 자비 없이 시선을 거두었다.

"시트론, 너는 내 조리실에 여분으로 만들어 둔 '그걸' 가져와."

"얼마나 가져올까요?"

"있는 대로 전부. 아, 그리고 그 빨간 소스 있지? 그것도 함께 가져와 줘."

시트론이 얼른 조리실 밖으로 나섰다.

아곤은 눈앞에 보이는 광경을 도무지 믿을 수 없었다.

'정말로?'

정말 저 사람이 프렌시프의 망아지라 불리던 세니아나가 맞는 것인가. 칠면조 찜 사건으로 놀라운 변화가 있다고 생각하긴 했지만, 이처럼 기막히게 진화했을 거라고는 상상하지 못했다. 요리가 탄 것에 가장 당황했을 사람은 그녀였다. 그런데 누구보다 침착하게 상황을 정리하고, 빠르고 현명한 판단을 내렸다.

'움직임도 달라졌어.'

칼질은 아직 몸에 익지 않아서 노련하다곤 할 수 없지만, 행동에 낭비가 없었다. 마치 좁은 주방에서 오래 일해 왔던 사람처럼 움직였다.

'하지만 시간이 부족하다.'

이제 메인 요리가 나가려면 10분도 채 남지 않았다. 재료를 다 익히지도 못할 시간이었다. 그런데 세니아나는 준비한 재료와 소스를 냄비에 우르르 집어넣으며 말했다.

"이제 옮겨 줘."

'뭐라고?'

당황한 아곤이 그녀를 붙들었다.

"자, 잠시만요, 아가씨. 아직 밑 준비에 불과한 것을 어찌……!"

"괜찮아."

"예?"

"이게 훌륭한 요리가 될 테니까."

그렇게 말한 그녀는 생긋 웃고는 조리복을 벗었다. 아곤은 우려가 앞서 세니아나를 쫓았다. 이런 요리를 내는 것을 보고도 만류하지 않는다면 주방에까지 피해가 미칠 것이다. 하지만 그가 회장에 들어갔을 땐 이미 늦은 상태였다. 만찬 테이블에 화로와 함께 냄비가 올라가 있었다. 홀 안에 한동안 침묵이 감돌았다.

"하, 하하."

누군가 어색한 웃음을 터뜨리자 하나둘 입을 열었다.

"낯선 요리군요. 이와 같은 요리는 본 바 없습니다."

테이블에 화로를 올리는 경우가 아예 없는 것은 아니었다. 북부에선 음식의 온기를 유지하기 위해 테이블 화로를 자주 이용했다.

'하지만 동부의 귀족들에겐 생소하지.'

아곤의 생각처럼 사람들은 당황스러운 표정을 수습하느라 애를 쓰고 있었다. 이 와중에 평소와 다름없는 건 세니아나뿐이었다. 그녀는 아무렇지 않게 화로에 불을 올리라 명했다. 불이 켜지고, 음식이 끓기 시작하자 세니아나는 냄비의 덮개를 열었다. 화아— 음식이 끓으며 나는 강렬한 향이 회장을 뒤덮었다.

"오……."

"냄새는 꽤……."

그제야 사람들이 흥미를 보이기 시작했다. 아곤은 이제야 그녀의 의도를 알아차리고서 세니아나를 빤히 쳐다보았다.

'영리해.'

만약 이것이 만찬의 여흥을 위한 퍼포먼스라면 성공이다. 완성된 음식의 향기와 조리 중인 음식의 향기는 파급력이 다르다. 분자가 열에 휘발되며 퍼지는 냄새가 가장 강렬하기 때문이다.

'식(喰)의 시작은 후각이다.'

코를 막으면 양파와 사과를 구분하지 못한다. 다시 말해 후각은 미각에도 지대한 영향을 미친다는 것이다. 보글보글, 경쾌한 소리는 마치 타악기가 자아내는 음색과 같았다. 아곤은 저도 모르게 침을 삼켰다.

'자극적이다. 눈과 귀, 코까지 사로잡았어.'

세니아나가 시트론에게 명해 음식을 그릇에 덜었다. 시트론은 도미니크 황자의 앞에 접시를 내려놓았다.

"맛보아 주시겠습니까."

세니아나의 말에 도미니크는 가만히 그릇 안을 들여다보았다. 사람들의 시선이 그의 손에 집중되었다. 그가 이내 포크를 들었다.

양배추를 찍어 올리자 배여 있던 소스가 주룩 둔하게 흘러내렸다. 느리게 흘러내린 빨간 소스를 보던 사람들이 꿀꺽 침을 삼켰다. 도미니크가 양배추를 입안에 넣었다. 아삭 기분 좋은 소리와 함께 그의 입안에서 양배추가 뭉그러졌다.

도미니크는 다른 내용물을 집었다. 둥근 것만 봤을 땐 미트볼인가 싶었는데 가까이서 보니 전혀 달랐다. 미트처럼 묵직하지도 않고, 색 또한 노르스름했다. 맛은 더더욱 달랐다.

'가볍다.'

육류 특유의 기름진 맛이 전혀 아니었다. 담백하면서 짭조름했고, 향은 고기 쪽이라기보단 오히려 치즈의 그것과 비슷했다. 동그란 것 옆에 넓적하고, 네모난 재료도 그와 비슷했다.

'괜찮은 맛이야.'

묘한 중독성이 있었다. 접시를 반쯤 비운 도미니크를 보고 세니아나가 입을 열었다.

"어떠신가요? 해산물도 나쁘지는 않지요?"

"해산물?"

그가 의아하다는 듯 되물었다. 대체 이 음식의 어디에 해산물을 넣었단 말인가. 세니아나가 입매를 둥글게 휘며 말했다.

"전하께서 방금 드신 그것을 어묵(Fish cake)이라고 합니다."

"어묵…… 이라고요."

"예. 그 요리는 떡볶이라고 하지요."

나는 속으로 가슴을 쓸어내렸다. 어묵의 비린내까지 못 견디면 어찌하나 싶었는데 다행히 그는 잘 먹어 주었다. 내가 이번 만찬에 내려던 것은 고추장 소스, 그리고 떡과 어묵을 넣은 그라탱이었다.

'떡볶이보다는 그쪽이 익숙할 것 같았으니까.'

하지만 일이 이렇게 되니 떡볶이를 낸 게 차라리 잘 되었구나 싶었다. 도미니크의 흥미를 끌어내서 재료보다는 요리 자체에 집중할 수 있게 했다. 날카로운 시선으로 어묵을 보던 그가 다시 한번 그것을 맛보았다.

"이게 생선으로 만든 요리라."

"흰 살 생선 세 종류와 오징어를 다져 만들었습니다."

이제 결과만 괜찮으면 이번 미션은 성공이다.

'하지만 워낙 생소한 음식이라……'

란슬롯이 웃는 표정으로 도미니크에게 물었다.

"어떠십니까, 저하. 세니아나가 만든 요리가 입에 맞으십니까?"

한동안 말이 없는 그 때문에 나는 콩닥콩닥 떨리는 가슴을 지그시 눌렀다. 다시 한 번 떡볶이를 맛본 그가 입을 열었다.

"맛있습니다."

난 비명을 삼켰다.

'맛있대……'

기쁨으로 뺨이 발갛게 물들었다.

"이제 저희도 이 떡볶이란 것을 맛보고 싶은데요."

"예, 굉장히 궁금합니다."

조급해진 사람들이 음식을 재촉했다. 내가 고개를 끄덕이자 하인들이 음식을 그릇에 담아 날랐다. 맛본 사람들이 모두 감탄했다.

"오오."

"매콤하고 달짝지근한 것이 계속 손이 가는군."

"흐음, 이 떡이란 것의 식감이 굉장히 새롭습니다."

정말로, 정말로 기뻤다. 정성을 다한 요리를 손님들이 기쁘게 먹어 주는 건 그 무엇보다 가슴이 떨리는 일이었다.

만찬이 끝나고 나는 가벼운 발걸음으로 홀을 나섰다.

'카메라가 있으면 좋을 텐데.'

싹 비운 냄비를 찍어 두고 싶었다. 내가 흐응, 흥, 콧노래를 부르며 걷자 함께 걷던 가웨인이 픽 웃었다.

"조부님과 대체 뭘 약속했기에 그렇게 기뻐하는 거야?"

"네?"

"거래를 성공시켜서 기뻐하던 거 아니야?"

"아……."

맞다, 거래. 나는 눈을 동그랗게 뜨고 두 손으로 입을 가렸다.

'세상에, 나 사재를 찾을 수 있어.'

가웨인은 그런 나를 보며 기가 막힌다는 듯 중얼거렸다.

"이런 바보를 봤나."

"그냥 도미니크 저하께서 제 요리를 맛있게 드신 게 좋아서……."

가웨인이 발걸음을 멈추고 나를 쳐다보았다. 나는 의아한 표정으로 그를 올려다보았다.

"너 그놈에게 다른 생각 있어?"

"다른 생각이요?"

"정말 결혼이라도 하려는 거냐고."

'아아, 그거.'

나는 고개를 저었다.

"아니요."

"정말이냐?"

"네. 도미니크 저하께도 말씀드렸어요. 결혼은 걱정하지 않으셔도 된다고. 아, 그런데 그것 때문에 상처받으셨을까……."

가웨인이 눈을 홉떴다. 곁에 있던 란슬롯도 무슨 말이냐는 듯 나를 보았다.

"상처라니?"

"결혼할 만한 매력이 없다고 하지 말 걸 그랬나 봐요."

가웨인이 이해되지 않는 표정으로 미간을 좁혔다.

"그자, 냉혹하긴 해도 외모로는 제국 제일가는 사내다. 그런데 매력이 없다고?"

"오빠들과 지내서 그런가……."

잘생기고, 목소리가 좋고, 몸도 탄탄하다는 생각은 했지만 큰 감흥은 없었다. 란슬롯이 물었다.

"그게 무슨 소리야?"

"목소리는 란슬롯이 더 좋고, 몸은 가웨인이 더 좋으니까요."

아무렇지 않게 대답하며 걷는데 뒤에서 시선이 느껴졌다.

"안 가세요?"

─하고 물으며 뒤를 돌아보았다. 우뚝 멈춰선 가웨인의 입꼬리가 실룩거렸다. 그가 헛기침을 하며 말했다.

"밤이라 무서우면 별채까지 같이 가 줄 수도 있어."

란슬롯도 어쩐지 이전보다 더 화사하게 웃는 것 같았다. 나는 미간을 좁히고 눈을 깜빡거렸다. 그리고 조그맣게 중얼거리며 뒷걸음질 쳤다.

"아니요……."

두 사람과 함께 가는 게 더 무섭다고요…….

사흘 후, 할아버지가 나를 불렀다. 그는 서류에 시선을 고정한 채 말했다.

"쓸 만하더구나."

"감사합니다."

"약속은 지키지."

그가 작은 상자를 건넸다. 열어 보니 반지형 인장과 몇 장의 서류가 있었다. 전생의 개념으로 따지면 인장은 신용 카드 같은 것이고, 서류는 통장 정도 되는 듯했다.

'이 인장 자체만으로도 엄청 비싸겠다……'

그러고 보니 프렌시프 형제의 인장도 멋있었다. 그들이 엄지에 끼고 있던 인장은 가문의 문장이 새겨진 고풍스러운 디자인에, 중앙에 각자 다른 보석이 박혀 있었다. 란슬롯은 토파즈, 가웨인은 사파이어였다. 그리고 내 인장의 보석은 토르말린이다.

할아버지가 나를 빤히 쳐다보았다. 나는 빼앗길세라 냉큼 반지를 끼고 상자를 꼭 끌어안았다. 그런 모습에 그가 가늘게 한숨을 내쉬었다.

"금액 확인이 먼저지 않으냐."

나는 상자를 다시 열어 서류 끝에 적힌 숫자를 확인했다. 30만 피니.

'지구로 계산하면 1피니 당 1달러 정도였던 것 같은데.'

그럼 원(Krw)으로는…… 3억?! 눈이 휘둥그레져서 목록을 다시 살폈다. 다시 봐도 3억, 아니, 30만 피니다. 이렇게 큰돈은 상상도 해 본 적이 없어서 손이 달달 떨렸다.

"그, 금액이 잘못된 것 같은데요."

"네 가치를 환산한 금액이다."

그는 싸늘한 말투로 이어 말했다.

"란슬롯과 가웨인은 맡은 역할을 지금껏 착실히 수행했지. 그 녀석들과 사재금이 다른 건 당연한 일이다."

"그게 아니라 너무 많아요!"

내 가치가 3억이라는 건 너무 과대평가였다. 일전에 할아버지가 줬던 레시피 값이 1,000피니였다. 사재는 그 두세 배 정도로 예상했었기에 심장이 벌렁거렸다. 할아버지는 픽 실소를 흘리다가 멈칫하고 얼굴을 굳혔다.

"내가 결정한 바에 토 달고 싶거든 근거를 제시해."

근거라니. 내 가치는 사실 이것밖에 안 된다고요! 하는 근거를 어떻게 제시한단 말인가. 나는 결국 우물쭈물 고개를 끄덕였다.

"감사히 쓸게요⋯⋯."

"나가 봐."

고개를 끄덕이고 일어나려던 난 그의 얼굴을 들여다보았다. 그러고 보니까 궁금한 게 있었다. 내 시선을 느낀 그가 인상을 찌푸렸다.

"왜 그렇게⋯⋯."

"제 조리실에 위장약을 놓고 가셨어요?"

그의 얼굴이 굳어졌다.

"아니!"

대답이 빠르다.

'하지만 할아버지가 왜 그랬겠어.'

나는 마저 일어나서 고개를 숙이고 방을 나섰다. 그러고 나서 끌어안은 상자를 슬그머니 내려다보았다.

'30만 피니.'

생각지도 못한 거금이다. 이 정도면 여비로는 충분하다.

'이제 성을 나갈까?'

그렇게 생각하던 나는 고개를 절레절레 저었다. 친부를 쫓던 사채업자들은 3백만 원의 빚을 3천만 원으로 불려서 우리 부녀를 땅끝까지 쫓아왔다. 그런데 내가 쥔 돈은 한화로 따지면 무려 3억이다.

'이걸 가지고 도망가면…….'

할아버지와 오빠들이 도깨비처럼 쫓아오는 상상을 하자 오스스소름이 돋았다.

'그걸 견디는 건 무리야.'

빚쟁이를 피해 도피하는 건 전생에서 겪은 것만으로도 충분했다.

'그래, 사재를 밑천으로 돈을 불리자. 내가 번 돈만 가져가는 거야!'

그렇다고 처음부터 큰 사업에 도전하면 있는 돈까지 깡그리 날릴 것이다.

'내게 제일 익숙한 건 음식을 만들어서 파는 거니까…… 좋아, 가게를 구하자.'

이 금액이면 중앙 애비뷰는 힘들어도 상점 거리 외곽에 작은 단층 건물 하나는 구할 수 있을 것이다. 생각을 마친 나는 복도를 빠르게 걸었다. 그러다 맞은편에서 걸어오는 란슬롯을 발견했다. 그는 내가 품에 안은 상자와 검지에 낀 인장을 잠깐 보고는 부드럽게 미소 지었다.

"받았구나."

"네."

"다행이네."

나는 고개를 끄덕이다가 그를 올려다보았다.

"저기, 상점 거리 지하 건물은 얼마 정도 할까요?"

"글쎄. 천차만별이긴 하지만 외곽의 단층이라면 20만 피니 정도는 할 거야."

"그렇구나……."

"그건 왜?"

"오늘 중개업소에 갈 거라서 대충 시세는 알아 두려고요."

그는 고개를 끄덕이곤 내 머리를 쓰다듬으며 말했다.

"조심해서 다녀와라."

쓰다듬는 손과 목소리가 다정해서 나도 모르게 헤헤 웃었다. 그러자 그가 물었다.

"왜?"

"그냥 좋아서요."

선생님이 돌아가신 후로는 '조심해서 다녀와' 같은 말을 들은 적이 없었다. 오랜만에 듣는 다정한 배웅이 좋아서 나도 모르게 웃음이 나왔다.

"오라버니 손, 따뜻해요."

란슬롯이 잠깐 눈을 크게 뜨더니 침음을 흘렸다.

"이거 곤란한데……."

그렇게 말하는 그의 표정이 부드러웠다.

*　　　*　　　*

기사와 시트론을 대동하여 부동산 중개업소를 찾았다. 기사들을 문밖에 대기 시켜 놓고, 시트론과 안으로 들어갔다. 외알 안경을 쓴 노파가 친절하게 웃으며 손을 비볐다.

"어여쁜 아가씨일세. 자자, 여기 편히 앉아요."

나는 노파가 가리킨 자리에 앉았다. 테이블 위에 놓인 웬 서류에 무언가 잔뜩 쓰여 있었다. 얼핏 보니 주소와 금액 같았는데, 노파가 후닥닥 서류를 뒤집었다.

"건물은 어딜 알아보시려고요?"

"작고 허름해도 괜찮지만, 중앙 애비뉴를 걸어서 오갈 수 있을 정도의 거리여야 하고, 주방은 필수."

노파는 고심하는 듯 신음하며 서류를 뒤적거렸다.

"그렇다면 5 - 31번지를 추천하고 싶군요. 낡긴 했지만 오페라 하우스와 가까워서……."

주절주절 설명을 늘어놓던 그녀가 외알 안경을 약지로 슥 올렸다.

"그렇지만 상점가 내 건물은 원체 고액인지라 어리신 아가씨께서 구매하시기엔……."

그러면서 안경 위로 눈을 치켜뜨고 나를 위아래로 훑었다.

"40만 피니라서요."

나는 인상을 찡그렸다.

'내가 말한 조건의 건물은 평균 시세가 20만 피니랬어.'

란슬롯이 한 말이니 확실하다. 그러니까 이건 소위 말해 눈탱이 치기란 것이다. 가격을 부풀려 말해서 고객이 기겁하면 '저희가 나서서 주인과 가격을 조정해 드릴 수도 있습니다' 하고 나오는 게 순서다. 중개료를 비싸게 뜯어내려고. 처음 후다닥 뒤집었던 종이는 아마 건물의 시세표일 것이다.

'낯선 나를 뭣 모르는 이주민이라고 생각해서 뜯어먹으려는 모양인데.'

나는 생긋 웃으며 고개를 기울였다.

"흐응, 40만 피니라."

"당황스러운 가격이긴 합니다. 어린 아가씨라 잘 모르시겠지만, 이런 경우엔 중개업자가 나서서……."

"정말로? 나베리우스 프렌시프와 아서 프렌시프의 이름을 걸 수 있나?"

노파가 가소롭다는 듯이 코웃음을 쳤다. 네가 영주 부자를 어떻게 아느냐는 표정이었다.

"물론이지요!"

나는 팔랑팔랑 손을 흔들어 시트론을 불렀다.

"가서 기사들을 데려와."

시트론이 씩 웃고는 기사들을 데리고 돌아왔다. 기사들이 두른 케이프에 수 놓인 프렌시프의 문장을 보고 노파는 희게 질렸다. 그러고는 할아버지와 똑같은 나의 머리칼을 한 번, 그리고 붉은 눈을 또 한 번 쳐다보았다. 나는 평이한 목소리로 다시 물었다.

"그래서 5 — 31번지가 얼마라고?"

"시, 십오만 피니……."

'세상에, 두 배 넘게 올려 불렀구나.'

눈살을 찌푸리자 노파가 어깨를 바짝 움츠렸다. 나는 그녀에게서 시선을 거두고, 기사들을 쳐다보았다.

"감히 아버님과 할아버지의 이름을 걸고 거짓을 말한 자는 어떻게 되지?"

물은 것뿐인데 기사들이 눈을 희번덕 뜨며 안광을 띄웠다. 정말 명예에 먹칠을 당한 것처럼 보였다.

"영지민이라면 재판에 부쳐지겠지만……."

잿빛 머리의 사내가 중얼거리자 그 옆에 있던 포도주색 머리칼의 사내가 음산하게 말을 받았다.

"과연 재판장까지 살아서 갈 수 있을지는 모르겠습니다."

"뭐, 프렌시프의 기사며 병사를 다 죽일 수 있는 신화 속 존재라면 모를 이야기지만요."

프렌시프의 기사와 병사가 죄다 눈에 불을 켜고 노파를 노릴 거라는 소리였다. 나는 그녀를 슥 쳐다보았다. 하얗던 얼굴이 금세 샛노랗게 변했고, 종래엔 시체처럼 거무죽죽해졌다.

"그렇다는군."

"사, 살려, 살려 주……."

"자, 그럼 들어."

노파가 땅에 머리를 처박을 것처럼 고개를 끄덕였다.

"20만 피니를 예산으로 내가 말한 조건에 맞는 곳을 세 군데 찾아와."

"예?! 하지만 그건……!"

시트론이 크게 헛기침하자 노파는 울상이 되어 고개를 끄덕였다. 그리고 나는 한마디 더 덧붙였다.

"기한은 일주일 주지."

"일주일……!"

"못 하겠으면 말해도 좋아."

"아닙니다……."

못 하겠으면 시일을 늘려 주려고 했는데, 냉큼 된다기에 나는 고개를 끄덕였다.

'능력이 좋은 중개업자인가 보네.'

노파와 이야기를 마친 뒤 중개업소를 나섰다. 좋은 가격에 괜찮은 건물을 얻을 수 있겠구나 싶어서 기분이 좋았다.

'사실 세 곳까지는 바라지도 않아.'

일단 세게 불러야 그 근처까지는 도달할 테니 어깃장을 놓은 거다. 시트론은 웃는 나를 보고 함께 미소 지었다.

"이제 돌아가실 건가요?"

"으음, 기왕 나왔으니까 뭐라도 보고, 먹고 갈까?"

"그걸 다 하시게요?"

"뭐든 가성비가 좋아야 하니까."

뒤에서 풋, 하고 웃음소리가 터졌다. 시트론이 웃은 기사를 흘기며 눈치 주듯 불렀다.

"바커스 경."

"영애께서 가성비라는 단어를 쓰시는 게 귀, 아니……."

포도주색 머리의 기사는 머리를 긁적이며 변명했다. 그의 눈알이 옆에 있는 기사를 향해 도르륵 굴러갔다. 회색 머리의 기사가 한숨을 내쉬었다.

"죄송합니다, 영애."

"괜찮아."

내 말을 들은 회색 머리의 기사가 부드럽게 눈매를 휘었다.

"아가씨의 변화를 모두가 달가워합니다."

"으음, 이름이 뭐더라?"

"고레일입니다."

"고레일 경이 보기엔 이전의 내가 많이 날카로웠나?"

그의 입매가 딱 굳었다.

'어떤 성격인지 알겠다. 일은 잘하는데 고지식하구나.'

조금 방정맞아 보이는 바커스 경과는 딴판이었다. 거짓말을 하느니 입을 꾹 다무는 모습에 나는 태연히 고개를 끄덕였다.

"응, 무슨 뜻인지 알았어."

"……안타까웠습니다."

"무엇이?"

"과거의 아가씨는 스스로를 망가뜨리고 싶어 하는 분처럼 보였으니까요."

바커스 경이 쑥 끼어들어 덧붙였다.

"하지만 지금은 많이 달라지셨죠. 두 분 도련님께서도 그렇고, 어르신께서도 영애를 대하는 태도가 달라지셨잖습니까."

"그래 보여?"

"그럼요! 작은 도련님께서 저희에게 직접 호위를 명하셨…… 윽!"

고레일이 바커스의 발등을 꾹 밟았다. 나는 흐뭇하다는 듯이 웃고 있는 시트론에게 물었다.

"가웨인이 왜 저들에게 직접 호위를 맡긴 거야?"

"그야 경들이 알아주는 실력자니까요."

실력자들을 왜? 그러다 불현듯 드는 생각에 헉 숨을 들이켰다.

'내가 사재를 들고 도망칠까 봐 감시를 붙여 놓은 건가? 할아버지가 시킨 걸지도…….'

내 표정을 본 시트론은 무슨 일이냐는 듯 눈을 동그랗게 떴다. 나는 입술을 꾹 깨물며 생각했다.

'믿음이 필요해.'

충분한 여비를 만들려면 조금 더 시간이 필요하다. 그동안 계속 감시당한다면 행동이 제약될 것이다. 여비를 만들고 난 후에도 감시가 있으면 도망치기 힘들 테니 문제가 된다.

'이미지는 어느 정도 회복한 것 같으니 본격적으로 친목을 도모해 보자.'

그렇게 결심한 나는 주먹을 가볍게 쥐었다.

"돌아갈래."

"구경하겠다고 하셨잖아요?"

"아니야……. 할아버지가 보고 싶어."

'사이를 돈독히 해서 감시를 뿌리쳐야 하니까.'

그렇게 생각하고 뒤로 도는데, 놀란 표정의 바커스와 고레일이 보였다.

*　　*　　*

가웨인이 노크 없이 란슬롯의 집무실에 들어갔다.

"버릇없다."

란슬롯이 미소 지으며 차갑게 말했다.

"화를 내든가, 웃든가 둘 중 하나만 하지?"

"눈치까지 없어서야."

"요새 유난히 날을 세우네."

"너보다 깜찍한 놈이 있으니까."

언제는 날 깜찍하게 봤나. 가웨인은 헛웃음을 흘리며 소파에 앉았다.

"세니안?"

깜찍한 사람이 세니아나냐는 물음에 란슬롯은 말없이 펜을 움직였다. 긍정의 뜻이었다.

"세니아나를 싫어하지 않았나?"

"너야말로. '그 일'은 다 잊은 거야?"

란슬롯의 말에 생에 가장 분노했던 순간이 떠올랐다.

[가웨인, 네가 내게 손을 내민다고?]

[정신 차려. 너나 나나 뭐가 다르지?]

[내 어머니는 나를 지키려고 했어. 하지만 가웨인, 네 대단한 공주 어머니는 다르잖아.]

[그 여자가 한 번이라도 널 찾았어? 등신, 넌 여기에 버려진 거야.]

[나도 저 어르신에게 쓰레기지만, 너도 마찬가지라고! 네 어머니에게 쓰레기처럼 버려졌어!!]

그날은 가웨인의 열세 번째 생일 파티였고, 사람들은 세니아나의 말을 듣고 수군거렸다. 제 꼴은 비참했다. 세니아나가 발작적으로 던진 찻잔에 찢어진 머리에서 흘러내리던 선혈. 그보다 더 아팠던 건 그녀가 말로 쏘아 댄 활이었다.

'알고 있었으니까. 버려졌다는 것 따위.'

그렇게 앙금이 켜켜이 쌓여 남매는 서로를 외면했다. 플로혜타가 그 애에게 한 일을 들었을 땐 머리가 새하얘졌다. 전에도 소매 밑에 생긴 멍과 상처를 본 적이 있었기에 또 발작했겠거니 쉽게 생각하며 고개를 돌렸다.

"어린애의 독기 때문에 벌어진 일의 대가라기엔 플로혜타의 학대는 과했어."

"그것뿐이야?"

란슬롯이 빙글빙글 웃으며 그를 보았다. 가웨인이 인상을 쓰며 중얼거렸다.

"그게 때릴 거냐고 묻잖아."

어깨를 떠는 그녀의 모습이 안쓰럽다고 느껴졌다. 플로헤타가 이 성에 있었던 1년뿐만이 아니라 마치 평생을 맞고 산 사람 같아 보였다. 혀를 찬 가웨인이 란슬롯을 쏘아보았다.

"형도 태도가 변한 건 마찬가지잖아. 형은 그 녀석의 뭐에 마음이 동한 건데?"

"나는……."

란슬롯이 픽 웃었다.

[쓰다듬어도 돼요.]

그게 귀여웠고, 또…….

"오라버니 손 따뜻해요, 일까."

가웨인이 왈칵 인상을 쓰며 물었다.

"그 녀석이 형더러?"

자신은 한 번도 들어본 적 없는 다정한 말이었다. 란슬롯이 씩 웃으며 고개를 끄덕였다.

"언제?"

"오늘. 외출 전에."

"왜 형한테만……!"

그가 울컥하여 소리쳤다. 란슬롯과 자신이 뭐가 다르다고 차별이란 말인가. 그간 세니아나에게 무심했던 건 란슬롯도 마찬가지인데! 가웨인이 고개를 휙 돌리며 제 형을 쳐다보았다.

"어땠는데."

"귀여웠지."

얼이 빠진 가웨인을 보고 란슬롯이 말했다.

"잘해 줘, 인마. 그래야 네놈도 가족으로 인정받지."

"나도 바커스와 고레일을 호위로 빼 줬다고. 바쁜 날인데 말이야."

서류에 서명하던 란슬롯이 고개를 절레절레 저었다. 그걸 세니아나가 어떻게 안단 말인가. 하여간에 수작 부릴 줄 모르는 놈이다. 그는 가웨인에게 다른 방식을 택하라고 조언하려다가 입을 다물었다. 자신만 세니아나에게 특별 취급받는 건 꽤 기분 좋은 일이었으니까. 란슬롯은 입꼬리를 씩 올렸다.

*   *   *

'왜 저렇게 노려보는 거지?'

나는 눈을 깜빡이다가 슬그머니 내리깔았다. 성에 도착하자마자 가웨인을 만났다. 무슨 일인가 싶어 올려다보니 그는 인상을 꽉 찡 그리고 나를 빤히 응시하고 있었다.

'듣고 싶은 말이 있나?'

나는 손을 꼼지락거리다가 그를 슬쩍 쳐다보았다.

"으음, 저기, 다녀왔… 습니다?"

"……"

"중개업소에 다녀왔… 어요?"

"……"

"마차가 아주 편안하고 좋았습니다?"

"……"

"호위 감사합니다?"

그가 작게 헛기침했다.

'이건가 보다!'

나는 고개를 끄덕이며 허리를 굽혔다.

"감사합니다."

"잘해 준 거지?"

"네?"

"그러니까 내가 네게……."

그렇게 말하던 그가 인상을 쓰며 중얼거렸다.

"뭐, 됐어. 천천히."

그러더니 내 머리를 휙휙 헝클어뜨렸다.

'으응?'

"가라."

나와 함께 있던 바커스가 낄낄댔다. 그러다 가웨인에게 배를 얻어맞고 꺽! 소리를 내며 허리를 새우처럼 굽혔다. 뒤돌아 걸어가는 그의 뒷모습을 보던 나는 가만히 서서 헝클어진 머리를 매만졌다.

나는 별채에서 옷을 갈아입은 후 할아버지의 방을 찾았다. 문 앞에 대기해 있던 집사와 가벼운 눈인사를 하던 찰나에 목소리가 들려왔다.

"쓸모없는 놈."

문틈 사이로 할아버지의 낮은 목소리가 흘러나왔다. 누군가 송구스럽다며 사과하는 목소리가 들린 후 침묵이 이어졌다.

'돌아갈까……'

괜히 억지로 들어갔다가 불똥을 맞으면 곤란하다. 그렇게 생각하고 돌아가려고 했지만, 집사가 한발 빨랐다.

"아가씨께서 오셨습니다."

갑작스러운 말에 깜짝 놀란 나는 동그래진 눈으로 집사를 보았다. 그가 인자하게 웃으며 말했다.

"괜찮을 겁니다."

뒤이어 아주 조그만 중얼거림이 들려왔다.

"아가씨께서는."

내가 고개를 갸웃하는 사이 문 안에서 할아버지의 목소리가 들려왔다.

"들어와."

나는 살짝 긴장하며 방으로 들어갔다. 훤칠한 중년의 사내가 할아버지의 맞은편에 앉아 있었다. 그의 얼굴을 빤히 쳐다보자 이름이 떠올랐다.

[세드릭 경.]

반란군 토벌 때, 우두머리의 계책에 속아 넘어갈 뻔했던 기사였다.

'칼립스 경이 대신 현장으로 갔다더니 본래 책임자였던 세드릭 경은 돌아온 모양이네.'

오늘은 반란군 토벌 사건으로 타박을 들은 모양이다.

'그렇다면야 혼이 나는 것도 어쩔 수 없나.'

나는 그렇게 생각하고 할아버지의 옆에 앉았다.

“…….”

“…….”

할아버지는 별말이 없었다. 반면에 세드릭 경은 많이 놀랐는지 눈이 튀어나올 것처럼 커졌다. 그가 억지로 웃으며 말했다.

“아가씨, 제가 자리를 비켜드리겠습니다.”

“왜요?”

“자리 배치가 좀, 뭐랄까. 당황스럽군요.”

그가 말을 잇지 못하고 할아버지를 바라보자 됐다는 짤막한 대답이 돌아왔다.

‘맞아, 우리는 자주 함께 앉는다고?’

나는 고개를 끄덕이며 세드릭 경을 보았다. 내 시선에 그가 낮게 웃고는 유쾌한 목소리로 말했다.

“그렇지 않아도 아가씨를 호위한 아이들이 재미난 이야기를 하기에 무슨 조화인가 싶었는데, 제가 없는 사이 기꺼운 변화가 생긴 모양입니다.”

할아버지가 한쪽 눈을 찌푸렸다.

“재미난 이야기라니.”

“아가씨께서 예정보다 이르게 귀가하신 까닭이 어르신이 보고 싶어서, 라고 하더군요.”

찰나 간 내 얼굴에 할아버지의 시선이 스치고 지나갔다.

“사실이냐?”

“그건…… 네. 맞아요.”

‘나를 감시하지 않도록 친해져 보려는 속셈이었지!’

"……."

할아버지가 휙 고개를 돌리며 중얼거렸다.

"어린애처럼 뭘 할애비가 보고 싶다고……."

투덜대는 목소리가 어쩐지 부드러워서 나는 좀 의아해졌다.

"조손의 애틋한 시간을 방해하면 안 되겠지요. 저는 그럼 이만……."

"네놈은 전쟁터에서 내빼는 법만 배웠느냐."

"그럼 계속 두 분 사이에 있어도 되겠습니까? 아가씨께서 불편해하실 텐데요."

"흥, 약아빠진 놈."

할아버지가 혀를 차며 나가라며 일갈했다. 세드릭 경은 인사한 후 재빨리 방을 나섰다. 방에 남은 건 할아버지와 나뿐이었다. 나는 손을 꼬물꼬물 얽으며 할아버지를 훔쳐보았다. 그러다가 덜컥 걱정이 들었다.

'일하는데 방해하는 못된 손녀라고 생각하시면 어쩌지.'

나는 얼른 변명했다.

"대화 중이신 건 알았는데요. 집사가 괜찮다기에 귀가 인사만 잠깐 드리고 가려 했어요."

할아버지가 방문을 노려보며 말했다.

"이놈이나 저놈이나."

"네?"

"오해하지 마라. 그저 좀 쓸 만해졌다고 생각할 뿐이니."

이건 또 무슨 이야기람? 나는 이 집 사람들이 좀 알아듣게 이야기를 해 줬으면 좋겠다고 생각했다. 매번 주어와 목적어를 빼먹으니 대화가 아니라 수수께끼를 하는 기분이었다.

내가 속으로 꿍얼대는 사이 할아버지는 잔을 들었다. 쌉싸름한 커피 향기가 그윽하게 풍겨왔다. 몇 모금 커피를 마시던 할아버지가 잠시 인상을 찡그렸다. 그가 손을 접었다 펴기를 반복했다.

'어?'

나는 할아버지를 빤히 보았다.

"손이 저리세요?"

"별것 아니다."

"평소에도 자주 그러나요?"

"뭐……."

"아침에 일어나는 게 이전보다 힘드시고요?"

"그걸 어찌 알았느냐?"

"시력이 안 좋아졌다든가, 종종 어지럽다든가, 아! 화가 날 때, 혹은 스트레스를 받을 때 목덜미가 뻐근하세요?"

"……그래."

할아버지 얼굴 위로 식당의 단골손님이던 박 씨 할머니의 모습이 겹쳐졌다.

'설마…….'

난 마른침을 꼴깍 삼키고 다시 물었다.

"무른 음식만 찾으시는 이유요. 그게 혹시 치아 때문이 아니라 턱 때문인가요? 턱이 움직이지 않아서 씹기 힘드신 거예요?"

할아버지의 눈이 살짝 커졌다. 그걸 어떻게 아느냐는 표정이었다.

"……비슷한 이유긴 하다만."

"혈압은 확인한 적 있으세요?"

"혈압?"

그게 뭐냐는 듯한 말에 나는 완전히 굳어졌다.

나는 바로 프렌시프의 주치의인 마티스 남작을 호출했다. 할아버지는 별일 아닌데 괜히 요란을 떤다며 인상을 찌푸렸다.

'내 생각이 맞다면 이건 별일이 맞아.'

할아버지의 심박 수를 확인한 의사가 물었다.

"손발이 저리신 지는 얼마나 되셨습니까?"

"석 달 전쯤부터 그러했지."

"음식물을 제대로 씹을 수 없게 되신 지는요."

"그건 한 달 정도 되었군."

남작이 한숨을 내쉬었다.

"자세한 검사를 해 봐야 할 듯싶습니다."

"내 상태가 심각하다는 말인가."

"아무래도 그렇습니다. 근육에까지 무리가 온다는 건 심각한 상황을 염두에 두어야 한다는 의미겠지요."

할아버지가 나를 쳐다보았다.

"너는……"

"네?"

"의사도 아닌 네가 어떻게 내 상태를 안 것이냐."

그야 할아버지와 비슷한 경우를 보았으니까. 나와 선생님이 하던 식당의 단골 할머니가 꼭 그랬다. 고혈압 합병증으로 언젠가부터 가슴에서 목까지 제대로 움직이지 못하셨다. 난 할아버지가 납득할 수 있는 변명을 생각하며 침음을 흘렸다.

"그게……. 예전에 책에서 본 적이 있어요. 혈액이 제대로 움직이지 않으면 심장에 무리가 온다고요. 심장에 무리가 가면 움직이기 힘들잖아요. 그래서 혹시나 한 것이죠."

"흠……."

할아버지는 미심쩍은 표정이긴 했지만, 더 묻진 않았다. 도리어 놀란 쪽은 마티스 남작이었다.

"전문 지식이 있는 사람들도 쉽게 유추하지 못하는데 훌륭하시군요. 따로 의학을 배워 보실 생각은 없으십니까?"

그가 몸을 앞으로 내밀면서까지 물어서 좀 민망해졌다.

"아니, 나는 요리만으로도 벅차서……."

"재능은 그 분야에 대한 호불호와는 관계없지요. 제대로 배워 보시면 좋은 성과를……."

의사가 눈을 반짝이며 더욱 다가올 때였다. 노크 소리와 함께 집사의 목소리가 들려왔다.

"어르신, 식사를 가져왔습니다."

카트를 밀고 들어온 그가 접시 위의 보를 들어 올렸다. 음식을 본 나는 깜짝 놀라서 소리쳤다.

"안 돼요!"

음식은 죄다 달고 짠 것들이었다. 해산물이 잔뜩 들어간 붉은 파스타에 버터와 꿀을 바른 바게트, 칠면조 찜과 오렌지 주스.

"달고 짠 음식은 절대로 안 돼요."

남작이 고개를 끄덕였다.

"아가씨께서 옳습니다."

"네, 절대로, 절대로요!"

고혈압 환자에게 달고 짠 음식은 독이나 진배없다. 나는 고개를 단호히 저으며 카트를 멀찍이 밀었다. 그러다 문득 드는 생각에 인상을 찌푸렸다.

'내가 만든 칠면조 찜도 달고 짠데……'

할아버지는 근래 나의 칠면조 찜을 달고 사셨다. 그 때문에 상태가 더 나빠진 건 아니었을까 우려되었다. 칠면조 찜이 포크를 들고 할아버지를 찌르는 상상이 들자 심장이 쿵 내려앉았다.

'하지만 나는 할아버지에게 고혈압이 있는 줄은 몰랐고……. 그렇지만 내 요리 때문에 쓰러지기라도 하면……'

끄응, 신음을 삼키고 할아버지를 힐끗 보았다.

"저…… 할아버지, 괜찮으시면 제가 치료를 돕게 해 주세요."

"네가?"

나는 고개를 끄덕였다. 내 요리가 건강을 망쳤다면 미안하니까.

"……"

할아버지가 나를 빤히 쳐다보며 물었다.

"네가 어떻게 치료를 돕는다는 게야."

"병에는 식이 조절이 정말로 중요하잖아요. 그렇죠, 남작?"

"맞습니다. 치료의 시작이 바로 식이 조절입니다."

나는 다시 할아버지에게 조심스레 말했다.

"할아버지의 몸 상태는 프렌시프의 앞날이 달린 문제니까 사용인들에게조차 누설되면 안 되고요. 그런데 갑자기 식이 조절을 시작하면 의아해하는 사람이 분명 생길 거예요."

　"흠……."

　"그러니까 어차피 알고 있는 제가 돕는 편이 낫지 않겠어요?"

　할아버지는 나를 힐끗 쳐다보다가 이내 고개를 끄덕였다.

　　　　　　　*　　　*　　　*

　다음 날부터 할아버지를 위한 치료식을 만들기 시작했다.

　'고혈압에 특히 좋은 재료가…….'

　단골 할머니가 걱정되어서 고혈압 환자용 식단을 만든 적이 있었다. 그 덕에 치료식 재료를 쉽게 떠올릴 수 있었다.

　"비트! 시트론, 비트와 케일을 가져다줘. 그리고 바나나랑……."

　나는 비트와 케일, 바나나 등을 넣고 갈아서 주스를 만들었다. 그리고 매일 아침 · 저녁으로 주스를 할아버지에게 가져갔다. 며칠 내리 마시던 주스를 보자마자 할아버지가 인상을 썼다.

　"몸에 엄청 좋은 건데요?"

　"내가 풀 뜯어 먹는 토끼도 아니고……."

　"한 잔 다 드시면 오늘 점심은 고기로 할게요."

　"……."

　"어제 저녁에도 반이나 남기셨다면서요……."

　내가 부루퉁 입을 내밀자 할아버지는 옆에 서 있던 집사를 노려보았다.

'집사가 이른 걸 어떻게 아셨지?'

집사는 허공으로 시선을 돌리며 모른 체하였다. 그리고 난 할아버지를 닦달했다.

"드세요."

할아버지는 가늘게 한숨을 내쉬고는 내온 주스 한 잔을 모두 마셨다.

"그럼 이제 산책 갈까요?"

"오늘도?"

그럼! 고혈압 환자에게 최고의 치료는 식이 조절, 그다음이 운동이었다. 할아버지가 또다시 푹 한숨을 내쉬었다.

정원으로 나온 후에 나는 할아버지에게서 몇 발자국 떨어져 뒤따라 걸었다. 코와 귀가 시렸지만, 기분은 좋았다. 신선한 공기와 앙상한 가지에 핀 눈꽃, 걸을 때마다 몽실몽실 흔들리는 예쁜 망토. 그리고……

'가웨인이 사 준 구두!'

원래 봄에나 신어야지 했는데 참기 힘들어서 오늘 신고 나와 버렸다.

"뭐가 그리 좋으냐."

"구두가 예뻐서…… 네?"

무심코 대답하던 나는 고개를 쑥 들었다.

'방금 목소리 엄청 다정하지 않았나?'

마치 선생님이 날 귀여워할 때와 같았다.

"내가 빼앗으면 어찌하려고 신고 나온 게야."

다시 들으니 평소처럼 무뚝뚝한 목소리여서 잘못 들었다고 생각했다.

"할아버지는 돈이 엄청 많으시니까 새것을 사시면 안 될까요?"

기죽은 목소리로 말하니 그가 실소를 흘렸다. 그 모습에서 얼핏 가웨인이 보였다.

'란슬롯은 아버지를 닮았댔지. 그럼 세니아나는 누굴 닮았을까? 역시 세니아나의 어머니?'

그런 생각을 하는데 할아버지가 나를 돌아보았다.

"또 뭐가 궁금해서 눈을 굴리는 게야."

"아, 저는 누굴 닮았나 싶어서요."

잠시 침묵하던 할아버지가 중얼거리듯 말했다.

"너는 나를 쏙 뺐지."

'아닌 것 같은데…….'

할아버지와 가웨인이 육식 동물 중에서도 흉포한 사자나 호랑이라면 세니아나는 초식 동물, 그것도 아주 작은 축의 소동물이었다.

"왜."

"아니요…….'

내가 웅얼거리니 할아버지가 커다랗게 말했다.

"가까이서 걸어라. 뭐라는지 하나도 모르겠으니!"

'무, 무서운데.'

하지만 안 따르면 더 무서워질 것 같았다. 옆으로 다가가는 길에 할아버지의 다리를 보았다.

"……."

난 말없이 할아버지의 팔을 잡았다.

"뭐야."

"높은 구두를 신었더니 불편해서요. 잡아 주세요."

"거짓말 못 하는 건 네 어미를 닮았군."

"……."

나는 양손으로 할아버지를 잡고 천천히 걸었다. 세니아나 기억 속의 할아버지는 아주 거대하고 두려운 존재였다. 거센 불기둥과 같아서 다가가면 온몸을 활활 태워 버릴 것만 같았다. 그런데 지금은 할 수만 있다면 과거의 세니아나에게 말해 주고 싶었다.

할아버지는 그냥 지킬 게 많은 외로운 노인이었다고. 지킬 게 너무 많아서 불편한 다리를 억지로 움직여 괜찮은 척, 여전히 강건한 척 걸어야 했다고.

*　　　*　　　*

서류를 든 채 조부의 방으로 들어오던 란슬롯과 가웨인은 멈칫하였다. 소파에 기대 잠들어 있는 세니아나가 보였기 때문이다. 두 사람이 그녀에게 다가가자 책상에서 업무를 보던 나베리우스가 말했다.

"막 잠들었으니 두어라."

"예? 아, 예……."

가웨인은 곁눈질로 제 형을 바라보았다. 그도 당황스러운 건 마찬가지인지 눈이 조금 커져 있었다. 세니아나가 조부의 외투를 끌어안으며 뒤척였다.

'외투까지 덮어 주셨다고?'

란슬롯이 그렇게 생각하는 찰나 나베리우스가 물었다.

"포털 건은 어찌 되었느냐? 여전히 사비에르에서 어깃장을 부리고 있는 게야?"

"길을 열어 주기로 합의했습니다. 이용료가 다소 높긴 합니다만."

란슬롯이 서류를 건네자 그것을 확인한 나베리우스가 쯧 혀를 찼다.

"빌어먹을, 사비에르의 딸이 포털을 독점하고 있는 꼴이니 이용료가 천정부지로 치솟았군."

"사비에르 영애가 가진 포털의 길이로는 제국을 횡단하기도 어렵습니다. 프렌시프에서 항만을 소유하고 있는 한 그쪽에서도 우리 눈치를 볼 수밖에 없지요. 이 이상 이용료를 올릴 순 없을 겁니다."

나베리우스가 눈길을 돌려 가웨인을 쳐다보았다.

"황자는?"

"아직 별다른 행동은 없습니다."

"그저 내 생일이나 축하하자고 내려온 게 아닐 거다. 분명 다른 뜻이 있어. 감시에 소홀함이 없어야 할 것이다."

"명심하겠습니다."

그때 세니아나가 잠투정을 하며 냠 입맛을 다셨다. 세 남자는 동시에 픽 실소를 흘렸다. 그녀를 다정한 눈으로 보던 란슬롯이 전보다 작은 목소리로 중얼거렸다.

"황자의 환영 연회에서 나온 세니아나의 요리 말입니다."

"요리가 왜?"

"본래 메뉴는 그것이 아니었다고 하던데요."

"그게 무슨 말이냐."

"웬 요리사가 준비한 요리를 태웠답니다. 만찬에 나온 건 대안으로 생각한 요리라더군요."

그의 말에 가웨인이 인상을 찌푸렸다.

"그게 대안으로 생각해 낸 요리라고?"

"무려 20분 만에."

"허……. 이 녀석 머릿속엔 뭐가 든 거야? 그런 걸 어떻게 20분 만에……. 정말 재능을 숨기고 있었던 모양이군."

가웨인이 무릎을 굽히며 그녀에게 손을 뻗으려 하자 란슬롯이 그의 손목을 비틀었다.

"윽!"

"깨우지 마라. 어쨌든 더 기가 막힌 건 요리를 태워 먹은 요리사의 변명이었어."

"변명? 태워 먹고 변명까지 해?"

"제 잘못이 아니라고 했다더군. 잘못은 오븐의 세기를 미리 확인하지 않은 막내의 탓이라고. 그런데 — "

란슬롯이 표정이 일순 차가워졌다.

"세니아나가 오전에 만찬 주방에서 오븐을 확인하고 간 걸 본 사람이 있다. 세니아나의 명을 전했다던 하녀도 요리사가 거짓말을 했다고 주장했어."

"뭐?! 그 새ㅡ!"

가웨인이 조부의 눈치를 본 후 세니아나가 깨지 않았는지 살폈다. 다행히 막내는 여전히 꿈속을 헤매고 있었다. 울컥 인상을 찌푸린 가웨인은 조부를 향해 허리를 굽혔다.

"저는 볼 일이 생겨서 먼저 나가 보겠습니다."

"저도 이만 가 보겠습니다."

형제가 방을 나서자 나베리우스는 잠든 세니아나의 얼굴을 가만히 쳐다보았다. 그가 설렁줄을 잡아당겼다.

다음 날, 주스를 갈던 나는 눈을 동그랗게 떴다.

"뭐라고?"

"거짓말쟁이 요리사요. 입이 찢어졌어요."

"으응? 대체 누가 그런 짓을?"

"그건 잘⋯⋯. 당한 사람도 모르던걸요? 웬 괴한에게 잔뜩 얻어맞았는데 다른 괴한이 나타나서 양팔을 부러뜨렸대요. 입을 찢은 건 마지막 괴한이라더라고요."

"우와⋯⋯. 무슨 원한을 졌으면 셋에게나?"

"이것저것 죄가 많은 모양이에요. 짚이는 데가 많아서 누군지도 모르나 봐요."

그 남자는 어찌나 멍청한지 원한을 살 만한 일을 저 스스로 토설했단다. 범인을 찾아 달라면서 말이다.

'하긴 그런 바보니까 주인의 딸인 나를 걸고 거짓말을 한 거겠지.'

거짓말쟁이 요리사는 정말로 나쁜 놈이었다. 남의 레시피를 훔치고, 자기 아들을 때려 팔을 부러뜨린 데다가 프렌시프의 이름을 운운하며 영지민의 재산을 갈취한 적도 있다고 했다.

"미친 사람!"

"천벌 받은 거죠."

내가 기함하자 시트론이 고개를 끄덕였다.

"프렌시프의 이름을 협박에 쓴 것까지 들키는 바람에 퇴직금 한 푼 못 받고 쫓겨나게 됐어요."

"그거 다행이네."

나는 고개를 끄덕이며 주스를 컵에 옮겨 담았다. 그리고 감자즙으로 만든 찬 수프와 함께 성으로 가져갔다.

"……그런 일이 있었대요."

할아버지에게 오늘 시트론에게 들은 이야기를 전하자 그는 태연히 고개를 끄덕였다.

"성의 경비를 강화해야 하는 게 아닐까요?"

"경비는 이미 차고 넘칠 만큼 하고 있어. 그러니 내부에서 일어난 일일 거다."

"그렇군요……."

'인과응보였군.'

그렇게 생각하던 와중에 집사와 눈이 마주쳤다. 어쩐지 웃음을 참는 것 같아서 의아했다.

"참, 이제 검사하러 나가시죠?"

"그래."

"이번에도 비밀 통로로 나가시겠군요."

할아버지의 몸 상태는 가문의 기밀이라 검사도 영지 밖에 있는 마티스 남작의 연구실에서 은밀히 진행되었다. 검사도 검사지만, 할아버지의 다리가 신경 쓰였다.

'다리를 저시는 건 마비가 왔기 때문일까? 그럼 뇌졸중? 아니야, 뇌졸중이면 상태가 이보다 훨씬 심각하겠지.'

마티스 남작은 단순히 다리를 접질려서 신경통이 온 것일 수도 있다고 했지만, 걱정이 되는 건 어쩔 수 없었다. 그래서 나는 그를 부축하기 위해 비밀 통로로 함께 나섰다.

"되었다니까. 통로 끝에 마차가 대기하고 있어."

"그래도요. 거기까지 가는 길이 꽤 멀잖아요."

"너 홀로 돌아가야 하잖아."

"가문의 비밀 통로인걸. 누가 알겠어요."

"이상한 녀석. 이리 어두운데 무섭지도 않으냐."

뺨에 할아버지의 시선이 부딪쳤다. 밤만 애타게 기다린 적도 있어서인지 나에게 어둠은 두려움보다는 안정감을 주었다.

"안 무서워요."

"겁 없는 녀석인 줄은 알았다만."

무서운 게 전혀 없는 건 아니다. 어둠이 별로 무섭지 않을 뿐이지.

"뾰족한 건 찔리면 죽으니까 무서워요. 그리고 혁대도요. 주먹으로 맞는 것보다 훨씬 더 아프거든요."

"……플로헤타가 너를 혁대로 때린 적이 있느냐?"

할아버지의 목소리가 갑작스럽게 딱딱해져서 조금 당황스러웠다.

"아니에요."

플로헤타는 채찍으로 때렸고, 혁대로 때린 건 날 버린 친부였다. 할아버지가 말이 없어서 나는 우물쭈물하다가 이어 말했다.

"진짠데……. 그냥 주먹으로 맞는 것보다 아프다고 들은 거예요……."

열심히 변명했지만 믿는 기색이 아니었다.

'어떡하지.'

잡고 있는 그의 팔이 차갑게 느껴져서 할아버지의 눈치를 살피며 걸었다. 비밀 통로를 통해 영지 밖으로 나온 우리는 짧은 인사를 나눴다.

"조심해서 다녀오세요."

"……."

그는 나를 빤히 보다가 어깨에 걸쳤던 퍼를 벗어 주었다.

"아니에요! 전 괜찮……!"

"들어가."

거절할 새도 없이 할아버지는 마차에 올라탔다. 난 조심스럽게 보드라운 퍼를 둘렀다.

'따뜻해.'

가만히 서서 멀어지는 마차를 지켜보았다. 마차는 곧 시야에서 사라졌고, 나는 천천히 걸음을 돌렸다.

'이제 돌아갈까.'

─라고 생각한 순간, 여러 명의 발소리와 함께 횃대 아래서 일렁이는 몇 개의 그림자를 보았다. 순간 흠칫 놀란 내가 뒷걸음쳤을 때였다.

　"읍!"

　누군가에게 입이 막혔다.

＊　　＊　　＊

　그 짧은 찰나에 오만 가지 생각이 다 들었다. 거짓말쟁이 요리사를 공격한 괴한인가? 내부에서 생긴 게 아니라 역시 외부에서 들어온 걸까? 할아버지 말을 들을걸! 어, 어떻게 도움을 요청하지?

　'선생님!'

　눈을 꽉 감았을 때 귓가에 목소리가 들려왔다.

　"움직이지 마세요."

　'어?'

　익숙한 목소리였다. 솜털이 쭈뼛 서는 낮고 아름다운 목소리.

　'도미니크 황자?'

　"읍."

　"저들이 눈치챌 겁니다. 조용히."

　나와 그는 심장 소리까지 들릴 정도로 가깝게 붙어 섰다. 얼마쯤 지나자 황자가 나를 잡고 있던 손을 풀었다. 어느새 주변의 인기척이 사라진 후였다. 가슴이 쿵쿵 뛰고 다리가 후들후들 떨렸다.

　방금 본 남자들은 발소리를 최대한 죽이기 위해 워커가 아닌 가죽신을 신었다. 그림자를 통해 본 복장도 병사의 것이라기엔 너무나 은밀했다.

'다른 령의 첩자일 거야.'

프렌시프는 아주 강대한 가문이다. 군사력, 재력, 가문의 역사. 어느 하나 모자란 데가 없었다. 아니, 소수의 권력자 사이에서도 우위를 점했다. 그런 권력 뒤편엔 언제나 위험이 도사리는 법이었다.

'만약 첩자들이 날 발견했고, 내가 프렌시프 영애라는 걸 알았더라면?'

입에 담기도 싫은 일을 당하거나……. 어쩌면 살해당했을 수도 있다. 그런 생각을 하자 소름이 오소소 돋았다. 나는 도미니크에게 고개를 숙였다.

"가, 감사합니다."

그가 묘한 눈빛으로 날 쳐다보았다.

"무엇을 먼저 짚어야 하는지 모르는 겁니까?"

"당연히 감사가 먼저지요."

그는 실망이라는 듯한 표정이었고, 난 대수롭지 않게 이어 말했다.

"프렌시프의 손님인 저하께서 왜 이 늦은 시각에, 허가도 없이, 성밖으로, 그것도 이렇게 은밀히 나오셨는지를 따지는 것보다는요."

"……."

"왜요?"

"내가 저들과 한패면서 영애를 속이는 걸 수도 있습니다."

"이렇게 수상하게요?"

나는 한숨을 푹 내쉬며 말했다.

"프렌시프 내에 있는 이방인은 저하 한 분이에요. 제게 무슨 일이 생긴다면 가장 먼저 의심받겠죠."

"영애는……. 생각과는 다른 사람이군요."

"제가요?"

"이런 상황이 무섭지는 않습니까?"

그가 할아버지와 똑같은 말을 해서 조금 재밌었다.

'무서운 짓을 하려고 들 때 도망치면 되지.'

그는 모르겠지만 열 걸음쯤 뒤에 있는 저 커다란 아름드리나무가 비밀 통로의 입구였다.

'아까는 너무 당황해서 생각도 안 났네.'

통로 안으로 들어가면 안전하다. 기사들을 바로 호출할 수 있는 마도구가 있으니까 말이다. 그때 미처 놓지 못한 그의 팔에서 뜨거운 것이 주륵 흘러내렸다. 비릿한 향이 콧속으로 훅 들어오기에 깜짝 놀라서 말했다.

"피잖아요!"

난 서둘러 손수건을 꺼내어 그의 팔을 붙잡았다. 도미니크는 움찔했지만, 순순히 팔을 내주었다.

"이건 임시방편이에요. 돌아가서 꼭 치료받으세요."

"프렌시프 령으로 돌아가도 된다는 겁니까?"

"그야 손님이시니까 당연히……."

"수상한 사람을 들여도 되느냐는 뜻입니다."

손수건 끝을 묶던 나는 그의 눈을 힐끔 쳐다보았다.

"오늘은, 그냥."

"……."

"나를 구해 준 사람으로 생각할게요."

사실 믿는 구석이 있긴 했다. 프렌시프에 해가 될 짓을 계획 중이라면 최대한 숨을 죽여야 한다. 그런데 그는 스스로 수상한 행동이라는 걸 알면서도 날 구했다.

'게다가 할아버지라면 이미 대비하고 있을 테니까.'

손을 거두려다가 그가 찬 팔찌와 스쳤다. 팔찌는 묘한 무늬의 푸른색 원석이 두 줄의 검은 끈에 연결된 형태였다.

갑자기 가슴이 기이할 정도로 울렁거리는가 싶더니 삐익— 작은 이명이 귓속을 파고들었다.

'어지러워.'

나는 눈을 꼭 감고 머리를 가볍게 흔들었다. 그제야 이명이 사라졌다.

"이제 돌아……."

—라고 말하던 나는 문득 그의 시선을 느끼고 고개를 들었다. 옅은 잿빛의 눈동자에 달빛이 어슴푸레 흘러들고, 신비할 만큼 아름다운 얼굴선에 짙은 그림자가 드리웠다.

"……."

"……."

'까, 깜짝이야. 화보 보는 줄 알았네.'

나는 어색함에 눈을 도르륵 굴리다가 애써 입을 열었다.

"저, 저기, 무슨 생각 하세요?"

그가 한 발자국 더 가까이 다가왔다. 손만 뻗으면 안길 것 같은 거리가 되자 그의 품에서 좋은 향기가 풍겼다. 도미니크가 천천히 입을 열었다.

"당신에게 내가 여전히 매력이 없나."

발그레 달아오른 내 뺨을 가볍게 잡은 그가 이어 말했다.

"그런 생각."

"……."

마른침이 꼴깍 넘어갔다.

별채로 돌아온 나는 소파에 주저앉았다.

"아가씨?"

시트론이 괜찮으냐고 물었지만, 대답할 정신이 없었다.

'수상한 짓을 해도 할아버지께 말하지 말라고 미남계를 쓴 걸까.'

그런 외모와 그런 목소리로 쓰는 미남계라니.

'무섭다…….'

그 후로 별일이 있던 건 아니었다. 도미니크는 돌아가라고 말한 뒤 먼저 떠났고, 나는 재빨리 비밀 통로를 통해 돌아왔다. 내가 멍하게 앉아 있자 시트론이 다가왔다.

"세상에, 얼굴이 새하얗잖아요!"

"응?"

그러고 보니 여전히 가슴이 울렁거렸다.

'팔찌에 닿고 나서부터 계속 이러네.'

어지럽다고 하자 시트론은 약과 물을 챙겨 왔다. 약을 삼키는 것을 지켜보던 그녀가 한숨을 내쉬었다.

"오늘은 일찍 주무세요."

"응……."

힘겹게 몸을 일으켜 대충 씻고, 침대에 누웠다. 푹신하고 포근한 침대에 눕자 잠이 솔솔 왔다. 내일 일어나면 울렁임이 가라앉겠지 생각하며 눈을 감았다.

이튿날 아침이 되니 확실히 울렁임이 많이 가라앉았다. 아예 없는 건 아니었지만, 이 정도면 괜찮다. 그것보다 중요한 건 중개업소로부터 편지가 도착했다는 것이었다. 편지엔 건물 목록도 함께 동봉되어 있었다.

'세상에, 이런 건물을 이 가격에 팔겠다고?'

도무지 믿기지 않았다. 오페라 하우스 바로 옆, 그것도 4층짜리 건물이었다. 단면도를 보니 엄청나게 넓었다.

'적어도 내가 가진 사재의 다섯 배일 텐데.'

나는 중개업자의 편지를 마저 읽었다. 이 건물의 주인이 나와 대화하고 싶어 한다는 이야기와 함께 어떤 주소가 적혀 있었다. 무슨 일로 날 보자고 하는 건지 궁금했다. 혹시나 중개업자가 내 이름을 대며 강탈한 게 아닐까 걱정되기도 했다.

'좋아, 그럼 오늘은 건물주와 만나 보자. 하지만 그 전에 할아버지 산책부터!'

나는 성으로 향했다. 집무실에 들어가자 할아버지는 늘 그렇듯 같은 자세로 일을 보고 계셨다.

"할아버지, 산책이요."

그렇게 말하자 할아버지는 안경을 벗으며 인상을 썼다.

"애완견 산책이라도 시키는 것 같군."

"설마요."

질겁해서 고개를 절레절레 저었다. 맹수라면 몰라도 애완견이라니 말도 되지 않는다.

그를 이끌고 정원으로 나섰다. 할아버지의 팔을 잡고 걷는 중에 멀리서 란슬롯과 가웨인을 발견했다. 함께 걸어오던 그들이 멈춰서 할아버지에게 인사했다.

"산책 중이십니까?"

란슬롯의 말에 할아버지는 "흠" 하고 소리만 낼 뿐이었다. 할아버지는 어느새 내가 잡고 있던 팔을 빼냈다. 다리가 불편한 걸 들키고 싶지 않은 것 같았다.

'아······.'

불현듯 드는 생각에 나는 입을 열었다.

"저기, 다 함께 산책을 하면 어떨까요?"

일시에 내게 시선이 몰렸다.

'내가 이 성에서 나가고 나면 할아버지와 산책하는 건 저들 몫이니까.'

내 입으로 '할아버지는 몸이 안 좋아요, 운동은 필수지요. 그런데 다리도 불편해서 부축받으셔야 해요'라고 말하는 것보다 산책하면서 자연스럽게 알아차리도록 하는 게 더 나을 것이다.

"됐······!"

"그럼 그럴까."

할아버지가 거절하기 전에 란슬롯이 다가왔다. 가웨인도 말없이 함께 걷기 시작하자 혼자서 앞서가는 할아버지였다.

'오기 부리시긴.'

나는 몰래 한숨을 흘렸다. 손주들에게도 몸 아픈 걸 들키면 안된다는 건 너무 서글픈 일이었다. 할아버지를 주의 깊게 보며 난 그를 따라 걸었다. 가웨인이 그런 나를 쳐다보았다.

"오늘은 더 못생겼잖아?"

그가 장난스레 웃으며 이어 말했다.

"누굴 닮아서 이렇게 못생겼지?"

"저는 할아버지를 쏙 뺐다던 걸요."

─하고 말하자 가웨인이 침묵했다. 어쩐지 할아버지의 그림자가 짙어진 기분이라 나는 눈을 깜빡였다. 그때 작은 웃음소리가 들리는 곳으로 고개를 돌리니 란슬롯이 입을 막고 어깨를 가늘게 떨고 있었다. 한참 어깨를 떨던 그가 헛기침했다.

"누누이 말하지 않았었나. 프렌시프에서 가장 못난 건 너라고."

"어련하겠어."

가웨인은 그렇게 말하곤 할아버지에게 들리지 않을 정도로 목소리를 낮추며 빈정거렸다.

"그쪽은 왕자님이신데."

그들의 대화를 듣고 있던 나는 문득 궁금해졌다.

"그럼 반대로 가장 멋진 쪽은요?"

란슬롯이 다정히 말했다.

"우리 막내지."

"흐응, 그렇구나."

내 목소리가 너무 건조했는지 가웨인이 픽 웃었다.

"아버님이시겠지."

"아버지요?"

"뭐, 소싯적엔 대륙이 들썩했다는 얘기가 돌기도 하고."

그러자 란슬롯이 할아버지의 뒷모습을 바라보며 말했다.

"조부님께서도 유명한 미남이셨어."

그러고 보니 할아버지는 노인인데도 허리가 굽지 않은 데다가 가웨인과 비슷할 정도로 키가 훌쩍 크고, 여전히 날카로운 턱선을 가지고 있었다.

"그렇구나⋯⋯. 두 분은 아버지와 할아버지에겐 댈 것도 아니군요."

나는 여상하게 말하며 앞서 걸었다. 어쩐지 등이 따가워 뒤돌아보니 가웨인이 기가 막힌 표정을 하고 있었다. 조금 무서워져서 할아버지에게 바짝 붙었다.

* * *

산책 후에 건물주와 만나기 위해 마차를 타고 성을 벗어났다. 나는 창밖을 보며 작게 한숨을 내쉬었다.

'할아버지는 고집쟁이!'

결국 오빠들은 할아버지의 다리를 눈치채지 못했다. 기어이 혼자서 끝까지, 그것도 아주 태연한 척 걸으셨다. 다음 기회를 노리자고 생각할 찰나에 마차가 멈추었다. 그곳은 호숫가였는데, 마차에서 내리자마자 중개업자가 호들갑을 떨며 아부를 했다.

"세상에, 오늘은 더욱 아름다우십니다. 눈이 멀어 버릴 것 같군요! 이 얼마나……!"

"건물 주인은?"

듣기 민망해서 말을 끊고 물었다. 중개업자는 호호 웃으며 저 앞에 있다고 말했다. 나와 시트론, 그리고 기사들은 중개업자를 따라갔다.

"나리, 아가씨께서 오셨습니다."

그 말에 호수 앞에 서 있던 남자가 뒤를 돌아보았다. 땅딸막한 키에 동그랗게 부푼 올챙이 배, 번쩍번쩍한 백구두. 거기다 샛노란 곱슬머리가 개기름에 젖어 이마에 찰싹 달라붙어 있었다. 얼굴을 보자마자 세니아나의 육체는 그의 이름을 기억해 냈다.

[알빈도 자작.]

프렌시프의 공신이며 할아버지와 전쟁터를 누빈 여장부 마담 버지니아의 의붓아들. 그는 새어머니 덕에 출세한 노총각이었다.

"잘 지내셨습니까. 전엔 새파란 풋과일 같았는데 지금은……. 흐흐, 농익었다고나 할까요."

나를 아래위로 훑으며 달라붙는 듯한 그의 시선이 불쾌했다. 기사들이 울컥 인상을 찌푸렸다. 나는 그와 오래 이야기하고 싶지 않아서 거두절미하고 본론을 이야기했다.

"내게 건물을 헐값에 파는 이유가 뭐죠?"

자작이 두꺼운 입술을 끌어당기며 말했다.

"아가씨께 좋은 제안을 하려 합니다. 건물은 제안 전에 드리는 선물이지요."

"제안?"

"요새 달라지셨다는 이야기를 들었습니다. 예, 잘하신 겁니다. 여자는 무릇 야들야들 여우같이 굴어야 사랑받는 법이지요."

잠깐 음흉한 시선으로 내 가슴을 훑은 그가 이어 말했다.

"뭐, 하지만 그런들 이제껏 벌인 일이 있는데 어르신께서 아가씨를 얼마나 믿으시겠습니까."

"하고 싶은 말이 뭐죠?"

그가 히죽 웃으며 목소리를 높였다.

"여인은 사내와 다릅니다. 남편을 든든한 보호자로 두어야 진정 어른이 되는 겁니다. 그래야 어르신도 안심을 하시고……."

"그래서요?"

"그러니까 제 말은, 이쪽에서 결혼해 드리겠다는 겁니다."

알빈도 자작이 껄껄 호탕하게 웃었다.

"제가 영애보다 다소 나이가 많긴 합니다만, 남자 나이가 어디 흠이겠습니까."

다소? 나는 어이가 없었다. 세니아나는 석 달 후에 스무 살이 되는 열아홉이지만, 알빈도 자작은 무려 서른여덟 살이었다. 그는 커다란 알 반지를 매만지며 말했다.

"집안에 안주인이 없으니 신부 수업을 받고 오지는 못할 거로 압니다. 뭐, 그런 것은 약혼 후 이쪽에서 가르치면 될 것이고……."

이 남자의 뻔뻔함이 어디서 기인하는지는 알고 있다. 난 여러 가지 일을 통해 어느 정도 이미지를 회복했지만, 그건 어디까지나 성 내부에서였다. 외부에선 가족 사이에 끼지 못하는 천둥벌거숭이가 겨우 발돋움을 시작한 거로 보이겠지.

'게다가 세니아나의 모친은 이민족 매춘부라고 하고.'

반면에 저 남자의 계모인 버지니아 부인은 과거 전쟁에서 할아버지의 목숨을 구한 적도 있었다. 그 덕이긴 해도 저 남자는 어쨌든 출세까지 했다. 자작이 두꺼운 입술을 쭉 늘리며 웃었다.

"약혼을 서둘러 하고 내년엔 결혼식을 합시다. 임신은 되도록 어릴 때 하는 게 좋죠."

기가 막혀서 헛웃음을 흘렸지만, 그는 연신 싱글거릴 뿐이었다.

"제 제안이 얼마나 큰 호의인지 아가씨는 모르실 겁니다. 솔직한 말로 아가씨의 과거 행실이 얼마나 대단했습니까, 하하."

"괜찮아요."

"예?"

"그 호의, 괜찮으니 넣어 두시라고요."

단호한 내 대답에 알빈도 자작은 당황해서 입을 옴짝거렸다. 그러나 이내 껄껄거리며 능글맞게 말했다.

"내숭은. 어린 애들이 하는 밀고 당기기인 모양인데 저한텐 안 통합니다."

'우와, 진짜 미쳤잖아.'

나는 이 남자의 망상병이 깊어지기 전에 확실히 말해 두기로 했다.

"난 자작과 결혼할 생각이 없어요."

"뭐라고요?"

"절대로."

진심을 담아 덧붙인 말에 그의 얼굴이 점차 붉으락푸르락 달아올랐다. 까득 소리가 나도록 이를 악문 자작은 여기까지는 참아 주겠다는 듯 한숨을 내쉬었다.

"잘 생각하세요. 어르신과 도련님 두 분은 아가씨가 당장 죽어 나가도 눈 하나 깜짝하지 않을 겁니다."

'그렇겠지.'

나도 아는 내용이다.

"그런데 이 제가! 아가씨의 보호자가 되어드린다는 겁니다."

"⋯⋯."

그는 히죽 웃으며 내게만 들릴 정도로 목소리를 낮췄다.

"곁에 있는 사람을 잡아먹는 괴물이라면서요."

[너는 곁에 있는 사람을 잡아먹는 괴물이야. 언젠가 선생님도 잡아
먹을걸?]

선생님과 함께 고아원을 나갈 때 들었던 이야기가 생각났다. 동시에 죽어 가던 선생님의 얼굴이 머릿속을 가득 메웠다. 이건 내 트라우마였다.

'정말로 내 곁에 있는 사람은 모두 고통받았으니까.'

난 치맛자락을 꽉 움켜쥐었다.

"내가 자작과 결혼하는 일은 없을 거예요."

"대체 왜요!"

"그야 자작이 싫으니까요."

"예?"

"당신 같이 예의 없고 아둔한 데다가 입 냄새 풍기는 남자와 사는 건 소름 끼치게 싫다고."

순간 주변이 얼어붙었다. 나와 자작을 힐끔거리던 중개업자부터 시트론, 기사들, 그리고 자작 본인까지 굳어 버렸다.

수 초가 흐른 뒤 자작이 입을 뻐끔거렸다. 자신이 들은 말이 정말인지 확인받으려는 것처럼 주변을 둘러보았다. 중개업자가 그의 눈을 피했다. 시트론은 질렸다는 표정으로 고개를 저었고, 두 명의 기사 중 하나인 바커스는…….

"푸핫."

웃음을 터뜨렸다가 다른 기사인 고레일에게 발을 밟혔다.

"애물단지에게 기껏 청혼해 줬더니 무례하게……!"

그가 말을 더듬으며 내게 삿대질을 했다.

"후회하게 될 겁니다. 이 일, 정식으로 항의할 테니까!"

이를 악문 알빈도 자작이 새빨개진 눈으로 협박했다. 나는 코웃음을 쳤다.

"그렇게 해. 가서 엄마한테 일러."

"뭐라고!"

"늘 그래 왔잖아?"

자작은 시뻘건 얼굴로 나를 노려보았고, 나는 더 들을 것도 없다는 듯 기사들에게 손짓했다. 바커스와 고레일이 한 발 앞으로 나섰다. 바커스는 선심 쓰듯이 말했다.

"스스로 돌아가시는 게 이로우실 겁니다."

사라지지 않으면 질질 끌어내겠다는 말이었다. 얼굴이 붉으락푸르락 달아오른 자작이 무어라 하려는 듯 입을 열었지만, 대꾸는 없었다. 나를 휙 지나치는 그의 잇새로 억눌린 신음이 흘러나왔다.

성에 도착했을 때는 벌써 노을이 지고 있었다. 내가 고레일의 손을 잡고 마차에서 내리자마자 성의 하녀가 뛰어왔다.

"아가씨!"

"무슨 일이야?"

"알빈도 자작이……."

그녀는 어쩔 줄 몰라 하며 웅얼댔다. 시트론은 올 게 왔다는 표정이었고, 바커스는 길길이 날뛰며 소리쳤다.

"제가 설명하겠습니다. 오늘 그자가 얼마나 무례했는지……!"

"마음 써주는 건 고맙지만, 내가 할게."

나는 하녀를 따라 할아버지의 서재로 발걸음을 옮겼다. 할아버지뿐만 아니라 란슬롯과 가웨인까지 있었다. 알빈도 자작은 의기양양해져서 나를 쏘아보았다.

"아가씨가 얼마나 무례하셨는지 어르신은 모르실 겁니다. 호의로 다가갔을 뿐인 제게 일생 동안 잊지 못할 폭언을 하고, 기사를 동원해 협박했지요! 프렌시프의 기사가 가신인 저를 겁박했단 말입니다!"

그는 손짓, 발짓까지 섞어 가며 과장했다. 제 잘못은 쏙 빼고 말이다.

"어르신, 좌시하시면 안 됩니다. 오늘은 저로 끝났지만, 다음엔 프렌시프의 기사들을 동원하여 무슨 짓을 하실지 모르는 겁니다!"

할아버지가 나를 보았다.

"알빈도 자작의 말이 사실이냐."

"몇 가지는요."

"몇 가지?! 그럼 제가 거짓말을 했단 말입니까! 어르신, 보십시오! 영애의 행동이 이렇게 기가 막힙니다!"

그는 '변명해 봐야 너라면 학을 떼던 가족들이 믿어 주겠느냐'는 표정이었다.

'바로 찍어 누를까. 아니면……'

고민하는 중에도 자작의 입은 멈추지 않았다.

"어르신도 아시지요? 저와 제 모친께서 어르신께 보내는 충정을! 영애의 문제로 심기가 어지러우실까 우려하여 청혼한 겁니다. 그런데 영애께선 갸륵한 충심을 헤아리지 못하고……!"

"청혼?"

가웨인의 말에 자작이 씩 웃었다.

"예, 영애의 나이 벌써 스물을 앞두고 있는데 아직 혼담조차 오가지 않으니 어르신께서 얼마나 걱정이 크실까요. 영애께서 어르신의 권위에 기대고자 하는 파렴치한에게 속으실까 봐 제가……!"

우당탕! 가웨인이 순식간에 알빈도 자작의 멱살을 잡았다.

"컥! 겨… 경……!"

"서른여덟 먹은 늙다리가 누구에게 청혼했다고?"

란슬롯이 나를 향해 차갑게 웃었다.

"세니안, 네 잘못이구나."

그는 낮은 목소리로 이어 말했다.

"아예 입을 찢어 놨어야지."

'응?'

분위기가 이상했다. 엄청 혼날 줄로만 알았는데, 도리어 그들의 분노가 향한 건 다른 사람이었다. 자작의 얼굴이 새파랗게 질렸다.

"왜, 왜 이러십니까, 경⋯⋯."

목소리가 기어들어 갔다. 내게 하던 행동과는 영 딴판이었다. 벽에 등을 기댄 채로 팔짱을 끼고 있던 란슬롯이 눈썹을 까딱 들어 올렸다.

"그리고?"

그가 나를 쳐다보며 물었다.

"네?"

"저 작자가 청혼만 한 건 아닌 듯한데."

란슬롯이 싱긋 웃었다. 미소가 북풍한설보다 차갑게 보여서 나는 우물쭈물했다.

"괜찮으니까 말해 봐."

방에 있는 모두의 시선을 받으며 나는 천천히 입을 열었다.

"애물단지에게 기껏 청혼해 줬더니 무례하다고 했고, 또⋯⋯."

"또."

"제가 죽어 나가도 할아버지와 오빠들은 눈 하나 깜짝하지 않을 거라고⋯⋯."

나는 그가 한 이야기를 이 이상 말하고 싶지 않았다. 고개를 푹 수그리자 가웨인이 굳은 목소리로 물었다.

"계속 말해."

"……."

"세니아나."

"곁에 있는 사람을 잡아먹는…… 잡아먹는……."

울컥 치민 설움을 꾹 되삼키고 겨우겨우 말을 이었다.

"괴물이라고."

퍽! 날카로운 마찰음과 함께 알빈도 자작이 바닥에 처박혔다. 가웨인의 눈이 붉게 충혈되었다.

"이 개자식이……."

란슬롯이 내 어깨를 끌어안았고, 동시에 똑똑 노크 소리가 들렸다.

"마담 버지니아께서 오셨습니다."

나는 눈을 동그랗게 뜨고 문을 쳐다보았다. 이윽고 문이 열리며 고운 인상의 귀부인이 우아한 걸음걸이로 들어왔다.

'저 사람이 마담 버지니아구나.'

마담 버지니아는 할아버지를 향해 인사했다. 그간 침묵하고 있던 할아버지가 입을 열었다.

"이야기는 들었겠지."

"그렇습니다."

"받을 배상금을 생각해 둬라."

마담 버지니아가 고개를 들자 할아버지는 고저 없는 목소리로 말했다.

"내가 저놈을 죽일 생각이니까."

그 말에 놀란 건 나뿐만이 아니었다. 자작이 소스라치게 놀라 땅에 못 박힌 듯 굳어졌다. 나는 슬쩍 마담 버지니아의 눈치를 살폈다. 팔은 안으로 굽는다고 했다. 아무리 그래도 아들이니 옹호하지 않을까?

"그런 일로 저를 부르셨습니까?"

마담 버지니아가 쯧 혀를 차며 아들을 노려보았다. 자작이 허둥지둥 제 어머니에게 다가갔다.

"어, 어머니, 저는 억울합니다! 아가씨가 거짓말을……!"

"닥쳐, 쓸모없는 것."

우아하고 고상한 귀부인에게서 나온 말에 나는 깜짝 놀랐다. 부드럽던 눈매가 한순간에 날카로워지고, 목소리가 낮아졌다. 위압감도 상당했다. 할아버지의 것과는 비할 수 없지만, 일반적이지 않은 기운이라는 것만은 확실했다.

"제가 아직도 어르신 뒤를 따라다니던 기사인 줄 아십니까?"

마담 버지니아는 깃털 부채를 나붓나붓 흔들며 말했다.

"퇴역한 지 한참 지났습니다. 이제 저도 늙었어요. 쓸모없는 일에 소모할 체력이 없습니다."

"자식 잘못 키운 녀석이 할 말인가."

"그게 다 어느 고매한 어르신의 탓이 아닙니까. 허구한 날 어느 고매한 어르신의 원정만 따라다녔더니 집안에 벌레 먹은 나무가 있는지 몰랐던 게지요."

"흥."

"떡잎부터 상했다는 걸 알았더라면 진즉에 내쳤을 겁니다."

"하면 목을 잘라 네 집으로 보내 주지."

"돼지 여물로나 주십시오. 그런 목 있어서 뭐합니까?"

나는 멍하니 눈만 깜빡였다. 경계하려 세운 털이 어느 순간 파스스 가라앉았다.

"어, 어머니……!"

알빈도 자작이 다급한 목소리로 자꾸만 어머니를 찾았다.

'앵무새인 줄.'

"아니라니까요! 제 말부터……!"

그가 버럭 소리치자 마담 버지니아가 제 아들의 장딴지를 걷어 찼다. 아주 날렵하고 신속한 움직임이었다.

"수작 부리다 그 꼴 난 것을 내 모를 성싶더냐?"

"수, 수작이라니……!"

"욕심에 눈멀어 주인의 핏줄을 희롱했으니 죽어 마땅하다."

"이……!"

남자가 무어라 항의하려던 때였다.

"모자간 담소는 영혼이 되어 나누든가 하고."

가웨인이 그의 목을 잡아채자 란슬롯도 눈매를 나붓이 휘었다.

"우리를 잊으면 곤란하지. 아직 이쪽 말이 끝나지 않았거든."

알빈도 자작은 두 오빠에게 개처럼 끌려 나갔다. 나는 할아버지의 옆에 앉아서 마담 버지니아를 흘긋 쳐다보았다.

'주름이 저렇게 우아하게 질 수도 있구나.'

흰머리가 성성한데도 그녀는 배우처럼 고왔다. 느긋하게 커피에 설탕을 집어넣던 마담 버지니아가 픽 웃었다.

"늙은 얼굴 뭐 볼 게 있다고 그리 보십니까."

"아름다우신데요."

"세상에, 아가씨께 심경 변화가 있다곤 들었지만 이리 다정해지셨을 줄이야."

그녀가 우후후 웃으며 나를 보았다.

"손녀가 이리 사랑스러우니 어르신 혈색이 좋아진 것도 이해가 가는군요. 나는 복도 없지."

난 민망해져서 손끝만 매만졌다. 마담 버지니아는 알빈도 자작이 여덟 살일 때부터 직접 키워 왔다. 물론 의붓아들이긴 했지만, 그래도 키운 정은 있을 거다.

'할아버지는 한다면 하는 분이신데 정말로 괜찮은 걸까.'

커피를 한 모금 마신 후에 마담 버지니아는 다시 입을 열었다.

"염려하지 마세요."

마치 마음을 읽은 것 같은 말에 나는 흠칫 놀랐다.

"아가씨, 저는 기사입니다."

"그렇지요."

"동시에 평민 출신 여자지요."

"……."

"나와 같은 사람들을 지키기 위해 검을 들었는데, 내가 기른 아들이 내가 지키고자 했던 부류의 사람을 때려죽였어요."

그녀는 커피잔을 코스터에 내려놓으며 작게 중얼거렸다.

"그때부터 포기했을 겁니다."

그리고 다시 나를 보았다.

"배상은 오히려 이쪽에서 해야죠. 불쾌한 일을 겪으셨으니."

알빈도 자작의 만행을 직접 본 것 같은 단정적인 말투였다.

'저, 점쟁인가?'

"사랑스러우셔라!"

내가 어떻게 알았냐는 듯 눈을 동그랗게 뜨자 그녀가 깔깔 웃었다.

"오기 전에 중개업자라는 노파에게 확인해 두었습니다."

"아……."

"오늘 만남의 까닭이었던 그 건물이라면 어떠십니까."

"네?"

"드리겠습니다."

"하지만……!"

나는 그렇게 말하며 할아버지를 쳐다보자 그는 괜찮다는 듯 고개를 끄덕였다. 내가 우물쭈물하자 마담 버지니아가 내 손을 조심스레 잡았다. 그리고 손끝에 살짝 입을 맞췄다.

"청컨대 부디 마음의 짐을 덜게 해 주십시오."

'과, 과연 기사 출신……!'

정중하고 낭만적인 말투에 나는 사르르 녹아 버릴 것 같았다. 홀린 듯 고개를 끄덕이자 마담 버지니아가 생긋 웃었다. 그때, 다급한 노크 소리가 들리고 굳은 얼굴의 집사가 들어왔다. 우리는 모두 집사를 쳐다보았다.

"대화를 방해해서 송구합니다."

그러더니 할아버지에게 양피지 묶음을 건넸다. 그것을 찬찬히 읽은 할아버지의 얼굴이 일그러졌다.

"빌어먹을!"

그의 손에서 양피지 끝이 구겨졌다.

"자리는 이만 파하지. 당장 가신들을 소집해야겠다."

마담 버지니아도 굳은 얼굴로 할아버지를 보았다.

"무슨 일입니까."

"상인 길드에서 사비에르를 등에 업고 황가에 청원서를 올렸다."

"청원이라니요."

할아버지는 양피지를 내려놓았고, 버지니아가 그것을 급히 들어 읽었다.

"프렌시프가 소유한 항만의 세가 과하고, 운영은 과격하여 상인들이 지속적인 피해를 당한바, 뜻을 하나로 모아 주청하오니 —"

글을 읽는 버지니아의 목소리가 점점 더 낮아졌다.

"황실에서는 부디 프렌시프의 만행을 벌하여 주시옵고, 항만의 권리를 회수할 수 있도록…… 이게 무슨 소립니까!"

그녀는 입술을 깨물며 할아버지를 쳐다보았다.

"상인 길드에서 갑자기 이리 나올 이유가 없지 않습니까. 정말로 세가 과하거나 운영이 과격했던 게 아니니까요."

할아버지의 눈빛이 검게 일렁였다.

"사비에르의 수작이다. 물류를 독점하려는 것이겠지."

"항만까지 그들이 소유하게 된다면 필시 그리될 겁니다."

마담 버지니아는 기가 막힌다는 듯 이마를 짚었다.

"성녀의 포털을 가지고 상인들을 협박했겠군요. 사비에르는 그 것밖에 패가 없지 않습니까."

"항만보다 성녀의 포털 쪽이 더 간절할 테니 어쩔 수 없었겠지. 하나 있는 패가 창검보다 강력하다."

"서둘러 가신들을 소집하겠습니다."

할아버지와 마담 버지니아는 회의를 위해 급히 떠났고, 나도 별 채로 돌아왔다. 밤이 깊어 침대에 누웠지만 잠을 이룰 수 없었다.

울렁— 가슴이 어제처럼 수런거렸다.

'산책이라도 할까.'

숄을 걸치고 별채 밖으로 나왔다. 찬 공기 덕에 그나마 속이 나 아졌다. 나는 성안을 걸으며 이런저런 생각을 했다.

'할아버지와 오빠들이 내 편을 들어 줬어…….'

누군가에게 보호받는다는 건 이런 기분이구나. 가슴이 콩닥거리 고, 따뜻한 무언가가 주변을 감싼 것 같았다. 그런 생각을 하다가 문득 고개를 든 나는 화들짝 놀랐다. 내가 서 있는 곳은 아버지의 와인 창고 근처였다.

'언제 여기까지 왔지. 여긴 출입 금지 구역인데! 들키기 전에 돌 아가야…… 어?'

나는 묘한 기시감에 사로잡혔다.

[밤에는 조약돌이 희게 빛나고, 겨울에도 시들지 않는 신비한 구절 초를 따라 길이 있어서…….]

선생님과 내가 함께 만든 동화의 풍경이 이곳과 사뭇 비슷했다.

'어떻게?'

나는 홀린 듯 구절초 길을 걸었다. 와인 창고 뒤로 이어진 길에 아기를 안은 천사 동상이 있었다.

[아기를 안지 않은 손을 잡아야……]

동상의 손을 잡자 쿠궁 작은 소리와 함께 동상이 움직이고 본래 있던 자리에 통로가 생겼다.

[그곳을 통해 나가면 동굴이 있지.]

선생님의 말씀대로였다. 통로를 통해 나서자 눈앞에 검은 동굴이 나타났다.

[기억해, 세나야. 그곳에 보물이 있어.]

난 자리에 못 박힌 것처럼 굳어졌다. 심장이 쿵쿵 뛰고 머리가 어지러웠다. 도무지 이해할 수 없었다.

'어떻게, 대체 어떻게.'

선생님과 내가 만든 동화에서 나오는 길이 여기에 있는 것일까. 동굴 입구 앞에서 또 한 번 그날 들은 선생님의 목소리가 떠올랐다.

[그 입구는 가짜야. 진짜 입구를 찾아야 해. 그러려면 동굴 앞 여
신상에 손을 올리고……]

여신상에 조심스럽게 손을 올렸다. 쿠르르릉! 땅이 울리며 동굴 벽 안으로 작은 문이 열렸다.

[기다려!]

나는 움직이지 않았다. 곧 동굴 천장에서 창살이 비처럼 쏟아지기 시작했다.

[축이 붉은 것들까지 다 떨어진 후에는 움직여도 돼. 벽의 문이 아니야, 바다에 새로 난 문으로 들어가는 거야.]

어느새 바닥이 갈라져 사람 하나는 들어갈 수 있는 틈이 생겼다. 틈 안의 계단을 통해 내려간 나는 거대한 흰 사자와 마주했다. 파랗고 노란 색으로 각기 다른 눈동자가 날카롭게 나를 쳐다보았다.

[겁먹지 마라, 세나야. 신수는 허락받은 자에겐 상냥하니.]

나는 덜덜 떨리는 손으로 비명이 터질 것 같은 입을 틀어막았다. 내가 얌전히 눈을 내리까니 신수가 한발 물러섰다. 마치 들어오라 허락하는 것처럼 보였다.

거대한 사자가 물러난 자리 뒤로 보이는 광경에 숨을 크게 들이켰다. 푸른색과 흰색이 오묘하게 섞인 거대한 원석 바위.

'도미니크 황자가 가진 팔찌의 원석과 같은 색이야.'

바위틈에서 에메랄드 빛깔의 물이 끝없이 흘러내렸다. 그 사이로 물고기들이 퍼덕거리며 떨어진다.

'해수어?'

동부에 있는 것이라곤 강과 호수가 전부였다.

'그런데 어떻게 바닷물고기가 나오는 거지?'

나는 천천히 신수를 지나쳐 바위에 다가갔다. 다시 봐도 물고기는 해수어가 맞다. 조심스럽게 손을 뻗어 손끝이 닿기 무섭게 파앗—! 하는 소리와 함께 앞이 보이지 않을 정도로 강렬한 빛이 뿜어져 나왔다.

"윽!"

어지러움에 몸이 휘청였다. 나는 빛을 피하기 위해 눈을 가리고 있던 손을 내렸다. 그리고 천천히 눈을 떴을 땐……

"Quis es?(당신은 누구지?)"

전혀 모르는 곳이었다.

＊　　　＊　　　＊

'어, 어떻게 된 거지?'

백발과 흰 눈동자를 가진 사람들이 웅성거렸다. 그들은 남녀노소 할 것 없이 튜닉을 갖춰 입고 있었다.

'여기가 대체 어디야…….'

나는 기절할 것 같은 기분에 휩싸였다. 분명히 동굴 안에서 바위를 보고 있었는데, 난데없이 모르는 곳으로 이동했다.

'잠깐만. 여기 길라게온이 맞는 건가?'

주변을 돌아보던 나는 정말로 기절하고 싶어졌다. 길라게온은 현대 지구처럼은 아니어도 일정 수준으로는 발전했는데 여기는 완전히 로마 제국 시대 같았다. 오묘한 암적색 원석이 돌멩이처럼 많아서 엄청 화려한 풍경이라는 것만 빼면 말이다.

"Dea?"

그때 누군가 중얼거리자 사람들이 눈을 홉떴다. 갑자기 주변이 터져나갈 듯 시끄러워졌다.

"뭐, 뭐라는 거야?"

쿵, 쿵, 쿵! 멀리서 엄청난 발소리가 들려왔다. 내가 두려움에 주춤주춤 뒷걸음질 치며 돌아가고 싶다는 생각을 하던 찰나였다. 다시 주변이 하얀빛에 둘러싸이더니 나는 동굴로 되돌아가 있었다. 나도 모르게 스르륵 주저앉아 버렸다.

'환상일까?'

아니, 환상이라기엔 너무나 선명하게 느껴졌다. 심장이 벌렁거리고 손이 덜덜 떨리지만, 애써 차분히 생각하려 했다.

방금 본 건 현실이다. 그렇다면 어딘가로 이동했던 걸까? 분명히 길라게온은 아니었다. 나는 세니아나의 지식을 떠올려 보았지만, 이 대륙에 흰 머리와 흰 눈동자의 인종은 없었다.

'그럼 뭐야, 길라게온이 아닌 다른 곳에 갔었다고?'

"크릉."

낮에 울려 퍼지는 신수의 목울림에 그제야 정신을 차렸다.

'일단 돌아가야지.'

너무 오래 별채를 비우면 나를 찾는 사람들이 생길 거다. 돌아가려다가 잠깐 바위를 돌아보았다.

"가져가고 싶은데."

도미니크가 가진 팔찌의 원석처럼 작다면 가지고 갈 수 있을 거다.

'목걸이로 만들어서 걸고 있으면 좋겠네.'

그렇게 생각하고 바위 끝에 손을 올렸다. 쿠구궁! 땅이 요란하게 진동하더니 바위에서 또 한 번 빛이 뿜어져 나오며 나를 감쌌다. 삐익—! 날카로운 이명이 귀 안을 가로질렀다.

"헉!"

숨이 차고 눈앞이 뿌옇게 변하는가 싶더니 몸이 휘청하고 무너졌다.

다시 눈을 떴을 땐 처음 보는 목걸이를 목에 걸고 있었다. 도미니크의 팔찌와는 비교도 안 될 정도로 짙은 푸른색의 원석과 그것에 달린 두 개의 금 날개.

펜던트 자체는 손톱만 한데도 왜인지 몇 캐럿이나 되는 다이아몬드보다 존재감이 더 컸다. 나는 목걸이를 옷 안에 집어넣고 주변을 둘러보았다. 동굴이 사라지고 여신상만 덜렁 놓여 있었다.

'이건 대체…… 아냐, 일단 돌아가서 생각하자.'

기절한 후로 꽤 시간이 지났는지 하늘이 어슴푸레 밝아져 오고 있었다. 난 서둘러 왔던 길로 돌아갔다. 아버지의 와인 창고를 지나 별채로 돌아왔는데 예상과는 달리 사람들이 날 찾고 있진 않았다. 시트론만이 희게 질린 얼굴로 발을 동동 구르고 있었다.

"아가씨!"

나를 발견한 시트론이 뛰어왔다.

"어떻게 되신 거예요? 밤새 어디에 계셨어요!"

"그, 어, 산책! 응, 잠이 안 와서 산책을 오래 했어."

"어휴, 놀랐잖아요. 성이 난리가 났는데 아가씨까지 사라지셔서."

"난리? 사비에르 때문에?"

"비슷하긴 하죠."

시트론은 나를 소파에 앉히고 조그만 목소리로 말했다.

"동부에 포털이 열렸대요."

"사비에르의 성녀가 연 거야?"

"아마도요."

"그걸 어떻게 알아?"

"포털을 통해 이동하는 거리가 멀면 멀수록 강력한 반동이 생기거든요. 이번엔 결계가 무너질 정도였대요."

시트론은 한숨을 내쉬며 말을 이었다.

"현재 이 세계에서 이동 거리가 가장 긴 포털을 소유한 건 사비에르 영애예요."

"엄청나네."

"다른 의견이 있긴 하지만."

나는 눈을 동그랗게 떴다.

"다른 의견?"

"역사에 드물 정도로 강력한 반동이었는데 사비에르 영애가 과연 그 정도의 능력자일까, 하는 거죠."

나는 고개를 끄덕이다가 문득 목걸이를 보았다.

'내가 본 사람들도 이 대륙의 사람은 아닌 것 같았는데. 설마 그 포털이란 게…….'

나는 그렇게 생각하다가 고개를 절레절레 저었다. 섣불리 확신하지 말아야 한다. 포털은 엄청난 권력이고, 커다란 권력엔 그만한 위험이 따르는 법이고.

'하지만 알아볼 필요는 있어.'

동이 완전히 트기 전에 별채를 나섰다. 사람들이 없는 틈을 타 장서관으로 가기 위해서였다. 살금살금 성의 뒷문으로 걷는데, 쿵! 단단한 가슴과 부딪쳤다. 나는 이마를 문지르며 위를 올려다보았다.

"저하……!"

도미니크는 평소와 같은, 표정 없는 얼굴로 날 내려다보고 있었다.

"……."

"……."

그에게서 말이 없으니 지레 찔렸던 나는 우물거리며 말했다.

"그, 저는, 산책 중인데……."

"그렇군요. 이 새벽에 굳이 뒷문을 통해서."

그가 덧붙인 말에 민망해져서 눈을 데구루루 굴렸다. 그리고 몇 초 후에야 퍼뜩 정신을 차렸다.

"그러는 전하께서는요? 왜 뒷문에 계시는 거예요?"

'나도 그렇지만, 너도 이상하잖아. 그러니까 우리 이번 일은 서로 묻어 두지 않을래?'

─라는 뜻이었는데 도미니크 황자는 동요하는 기색이 아니었다.

"정문을 봉쇄했습니다."

"봉쇄요?"

"어제 포털 개폐 반동으로 결계석이 무너진 자리가 정문이거든요."

"아하, 그렇…… 앗."

처음부터 지레 찔려서 먼저 말하지 말 것을! 그렇게 생각하고 있는데 그가 내 얼굴을 지그시 보았다.

"얼굴에 상처가 났습니다."

"상처요?"

손을 올려 오른쪽 볼을 문지르니 그는 내 왼쪽 뺨으로 손을 뻗어 왔다. 차가운 손끝이 느껴졌다.

"이쪽."

"아, 어제 산책을 하다가 난 모양이에요."

도미니크는 픽 웃으며 나를 내려다보았다.

"산책을 무척 좋아하시는 모양이군요."

이번엔 야무지게 시침 떼기로 하여 세차게 고개를 끄덕였다.

"그런 편이죠."

그 순간이었다. 손가락이 뺨에 올려져 있던 탓에 그의 팔찌가 나의 목 부근에 닿았다. 팟ㅡ! 팔찌의 원석 주변에 불꽃 같은 노란 빛이 일더니 원석이 가루처럼 흩날렸다. 그리고 나의 목걸이 쪽으로 흘러들었다.

줄을 연결해 주던 원석이 사라지자 팔찌의 끈이 툭 바닥으로 떨어졌다. 나와 도미니크의 표정이 동시에 굳었다.

"방금 이건……."

그가 무어라 말하려 했을 때, 인기척 소리가 들려왔다.

"기상이 이르시군요."

으르렁 맹수의 목울림 같은 낮은 목소리였다. 가웨인이 고개를 삐딱하게 틀고 나와 도미니크를 보고 있었다. 도미니크가 눈만 돌려 그를 쳐다보았고, 가웨인은 천천히 우리에게 다가왔다.

"손님이 성실하면 기사들은 고생하는 법입니다."

빈정대는 듯한 목소리에 도미니크는 여상히 대꾸했다.

"손님이 보호받아야 할 정도로 나약하진 않을 텐데."

"기사들이 지키는 건 손님의 안전뿐만이 아니죠."

가웨인의 목소리가 점점 더 낮아졌다.

"불한당의 손에서 가문의 보배를 지키는 것을 언제나 선 순위에 둡니다."

"그 보배도 지켜지고 싶다던가?"

가웨인이 왈칵 인상을 찌푸렸고, 도미니크 또한 싸늘한 시선으로 그와 눈을 맞추었다. 가웨인이 내 손목을 붙잡으며 말했다.

"세니아나, 이리로 와라."

"아, 네……."

그러자 이번엔 도미니크가 반대쪽 손목을 잡았다.

"가고 싶지 않으면 가지 않으셔도 됩니다."

"그, 그럼 그럴까요……."

"세니아나!"

"영애."

왜 갑자기 싸울 기세인지는 모르겠으나 나는 빼고 싸워 줬으면!

'선생님, 이럴 땐 어떻게 해야 하는 건가요…….'

내가 두 남자에게 잡혀서 이러지도 저러지도 못하고 있는 사이 그들의 기운이 점점 더 예리해졌다.

"놓으시죠."

"그쪽이야말로."

정말로 몸의 대화라도 나눌 것 같기에 나는 눈을 꽉 감고 말했다.

"아, 아파요……."

내가 들어도 매우 어색한 연기라 쥐구멍에 숨고 싶어졌다.

"……."

"……."

하지만 두 남자는 내 손목을 놓아 주었다. 나는 그 틈에 재빨리 뒷걸음질 쳤다. 그때 문에서 이전에 보았던 황자의 부관이라는 남자가 나왔다.

"황자님……!"

도미니크를 부르던 그가 이상한 분위기를 느끼고 눈을 끔뻑였다. 도미니크는 작게 한숨을 내쉬고 말했다.

"가지."

"아, 예……."

부관은 가면서도 뒤를 힐끔거렸다. 황자와 부관이 사라진 뒤 나는 한숨을 내쉬었다. 가웨인은 큼 헛기침을 하더니 딴청 부리듯 물었다.

"별일 없었나?"

"네. 좋은 분이시던 걸요. 상처가 났다고 걱정해 주셨어요."

그가 얼굴을 꽉 찡그렸다.

"좋기는. 잔악무도하기 이를 데 없는 남자다. 이민족 패전군을 아예 학살했다고."

나는 그 말에 고개를 갸웃 기울였다.

"그건 오빠도 마찬가지잖아요. 전쟁 나가면 그렇게 하시면서."

"나는…… 그래도 몇 놈은 살려 줘! 아이나 여자나."

"패전국의 아이와 여자는 노예로 거래돼서 죽지 못해서 살잖아요. 색노로 팔리거나 금술(禁術)의 재료로 쓰이거나. 그러니까 그분 나름의 배려일 수도 있지 않을까요?"

"왜 남의 편을 드는 건데?"

"편 드는 건 아닌데…… 아무튼 저는 바빠서 이만."

고개를 꾸벅 숙이고 그를 지나쳤다. 왜인지 뒤통수가 따가웠다.

*   *   *

도미니크는 잠깐 문밖을 쳐다보았다.

'그러니까 그분 나름의 배려일 수도 있지 않을까요?'

어떤 누구도 자신을 그렇게 생각해 주지 않았다. 신관 어미와 황제 아비 사이에서 태어난 불온한 씨. 황제의 아들로 인정받지 못했기에 태어난 즉시 노기사에게 안겨 국경 지대로 떠났다. 그곳에서도 그는 보호받지 못한 채 살았다.

[저하께선 죽이지 못하면 죽습니다. 그런 운명을 타고나셨죠.]

아주 어린 나이부터 전장에 나갔다. 사로잡혀 포로가 된 적도 있고, 황제의 씨라는 걸 들켜서 금술 재료로 팔린 적도 있으며 그로 인해 눈알이 뽑힐 뻔한 적도 있었다. 그곳에서 자신이 살려 보낸 포로들이 어떻게 거래되는지 또한 알게 되었다.

제 아이를 지키기 위해 대신 금술의 재료가 된 어미. 반 괴물이 된 어미 앞에서 오열하던 어린 사내아이. 그 광경을 본 뒤로 그는 허튼 자비를 베풀지 않았다.

그런 그를 사람들은 학살자라고 불렀다. 이해받고 싶은 적은 없었다. 어차피 의사를 묻지 않고 포로를 죽인 건 맞으니까. 하지만 이해받는다는 건 싫은 기분이 아니었다, 결코.

"저하, 이러실 때가 아닙니다."

도미니크는 걸음을 떼며 부관을 흘깃 쳐다보았다. 부관인 알베르가 질린다는 듯 읊조렸다.

"황궁에서 연락이 왔습니다."

"수색을 서두르라는 거겠지."

"닦달은 쉽겠죠. 사지에 있는 건 이쪽인데요. 빌어먹을."

알베르가 신경질적으로 이어 말했다.

"이곳에 포털이 될 마원이 있고, 그것을 황실에서 은밀히 수색 중이란 걸 알면 프렌시프에서 가만있지 않을 겁니다."

"그렇겠지."

"그리 남 얘기하듯 말씀하실 겁니까! 들키면 사비에르 또한 저하를 노릴 겁니다. 저들이 이만큼 부흥한 건 사비에르 영애가 포털을 독점하고 있기 때문이잖습니까."

분통을 터뜨리던 그가 조심스럽게 도미니크를 보았다.

"솔직한 말로 포털이 정말로 있겠습니까. 있다면 프렌시프에서 진작 찾았겠죠."

이들이 프렌시프에 포털이 될 마원이 숨어 있다는 것을 안 건 신탁 때문이었다. 하지만 알베르는 그 신탁마저도 신용할 수 없었다. 신전은 4황자의 모후인 황후가 장악했다. 서서히 세력을 불리고 있는 도미니크를 저지하기 위해 계략을 꾸몄을 수도 있는 일이었다.

"게다가 마원을 찾아봤자 성녀가 없다면 포털은 열 수 없습니다."

성녀 선발이 진행되는 중이긴 하지만, 애초에 성녀란 존재는 그리 쉽게 찾을 수 있는 게 아니었다.

'길라게온에 성녀가 생긴 건 한 세기만의 일이었지.'

그래서 황실에서도 사비에르의 성녀를 눈독 들이고 있는 것이 아닌가.

"이번에 포털이 열린 규모를 알면 더 난리겠지요."

사비에르에서 얼마나 기고만장해하며 딸로 장사를 할지 눈에 훤했다. 도미니크는 빈 손목을 내려다보았다.

"글쎄, 정말 사비에르의 성녀가 연 건지는 두고 볼 일이지."

"그렇지 않으면 누구겠습니까. 그런 포털을 열 수 있는 새로운 성녀가 나타났다면 난리도 그런 난리가 없을걸요."

"……."

"황태자고, 4황자고 새로운 성녀를 비(妃)로 들이겠다고 안달을 하겠…… 잠깐, 저하! 마석은요?!"

알베르가 사라진 팔찌를 보며 기함을 했다. 그건 포털의 마원에서 일부 떼어 낸 것으로 현재로선 포털 위치를 찾을 유일한 단서였다.

"그건……."

입을 열던 도미니크는 얼굴이 새하얗게 질리던 세니아나를 떠올렸다.

"……잃어버렸다."

"뭐라고요!"

알베르가 기겁을 했다.

성의 경계는 정말이지 엄청났다. 할아버지가 어제부터 내내 회의하고 있는 클리마데우스의 방 앞은 스무 명이나 되는 기사들이 이열로 서서 지키고 있을 정도였다. 그래서 나는 더더욱 겁이 났다.

'정말로 내가 포털을 연 거면 어떡하지.'

제발 아니어라, 제발. 내가 기도하듯 되뇌며 장서실로 들어가니 란슬롯이 와 있었다. 나로서는 처음 보는 냉랭한 눈빛으로 마법서를 읽고 있었다. 내 인기척을 느낀 그가 고개를 들었다.

"세니아나."

그는 무슨 일이냐는 듯 생긋 웃었다.

"심심해서 책을 보려고……. 뭘 읽고 계세요?"

"포털을 조사 중이었어."

"아! 저도 궁금해요."

"네가?"

"영지에 큰일이 난 거니까요. 저도 어느 정도는 알고 있어야……."

그가 기특하다는 듯 내 머리를 쓰다듬어서 난 양심이 콕콕 찔려 왔다. 발밑에 있던 책을 테이블로 옮긴 그는 맞은편의 의자를 빼 주었다.

"앉아서 이야기할까?"

'란슬롯은 정말 자상해.'

나는 그렇게 생각하며 헤헤 웃고, 자리에 앉았다.

"포털을 열 수 있는 건 성녀뿐이라는 건 굳이 얘기하지 않아도 알겠지."

"네."

"하지만 성녀라고 무조건 포털을 열 수 있는 건 아니야. 마원을 찾아야 해. 일종의 열쇠 같은 거지."

포털이 집이고 성녀가 집의 주인이면 열쇠인 마원이 있어야 들어갈 수 있다는 거구나. 나는 이해했다는 듯이 고개를 끄덕였다.

"마원이라면 돌멩이지요?"

내 말을 들은 란슬롯이 쿡쿡 웃었다.

"돌멩이가 맞긴 하지만 정말로 그렇게 부르는 사람은 처음 보는걸."

나는 좀 민망해졌지만, 이내 골똘히 생각에 잠겼다.

'돌멩이는 아니지만, 바위는 보았는데…….'

그러고는 목에 걸린 원석을 쳐다보았다.

"저기, 그럼 이동할 수 있는 마법은 포털이 유일한가요?"

"현재로선. 그래서 포털은 막강한 권력이 되지."

란슬롯은 나를 진지하게 바라보며 말했다.

"상업에선 없어서는 안 될뿐더러 전쟁에서도 아주 유용하거든."

그럴 것이다. 적이 어디든지 마구 이동할 수 있다면 전략 같은 건 소용없을 테니까. 나는 점점 불안해졌다. 그런 막강한 권력 같은 건 필요 없다. 막강한 힘엔 그만한 위험이 따르는 법이었다.

'아냐, 내가 포털을 열 수 있어도 이번에 생긴 엄청난 반동은 사비에르 때문일 수도 있잖아.'

흰 눈동자와 흰 머리를 가진 사람들이 근처에 있다면 내가 연 포털은 그렇게 엄청난 반동을 만들진 못했을 거다. 나는 실낱같은 희망을 붙잡고 물었다.

"혹시 흰 머리에 흰 눈동자를 가진 사람들을 아세요?"

"알기야 하지."

나는 안심이 되어 활짝 웃었다. 그 순간 그가 이어 말했다.

"아주 멀리 떨어진 대륙에 있어서 직접 본 적은 없지만."

속으로 선생님을 부르짖었다. 정말로 나였다. 내가 이 반동을 만든 범인이었던 것이다.

'왜 나인 거람!'

내 목표는 성에서 도망쳐서 작은 식당을 하며 조용히 사는 것이다. 하지만 포털을 열 수 있다는 걸 들키면 여기저기서 이용하겠다고 날 찾아다닐 거다.

'⋯⋯모르는 일로 하자.'

"그렇구나."

나는 시침을 떼며 슬쩍 목걸이를 다시 옷 안에 집어넣었다.

*　　*　　*

시간이 꽤 흘렀지만 할아버지와 두 오빠, 그리고 가신들은 연일 회의로 바빴다.

"사비에르에서는 잡아떼고 있지만, 그걸 누가 믿겠습니까."

"우리 쪽에서도 강경책이 필요합니다."

"맞습니다. 언제까지 그들 수작에 놀아나야 합니까! 군사력은 이쪽이 월등해요."

"하지만 사비에르의 성녀가 포털을 열 수 있는 한 군사력으로 승리를 장담할 수 없지 않습니까."

"하루에도 몇 번이나 열 수 있는 게 아닙니다. 일단 서둘러 진지를 구축하고⋯⋯."

'그 포털 사실 내가 열었는데.'

밝힐 수 없는 게 미안해서 그들을 위해 뭐라도 하기로 했다. 내가 도움이 될 일은 딱 하나뿐이었다. 요리.

"아가씨 장어 손질은 끝났습니다."

시트론이 장어가 산더미처럼 든 카트를 밀며 들어왔다.

"응, 여기다 놔 줘."

"무얼 만드시려고요?"

"피로 회복에 좋은 음식을 만들 거야."

피로 회복하면 장어 아니겠는가. 그때, 아곤과 제레미가 오븐을 점검하기 위해 왔다. 오븐을 확인하던 그들이 목을 길게 빼고 나를 구경했다.

"처음 보는 배합인데요."

"생강가루를 쓰는 건가. 그렇군, 간장과 꿀이라 재밌는 생각이야."

"행동에 낭비가 없습니다. 일반 주방이라면 바로 투입해도 되겠어요."

"그건 나도 생각했던 바일세. 손이 빠르시지."

구경꾼들의 말에 나는 민망해졌다.

"할 일 없으면 좀 도와줘."

칭찬이 부끄러워서 말을 돌린 건데 아곤은 화색이었다. 그렇지 않아도 가까이서 보고 싶었다며 다가왔다. 개수대 한편에 쌓여 있던 것을 본 그가 물어왔다.

"이건 삼이 아닙니까."

"응, 홍삼. 마티스 남작이 잔뜩 가져다줬어."

홍삼이 고혈압에 도움이 된다는 걸 증명한 사례를 뉴스에서 봤었다. 그래서 마티스 남작에게 말해 주었더니 흔쾌히 구해다 줬다. 제국엔 인삼이 귀했다. 칼리베타 지역에서만 나는데, 홍삼은 인삼을 따로 가공해야 하기에 더더욱 구하기 힘들었다.

'역시 권력가가 좋긴 좋구나.'

어느새 제레미가 다가와 훈수를 두었다.

"삼은 약재 아닙니까? 이걸 요리에 넣는다고요?"

"요리로 만들긴 할 건데 장어엔 안 써. 이건 디저트용."

삼은 향이 독특해서 가뜩이나 생소한 요리에 넣기엔 적합하지 않은 재료였다.

'홍삼을 손질해서 정과를 만들어야지.'

홍삼정과는 자신 있는 요리 중 하나였다. 선생님이 투병 중이던 병원 앞 고급 카페에서 홍삼 정과를 팔았다. 그때는 병원비에도 허덕일 때라 그렇게 비싼 건 도저히 살 수가 없었다.

그래서 원재료인 홍삼을 찾아서 그중에서도 질이 괜찮고, 저렴한 것으로 열심히 찾아내어 내가 직접 만들었다.

'인기 좋았지. 특히 할아버지, 할머니들께.'

나는 아곤과 제레미에게 삼을 잘라 달라고 부탁한 뒤 본격적으로 요리에 집중했다.

"아가씨께서 우리에게 식사를?"

파르뎅 남작은 헛웃음을 흘렸다. 어르신의 생신 파티와 황자의 환영 연회에 참석했던 귀족들로부터 세니아나 프렌시프의 변화를 듣긴 했다. 하지만 망나니가 회개한다고 하루아침에 실력이 상승할 리 있겠는가.

'생신 파티와 연회에선 아곤의 도움을 받았겠지.'

그는 한숨을 내쉬었다.

"매일 지겹게 골머리를 썩고 있는데 식사는 좀 제대로 할 수 없는 건가."

다들 내색하지 않았지만, 내심 그와 비슷한 생각이었다. 얼마 지나지 않아 프렌시프의 핏줄들이 들어왔다. 나베리우스가 상석에 앉자 란슬롯과 가웨인이 그의 양쪽에 앉았다. 세니아나는 나베리우스의 옆에 서 있었다.

그 뒤로 사용인들이 카트를 밀며 회의실에 들어왔다. 사용인들은 한 사람 앞에 커다란 사각 접시와 소스 볼 같은 작은 종지를 두 개씩 내려놓았다. 세니아나가 생긋 웃으며 말했다.

"장어로 만든 덮밥입니다. 밥에도 소스가 배어 있어서 장어와 밥을 따로 드셔도 되지만, 함께 드시면 더욱 맛있어요."

"코스인 겁니까?"

누군가 묻자 세니아나는 고개를 저었다.

"그게 식사의 전부예요."

"이게 다…… 라고요?"

"저도 만찬에는 코스를 선호해요. 하지만 평소에도 그렇게 드시는 건 몸에 좋지 않죠. 과식은 만병의 근원이라고들 하잖아요."

파르뎅 남작은 생각했다.

'하지만 적어도 메뉴는 세 가지 이상이어야 할 게 아닌가.'

간단한 아침상에도 빵과 샐러드, 스크램블과 소시지 등을 먹는다. 물론 종지 안에 무언가가 있긴 하지만, 너무 양이 적었다.

'우리를 위해 요리해 준 건 고맙지만 이럴 바에야 차라리……'

'흐음, 장어라니. 생소한 생선이군.'

다들 머뭇거리며 스푼을 들지 않았지만, 세니아나는 태연했다. 충분히 예상한 상황이었기 때문이었다.

'하지만 난 이들이 식사를 하게 할 마법의 말을 알지.'

그녀가 나베리우스를 보며 입에 열었다.

"할아버지, 장어의 효능을 아세요?"

"효능이라니."

"의사들은 장어를 바다에서 나는 약재라고 한대요. 기력 회복에도 탁월하고, 노화를 방지하는 데다가……"

그녀가 슬쩍 고집스럽게 인상을 쓰는 사람들을 둘러보았다.

"정력에도 굉장히 좋다나 봐요."

'정력?!'

허리 굽은 귀족들이 눈을 휘둥그레 뜨더니 슬금슬금 스푼을 들었다. 란슬롯은 해냈다는 표정의 세니아나를 보고 픽 웃었다. 장어구이를 맛본 귀족들이 오! 하고 소리치며 놀라워했다.

"괜찮은걸."

"식감이 꽤 좋습니다. 부드럽지만 흐물거리진 않는군요."

"호오, 단맛과 짠맛이 절묘하게 어우러졌어요. 밥과 아주 잘 어울립니다!"

파르뎅 남작은 즐겁게 식사하는 가신들을 보며 인상을 찌푸렸다.

'어르신께서 계시는 자리라고 다들 아부가 심하군.'

그는 흥 코웃음 치며 포크로 장어를 집었다. 꽤 괜찮은 냄새와 달콤한 향기가 식욕을 자극했다.

'배가 고플 시간이니까.'

천천히 입에 집어넣었을 땐,

'……!'

놀라웠다. 절묘한 균형의 소스가 입안을 묵직하게 눌러 침샘이 자극될 때 장어가 등장한다. 부드럽고 고소한 살은 씹으면 씹을수록 감칠맛이 느껴졌다.

'밥과 함께 먹으면 더 맛있다고?'

파르뎅 남작이 두 번째 장어를 밥 위에 올렸다. 밥과 함께 맛본 장어는…….

'훌륭해!'

살짝 간이 진한 감이 있었는데, 담백한 쌀과 섞이면서 완벽한 하모니를 자아냈다. 만족한 표정의 귀족들을 본 세니아나가 말했다.

"취향에 따라서 생강초절임이나 매콤한 새싹 무침을 함께 드시면 더 좋을 거예요."

장어와 함께 생강초절임을 먹은 파르뎅이 고개를 크게 끄덕였다.

"예, 느끼함을 초절임이 잡아 주네요!"

벌써 한 그릇을 뚝딱 비운 이들이 쩝쩝 입맛을 다셨다. 파르뎅은 혹시라도 그들에게 빼앗길까 얼른 장어를 입안에 감추었다. 나는 즐겁게 식사하는 사람들을 보고 기분이 좋아졌다.

'장어로 하길 잘했어!'

다른 생소한 건강식이었다면 스스로 먹고 싶도록 만들기 힘들었을 거다.

'아저씨들은 왜 저렇게 정력에 신경 쓸까.'

아내의 사랑을 위해서라면 정력보다는 다정한 말 한마디가 효과적일 터였다. 어쨌거나 다행이다. 그때 할아버지가 생강초절임에 포크를 가져가는 모습에 나는 깜짝 놀라서 얼른 손을 잡았다.

"할아버지는 안 돼요!"

이건 너무 달고 짜다. 고혈압 환자에게 절임은 독이었다. 일부러 할아버지의 덮밥만 삼삼하게 만들었는데 절임을 드시면 아무런 소용이 없었다.

'그래서 할아버지를 위해 일부러 새싹 무침을 만들었다고.'

하지만 할아버지의 상태가 비밀인 이상 대놓고 말할 순 없었다.

"하, 할아버지가 오래오래 제 곁에 계시길 바라니까 되도록 좋은 재료로 만든 음식을 드셨으면 해서⋯⋯."

할아버지가 옅게 한숨을 흘리고는 포크를 거두었다. 내가 할아버지의 손을 놓고 허리를 폈을 때는 장내가 고요했다. 몇 초 후, 마담 버지니아가 깔깔 웃음을 터뜨렸다.

"세상에나, 천하의 나베리우스 프렌시프도 손녀 애교에는 못 당하는군요!"

"쓸데없는 소리 하기는."

"아가씨, 제가 한 가지 알려드리지요. 어르신은 흡족하실 땐 방금처럼 입가에 주름이⋯⋯!"

"시끄럽다!"

할아버지가 소리치자 다른 사람들이 수습하려는 듯 억지로 입을 열었다.

"하, 하지만 정말로 부럽습니다. 제 손주 놈은 용돈이나 달라고 할 줄 알지 할애비는 전혀 챙길 줄 모릅니다."

"어디 공의 손주만 그렇겠습니까. 제 손주도 마찬가집니다."

"여기서 나보다 더 불쌍한 할애비 있으면 나와 보십시오. 할아버지 냄새난다니까 오지 말라더이다."

마담 버지니아가 후후 웃으며 할아버지를 보았다.

"그러고 보니 저도 들었습니다. 요새 아가씨가 그렇게 어르신을 챙긴다고요?"

"글쎄."

할아버지는 오만한 표정으로 다리를 꼬았다.

"매일같이 찾아와서 산책을 하자고는 하더군."

가신들이 이번엔 진심으로 할아버지를 부러운 듯 보았다. 할아버지는 남은 장어를 마저 먹고는 다시 입을 열었다.

"또 늙은이 몸에 좋다고 매일 주스를 갈아오는데……"

마담 버지니아가 픽픽 실소를 흘렸다.

"그리 좋으십니까?"

"좋기는, 귀찮지."

그렇게 말하는 할아버지의 입가 주름이 짙어졌다. 얼마 지나지 않아 가신들이 모두 그릇을 비웠다. 난 준비해 온 홍삼 정과를 그들에게 나누어 주었다.

"이건 홍삼인데 장어만큼이나 효과 좋은 약재예요. 디저트로 드시거나 입이 심심하실 때 드세요."

몸에 열이 많으면 섭취량을 조절해야 한다는 주의도 주었다. 그러고 나서 나가려 했는데 할아버지가 나를 붙잡았다.

"너도 회의에 참석해라."

"하지만 회의는 기밀이지 않나요?"

"너도 프렌시프의 혈족이지 않으냐."

그렇기야 한데……. 이때까지는 문가 근처에도 오지 말라셨으면서?

'설마 인정…… 받은 건가?'

그렇게 생각하니 어쩐지 가슴이 콩닥거렸다. 난 고개를 끄덕이고는 할아버지 뒤편에 앉아서 회의를 경청했다. 회의가 끝난 건 밤

늦은 시각이었다. 가신들이 할아버지에게 인사한 후 돌아갔고, 난 가족들과 함께 회의실을 나섰다.

"이제 슬슬 봄이 오려나 봐요. 그렇게 춥지는 않네요."

내 말에 란슬롯이 빙그레 웃었다.

"산책하기엔 더 좋겠네?"

"음, 그건 이제 그만할까 봐요."

그 말에 앞서 걷던 할아버지와 가웨인, 그리고 란슬롯이 나를 쳐다보았다.

"어째서?"

"할아버지께서 그렇게 귀찮아하시는 줄은 몰랐어요."

귀찮기만 하다는 말은 조금 충격이었다. 좋은 마음으로 한 건데 너무 열정만 앞선 모양이다.

'하긴 불편한 사람과 매일 함께 걷는 건 나라도 싫을 거야.'

내가 편해져서 할아버지도 나를 편하게 여기는 줄 알았다.

"내일부터는 귀찮게 하지 않을게요. 죄송해요…….."

시무룩하게 말하자 두 오빠가 할아버지에게 시선을 돌렸다.

"아니, 나는……!"

할아버지는 눈을 크게 뜨고 말하다가 입을 다물었다. 잠깐 당황스러운 표정으로 좌우로 눈을 굴리던 그가 몇 초 후 갑자기 버럭 언성을 높였다.

"한 번 시작했으면 끝을 봐야지! 내일도 와라!"

씨근덕거리며 앞서 걷다가 다시 뒤를 보며 소리쳤다.

"꼭 와!"

나는 그의 뒷모습을 보며 눈만 깜빡였다.

'왜 갑자기 역정이실까?'

오빠들은 알까 싶어서 쳐다보았는데 란슬롯과 가웨인이 고개를 숙이고 어깨를 떨고 있었다.

"푸핫!"

가웨인은 아예 소리까지 내면서 웃었다. 나는 어리둥절한 표정으로 웃는 오빠들을 쳐다보았다.

* * *

프렌시프는 크게 분노했다. 전쟁을 벌일 생각이 아니라면, 초장거리 이동 혹은 대규모 이동을 위해 포털을 열 땐 이동지에 허가를 받는 게 규정이었다. 하지만 이번 이동에서는 어떤 언질도 없었고, 프렌시프의 결계는 일부였지만 무너지기까지 했다.

모두가 '이 제국에서 포털을 열 수 있는 유일한 사람인 사비에르 영애'를 범인으로 여겼다. 때문에 프렌시프는 사비에르에 강경한 태도를 고수했다. 사비에르가 눈독 들이고 있는 항만 건은 논의조차 하지 않겠다는 뜻을 전했다.

결국 사비에르는 자진해서 선제공격을 하지 않겠다는 협정서를 황실에 제출했다. 그제야 프렌시프엔 평화가 돌아왔다.

"기상관들이 그러더라고요. 다음 주부터는 날이 따뜻해질 거래요."

내 말에 할아버지는 고개를 끄덕였다.

“그렇구나.”

“그러니까 이렇게 걷는 건 이제 덥겠죠?”

“그렇진 않은데.”

“시, 실제로 다음 주가 되면 다르실걸요.”

“아니.”

‘제 말뜻은 그게 아닌데요…….’

나는 속으로 울상을 지었다. 저번 주에 마티스 남작이 검사 결과를 가지고 돌아왔다. 할아버지는 내가 생각하던 정도로 큰 병은 아니었다. 오히려 그간 식이 조절을 잘하고, 매일 하루 한 시간씩 꼬박꼬박 걸어서 그런지 몸 상태는 더 좋아졌다고 한다.

게다가 할아버지의 다리는 정말로 접질렸던 거라서 이젠 걷는 데 전혀 문제가 없었다. 나는 팔짱을 낀 손이 민망해서 손을 꼼지락거렸다. 어느 순간부터 할아버지는 내 팔짱 ─ 부축이라고 불러 주면 좋겠지만 ─ 을 아주 당연히 여겼다. 정원만 들어오면 자연스럽게 팔을 내밀었다. 게다가 더 불편한 건…….

“더워?”

“덥냐?”

두 오빠도 산책에 합류했다는 것이다. 란슬롯이 시무룩한 나를 보며 픽 웃었다.

“산책 후에 아이스티를 준비해 놓으라고 할게. 저번에 티라미수를 잘 먹었지? 그것도 함께.”

“초콜릿 스콘도 엄청 잘 먹었잖아, 돼지.”

가웨인의 말에 나는 발끈하며 그를 노려보았다.

"돼지 아니라니까요!"

"그럼 오늘 간식은 안 먹을 거야?"

"그, 그건……."

산책 후에 간식을 먹는 게 버릇이 되었다. 할아버지가 늘 서재에 차와 케이크를 가져오게 했기 때문이다.

"티라미수와 함께 치즈케이크도 가져오라고 할 건데? 제레미의 라즈베리 잼도 함께 내오라고 해야지."

가웨인이 놀리듯 말해서 나는 움찔했다. 치즈케이크에 라즈베리 잼을 얹어서 먹는 건 내가 제일 좋아하는 디저트였다.

"먹을 거예요……."

"거봐, 돼지 맞지."

나는 가웨인을 흘겨보며 말했다.

"전 이런 제가 조크든요."

'돼지라고 놀리는 게 싫을 뿐이지. 애초에 세니아나는 너무 말랐었다고.'

내 말에 오빠들은 웃음을 터뜨렸다. 할아버지의 표정도 살짝 부드러워졌다. 이제 할아버지의 표정을 읽을 수 있게 되었다. 다른 사람이 보기엔 항상 똑같은 무표정이지만, 자세히 보면 살짝 다르다.

"아, 조부님. 세드릭으로부터 반란군 잔당의 거취를 묻는 서신이 왔습니다."

"뭘 물어. 사내놈들은 힘줄을 끊어서 광산에 보내고 노약자는 정착시켜라."

표정을 읽을 수 있다고 무섭지 않은 건 아니었지만.

할아버지와 오빠들은 바로 서재로 향했고, 난 장서실로 들어갔다. 차를 마시며 읽을 책을 가지러 가기 위해서였다. 난 사다리를 타고 올라가서 어제 읽은 책을 꽂아 놓고, 새 책을 찾았다.

'이건 어떠려나.'

[······일정 수준에 도달하면 성녀는 포털을 자유자재로 사용할 수 있다. 다만 정진하지 않을 경우, 포털은 성녀를 지켜야 할 존재로 인식······ 성녀를 위험에서 지키기 위해 스스로 문을 여는 경우가······.]

비슷한 내용의 책을 읽은 적이 있어서 난 다른 책을 찾기로 했다. 마침 〈포털의 억제〉라는 제목의 책이 눈에 들어왔다. 그건 꽤 멀리 있었지만, 손을 쭉 뻗으면 닿을 것 같아서 최대한 팔을 뻗었다.

"끙, 닿을 듯 말 듯 안 닿네······."

"떨어집니다."

"누구······. 꺄악!"

깜짝 놀라서 순간 균형을 잃었다. 몸이 크게 휘청하더니 뒤로 넘어가 버려서 눈을 꽉 감았다.

'뭐지?'

아프지 않았다. 오히려······. 슬쩍 실눈을 떠 보니 단단한 가슴팍이 눈앞에 보였다.

"어?"

도미니크 황자가 나를 빤히 보고 있었다. 그가 나를 받아 준 모양이었는지 어느새 그의 품에 안겨 있었다. 그것도 공주님 안기로 말이다. 당황스럽고 놀라서 몸을 퍼덕이자 그가 날 더 꽉 끌어안았다.

"정말로 떨어집니다."

"가, 감사……."

인사를 하려다가 퍼뜩 놀라서 말했다.

"무, 무거울 텐데……."

도미니크는 고개를 모로 꼬았다.

"그렇지 않은데요."

"네?"

"가볍습니다."

얼굴이 화끈 달아올라서 난 말을 돌렸다.

"장서실엔 무슨 일로 오셨어요?"

"인사차."

"인사요?"

"사흘 후, 황도로 돌아가게 되었습니다."

"좀 더 오래 머물기로 하지 않았나요?"

"더 오래 있어도 소득이 없을 듯하여."

'소득?'

무슨 뜻이냐고 물으려던 찰나에 황자가 걸음을 옮겼다. 깜짝 놀란 나는 그의 목에 매달렸다. 황자는 장서실 한편에 비치된 소파에 날 내려놓았다.

"가, 감사합니다……."

"영애는 사과와 인사가 후하군요."

"그래요? 전 잘 모르겠는데."

"후합니다. 과할 정도로."

그가 내 머리를 쓰다듬으며 말했다.

"그런 건 생각만 하세요."

"왜요?"

"순진하다는 걸 들킬 테니까."

내가 눈을 깜빡이자 그는 낮은 목소리로 말했다.

"힘을 가진 자가 순진하면 물어뜯기는 법이죠."

"힘이라니……."

그가 나를 빤히 응시했다.

"포털."

"……!"

난 딱딱하게 굳은 얼굴로 그를 보았다. 보석같이 오묘한 회색 눈동자가 깊게 가라앉아 있었다.

"그걸 어떻게……."

"제가 가지고 있던 마원은 과거 성녀의 열쇠에서 일부 채취한 것입니다."

그가 가지고 있던 팔찌의 원석이 내 목걸이에 흡수되듯 사라졌던 것이 떠올랐다.

'그래서 새로운 열쇠에 이끌려 흡수된 건가.'

"할 수 있는 한 숨기십시오. 영애의 안전을 위해서."

"어째서 그런 말을 해 주시는 거예요?"

"영애가 내 비밀을 지켜 주었으니까."

첩자를 보았을 때, 그가 수상하다는 걸 알았지만 할아버지에게 말하지 않았다. 아마 그 뜻인 듯하여 눈을 깜빡이다가 생긋 웃었다.

"역시 제 생각이 틀리지 않았어요."

"예?"

"좋은 분이세요."

도미니크는 묘한 눈빛으로 나를 쳐다보았다.

"이상하군요."

어디가? 나는 고개를 갸웃 기울였다.

"나를 좋은 사람이라고 생각하는 건 영애뿐일 겁니다."

"음……. 제가 보기엔 저하는 선인장이에요."

"가시 많고 줄기만 덩그러니 있는 흉측한 식물 말이죠."

"겉보기엔 그렇게 보이지만, 사실은 아름다운 꽃이 피거든요."

"선인장……."

도미니크의 눈동자가 흔들렸다. 나보다 한 뼘은 더 크고, 어리지 않은 나이의 그가 어쩐지 어린애 같아 보여서 나는 활짝 웃었다.

"아주 강인한 식물이라는 점도."

나를 빤히 바라보던 그가 갑자기 인상을 썼다.

"기분이 이상합니다."

"속이 안 좋으세요?"

"아니요. 가슴이……."

"가슴이?"

"간질거려."

그렇게 말하는 그의 시선은 여전히 내게 고정되어 있었다.

사흘 후, 나는 양피지에 가출 계획을 끄적였다.

'여비는 이 정도면 될 테고…….'

마담 버지니아가 준 건물이 있어서 사재를 불려 여비를 마련할 필요가 없었다. 덕분에 가출 예정이 조금 더 앞당겨졌다. 때마침 시트론이 세탁한 드레스를 가지고 들어왔다.

"오후에 황자 저하를 배웅하러 가시지요?"

"응, 그럴…… 시트론!"

시트론은 이마를 잡은 채 비틀거렸다. 깜짝 놀란 내가 얼른 그녀를 부축했다.

"괜찮은 거야?"

"네, 열이 조금 올랐을 뿐이에요."

"하지만……."

"걱정하지 마세요. 평범한 열병이에요. 오늘 일찍 들어가서 쉬면 돼요."

시트론은 부모 형제가 없어서 아파도 돌봐 줄 사람이 없었다. 그래서 나는 그녀를 간호하고 싶었는데, 시트론은 열병이 옮는다며 펄쩍 뛰었다.

"숙소에 난방은 제대로 들어와?"

"그럼요."

"그래, 그럼 얼른 가서 쉬어."

"아가씨도 따뜻하게 계셔야 해요? 환절기라 조심하지 않으면 금세 병에 걸려요."

몇 번이나 따뜻하게 있겠다고 약속한 후에야 시트론이 숙소로 돌아갔다. 오후가 되어 황자를 배웅하러 성문으로 향했다. 가족들이며 가신, 기사들까지 빼곡하게 서 있었다.

도미니크에게 다가가다가 무심코 그의 곁에 서 있는 부관에게 시선이 향했다. 어두운 얼굴의 부관이 나를 향해 살짝 묵례했다. 도미니크 또한 나를 보았다.

"영애."

"조심히 가세요, 저하."

"다음엔 황도에서 뵙죠."

"기회가 된다면요."

말이 떨어지기 무섭게 오빠들이 양쪽에서 내 어깨를 끌어안았다.

"그때는 저희들도 함께하겠습니다."

"꼭."

란슬롯은 차갑게 웃었고, 가웨인은 인상을 썼다. 그러자 도미니크가 나를 향해 손을 뻗었다. 악수하려는 건가 싶어서 손을 내밀었다. 그는 순식간에 나를 끌어당겼다.

"앗!"

오빠들에게서 풀려난 나는 가까워진 도미니크를 바라보았다. 그리고,

"아……."

그가 내 손등에 입을 맞췄다. 순간 바람이 불며 그의 결 좋은 흑발이 나부꼈다.

"세니아나."

"네?"

"보고 싶을 겁니다."

옆으로 긴 날카로운 눈이 부드럽게 휜다. 나는 얼굴이 화르륵 붉어져서 눈만 깜빡였다.

황자를 배웅하고 가신들이 흩어졌다. 우리 가족들도 다시 성안으로 걸음을 옮겼다.

"계속 마음에 안 드네."

"저하요?"

"오늘도 수작을 부리잖아."

가웨인이 인상을 쓰며 말하자 할아버지와 란슬롯이 나를 쳐다보았다. 란슬롯이 평소보다 더 화사하게 웃으며 입을 열었다.

"오늘도, 라니?"

나는 대수롭지 않게 말했다.

"저번에 마주친 적이 있어요."

"새벽에 단둘이, 그것도 뒷문에서 은밀하게."

가웨인이 밉살맞게 덧붙이자 할아버지와 란슬롯이 미간을 좁혔다. 나는 '그렇기야 하지만 단어 선택이 묘한걸'이라고 생각하며 고개를 끄덕였다. 란슬롯은 한층 더 화사하게 웃었다.

"새벽에, 은밀히?"

"새벽인 건 우연이었고, 뒷문이었던 건 당시에 정문이 봉쇄되어 있었기 때문이에요."

가웨인이 걸음을 멈추며 물었다.

"그럼 그 새…… 황자가 왜 네 뺨을 만지고 있었던 건데?"

"뺨?"

"뺨이라고?"

나는 란슬롯과 할아버지의 반응에 당황해서 눈을 데구루루 굴렸다.

"그건……."

어쩐지 여기서 그럴 일이 있었다고 말하면 큰일이 날 것 같은 기분이었다.

"그건 제 볼에 생채기가 나서 봐 주시려고……."

"정신이 나갔나. 왜 남의 여동생 뺨을 멋대로 보는 거야!"

가웨인이 버럭 소리치자 란슬롯은 고저 없는 목소리로 말했다.

"정말 정신이 나간 모양이지."

그러더니 내 볼을 문지르며 말했다.

"세니아나, 남자의 수작은 간교해. 뺨에서 입술로 넘어가는 건 순식간이란다."

"그래요?"

나는 그렇게 대답하다가 문득 드는 생각에 세 남자를 올려다보았다.

"할아버지와 오빠들도요?"

잠시 침묵이 이어지던 때에 가웨인이 그런 건 지금 중요하지 않다며 소리쳤다.

"흐응……. 그런데 만약에 정말로 도미니크 황자가 수작을 부렸다면 프렌시프 입장에선 좋은 일 아닌가요?"

란슬롯과 가웨인은 그게 무슨 뜻이냐는 듯 미간을 좁혔다.

"할아버지는 원래 저와 황자를 결혼시키고 싶어 하셨으니까요."

형제의 시선이 동시에 할아버지에게로 향했고, 할아버지는 왈칵 인상을 찌푸렸다.

"생각해 보니 결혼하기엔 아직 이르군."

그러자 가웨인과 란슬롯이 내 양쪽으로 옮겨와 섰다.

"앞으로 네 뺨을 만지는 놈이 있으면 고환을 걷어차! 알았어?"

"때에 따라선 찔러도 괜찮아."

"아니, 필히."

"어지간하면 죽이는 게 처리하기 편하긴 하지."

나는 속으로 생각했다.

'여기 남자들의 뺨을 만지면 난 배가 뚫려서 죽겠구나.'

절대로 그러지 말아야지. 그렇게 결심하고 슬금슬금 뒷걸음치려는데 마침 아는 얼굴을 발견했다.

"세드릭 경!"

내 말에 가족들이 별채 쪽에서 걸어오는 그를 돌아보았다. 세드릭 경이 쿡쿡 웃으며 허리를 굽혔다.

"오늘도 사이가 좋으십니다."

할아버지는 대답 없이 다른 일을 물었다.

"반란군 포로들은?"

"후일을 도모하는 눈치는 아니었습니다. 처자식과 노부모에게 이주금을 주고 정착시킨 데에 감읍한 것이겠지요."

"정착은 완료했나?"

"제가 직접 진행 중입니다."

란슬롯과 가웨인도 대화에 꼈고, 나는 방해가 되기 전에 인사를 한 뒤 자리를 빠져나왔다. 빨리 돌아가서 시트론에게 약과 건강식품, 옷가지를 챙겨다 주고 싶었다. 별채가 보이기 시작해서 나는 조금 더 빠르게 걸었다. 그때였다.

'응?'

목걸이가 좀 뜨거운 것 같았다. 내가 목걸이 줄을 들어 펜던트를 확인했을 찰나였다. 슈욱―! 반딧불이 같은 빛이 소용돌이처럼 내 몸을 감싸며 현기증이 일었다.

"헉!"

순식간에 사위가 어둠에 감싸였다.

＊　　＊　　＊

'으으.'

빛 한 점 보이지 않은 어둠 속에서 몇 시간을 헤맸는지 모르겠다. 등은 식은땀으로 흥건하고, 발이 아팠다. 하지만 벽이 점점 더 좁아지는 것만 같아서 움직일 수밖에 없었다.

여기가 대체 어딘 거지? 포털이 날 삼킨 건가? 그렇다면 어째서 내 명에 응하지 않는 거야?

질문이 꼬리에 꼬리를 물었다. 다리가 떨려서 더는 못 걸을 것 같던 때 눈앞에 푸른빛이 떠올랐다. 나는 허물어지려던 몸을 억지로 일으켜서 그 앞으로 뛰어갔다.

"그쪽이 아니야."

누군가 내 손을 잡았다. 아무도 없을 거라고 생각한 어둠 속에서 느껴지는 차가운 촉감에 멍하니 옆을 돌아보았다.

"이리로 와."

나는 이 목소리를 알고 있다.

3장

나베리우스는 시계를 쳐다보았다. 산책 시간이 한참 지났는데도 세니아나가 오지 않는다. 그와 함께 산책을 위해 대기 중이던 프렌시프 형제도 의아한 듯했다.

"오늘은 웬일로 이렇게 늦지?"

"조리실에 있을 수도. 그곳에 있을 땐 시간 가는 줄 모르잖아."

"그런가."

가웨인이 중얼거리면서 테이블 한편에 놓인 접시를 보고 씩 웃었다. 세니아나에게 주기 위해 동부 레이디들 사이에서 유행 중인 디저트를 사 왔다.

기사들에게 명하니 "차라리 베어 주십시오. 그, 그런 데를 어떻게 갑니까!" 하고 기함을 하는 통에 직접 가는 수밖에 없었다.

'지옥인 줄 알았지.'

온통 핑크 일색인 가게 안에 남자는 저 혼자였다. 게다가 이상한 설정을 붙여 놔서 들어가자마자 "요정의 샘에 오신 걸 환영합니다!" 하며 손에 꽃 — 번호표 대신이라던 — 을 쥐여 주었다.

다시 생각해도 끔찍한 경험이었다. 하지만 사랑스러운 꽃돼지가 입을 함지박만 하게 벌릴 생각을 하면 그렇게 끔찍한 일은 아니었다. 란슬롯도 세니아나를 위해 찻잎을 준비해 놓아서 오늘을 유난히 기대하고 있었다. 그는 몸을 일으키며 나베리우스에게 말했다.

"제가 데려오겠습니다."

"아, 나도 같이."

가웨인이 제 형을 따라 일어났다. 별채로 향하며 두 형제는 가벼운 잡담을 나누었다.

"이제 그만 세니아나를 성으로 들여도 되지 않아?"

가웨인의 말에 란슬롯이 조용히 답했다.

"별채에서 지내는 쪽이 움직이기 더 편할 텐데. 막내는 하루 종일 조리실에 있으니까."

가웨인은 나무 그늘에 가려진 별채를 바라보았다.

"조리실을 성안으로 옮겨 주면 될 것 아냐. 하여간 '어르신'은 피도 눈물도 없으시지."

투덜거리는 말에 란슬롯의 시선이 가늘어졌다.

"꼭 그런 것만은 아닐 거다."

"아니라고?"

"마지막 방어선일 수도 있지."

"방어선?"

"감정의 방어선 말이다."

"복잡하기는."

가웨인은 투덜거리며 조리실의 문을 벌컥 열었다.

"없잖아."

조리실은 텅 비어 있었다.

'이 시간에 대체 어디에?'

어쩐지 기분 나쁜 예감이 들었다. 가웨인과 란슬롯은 서둘러 세니아나의 방으로 향했다.

"없어."

"성 밖으로 나간 건 아니고?"

"경비병들에게 그런 연락은 못 받았어."

때마침 지나가던 하인이 형제를 발견하고 고개를 숙였다.

"세니아나는?"

"황자 저하를 배웅하러 가셔서 돌아오지 않으셨습니다."

가웨인의 얼굴이 굳어졌다. 황자가 성을 떠난 지 몇 시간이나 흘렀고, 그를 배웅한 뒤 세니아나는 곧장 별채에 돌아간다고 했다. 역시 감이 좋지 않았다. 세니아나를 찾아 나서려던 가웨인이 란슬롯을 돌아봤다.

"뭐 해?"

그는 책상 밑에 떨어진 양피지를 내려다보고 있었다. 가웨인이 그에게 다가갔다.

"뭐길래 그―"

종이엔 성을 떠난 뒤의 계획이 빼곡하게 적혀 있었다. 형제는 곧바로 나베리우스의 서재로 향했다.

"조부님!"

문을 박차고 들어오는 가웨인을 본 나베리우스가 인상을 찌푸렸다.

"무슨 일이냐."

"세니아나가 가출했습니다!"

"……뭐?"

그의 얼굴이 굳어졌다.

* * *

"어떻게, 어떻게……."

나는 심장이 떨려서 말 한마디조차 제대로 할 수 없었다. 금방이라도 쓰러질 것 같은 나를 향해 그 사람이 말했다.

"이쪽으로 와."

신기한 일이었다. 이렇게 어두운 데도 나는 그 사람의 얼굴을 알아볼 수 있었다. 큰 키와 마른 몸, 눈가의 주름, 눈꼬리에 있는 갈고리 모양의 상처. 너무 보고 싶어서 매일 밤 가슴이 미어지게 만들고―

"아가야."

이렇게 커다란 나도 아가라고 불러 주는 유일한 사람. 이 꿈이 깨

버릴까 봐 움직일 수 없었다. 늘 그렇듯 깨고 나면 괴로워질까 봐서. 나는 자꾸만 치미는 울음을 억지로 삼키고 겨우 입을 열었다.

"선생님……."

선생님의 눈매가 나붓이 휘었다.

"어서 가자."

"하지만……, 하지만……."

이대로 따라가면 다시 만나지 못할 것 같아서 불안했다. 선생님이 내 머리를 쓰다듬었다. 언제나처럼 상냥한 손길이었다.

"늦기 전에 가야 해. 포털이 널 지키기 위해 영영 삼켜 버리기 전에."

"그럼 여긴 포털 내부인가요?"

"그래."

선생님이 내 손을 잡고 앞서 걷던 때에 벽이 다시 좁아지는 느낌이 들었다. 가볍게 허공을 휘젓는 선생님의 손길에 거짓말처럼 벽이 허물어지고, 공중에 호롱불같이 작은 불빛들이 나타났다. 차갑디차가운 어둠 속에 온화한 빛이 가득 퍼졌다.

선생님은 나를 끌고 걸었다. 발길이 닿는 곳마다 베고니아 꽃잎이 휘날리며 아름다운 길을 만들었다. 내가 멍하니 꽃길을 바라보자 선생님의 다정한 목소리가 들려왔다.

"세나가 좋아하는 꽃이지?"

"아주 옛날에 했던 말인데 기억하고 계셨어요?"

"그럼. 고아원 화단에서 베고니아를 보며 한 말인 것도 알지."

"……."

"꽃 좋아하는 세나가 삶에 허덕이느라 화분 하나 사 본 적 없다는 것도 알고."

"……."

"다 낡은 코트 하나로 5년을 버텼다는 것도 알고."

"……."

"빚쟁이를 피해 이틀이나 하수구에 숨어 있었던 탓에 커서도 피부병으로 고생한 것도 알고."

"……."

"내가 걱정할까 봐 이 모든 걸 숨겼다는 것도 알지."

나는 아무런 말도 할 수 없었다.

'알고 계셨구나.'

그런데도 속상한 내색을 하면 내가 마음 쓸까 봐 말씀하시지 않았구나. 입술을 꾹 깨문 날 보고 선생님은 쓰게 웃었다.

"우리 세나가 그렇게 착한 아이인 걸 나는 알아."

"……."

"그러니까 이 세상엔 세나를 나보다 더 사랑해 줄 사람이 잔뜩 있을 거야."

나는 선생님이 이대로 안심하고 영영 떠날까 봐서 두려워졌다.

"싫어요! 못된 애가 될 거예요! 싫어요, 싫어요. 선생님 가지 마세요……."

선생님이 눈물을 참듯 고개를 숙였다. 그때, 나 홀로 어둠 속에서 보았던 푸른빛과는 비교도 안 될 정도로 커다란 빛이 나타났다. 선생님은 걸음을 멈추고 나를 보았다.

“이제 가렴.”

나는 소리 없이 울며 고개를 저었다.

“선생님과 함께 있으면 안 돼요?”

선생님은 날 끌어안았다. 등을 도닥도닥 두드리는 손길이 언제나처럼 상냥해서 결국 영영 소리 내어 울어 버렸다.

“어서 가야 해. 가족들이 기다려요.”

“제 가족은 선생님이에요.”

“그럼. 나도 우리 세나의 가족 중 하나지.”

선생님이 나에게서 떨어지며 어깨를 잡았다.

“하지만 이젠 새로운 가족이 생겼으니까.”

“아니에요. 그렇지 않아요.”

“정말?”

문득 할아버지와 란슬롯, 그리고 가웨인의 얼굴이 떠올랐다. 나는 어깨를 떨구고 힘없이 선생님을 바라보았다.

“그들은 정말로 저를 좋아하지 않을 거예요.”

“세나는? 세나도 그 사람들을 싫어하니?”

“그건 아니지만…….”

“세나야, 난 이제 없어.”

선생님이 부드럽게 내 뺨을 매만졌다.

“……!”

“너 홀로 살아가기 위해선 사람에게 마음을 내주는 법을 알아야 해. 상처받고 싶지 않아서 웅크리고 있으면 상대의 진심은 영영 알 수 없을 거다.”

우웅—! 갑자기 공간이 진동하며 꽃길이 흔들리자 선생님이 다급한 손길로 나를 빛 쪽으로 밀어냈다.

"선생님!"

처음 공간을 이동했을 때처럼 점점 빛이 주변을 감싸기 시작했다. 걱정 어린 표정으로 나를 보던 선생님이 입술을 꾹 깨물고 무어라 소리쳤다.

"배…… 를…… 해!"

*　　　*　　　*

팟—! 눈 부신 빛이 사그라진 뒤에야 눈을 뜰 수 있었다. 내가 있는 곳은 처음 보는 풀숲이었다. 겨울에도 풀이 잔뜩 돋아 있는 것으로 봐서는 프렌시프 성의 남쪽 경계인 듯싶었다.

'비밀 통로가 근처니까 찾아서…….'

몸을 움직이려 했지만, 다리가 후들거려서 도리어 주저앉을 수밖에 없었다. 나는 멍하니 하늘을 올려다보다가 퉁퉁 부어 움직이지 않는 눈을 억지로 감았다.

'분명히 선생님이었지.'

아직도 내 등을 감싸던 손길이 남아 있는 것만 같다. 또다시 선생님과 헤어졌다는 설움이 치밀어 올라서 고개를 붕붕 저었다.

'울지 말자. 울면 안 돼. 선생님이 속상해하실 거야.'

입안의 여린 살을 깨물며 바닥을 짚었다. 몸을 일으키려는데 바삭 풀이 스치는 소리가 들려왔다. 흠칫 놀란 내가 어깨를 좁혔다.

지금은 밤이고, 조금 전만 해도 인기척 하나 없던 곳이다. 이번에도 첩자가 있는 걸까 봐 숨을 죽이고, 몸을 한껏 낮추었다. 발소리가 점점 가까워진다.

'이쪽으로 오지 마…!'

포털 내부에서 몇 시간이나 혼자 떠돈 데다 충격까지 받아서 도망칠 수 있는 상태가 아니었다. 하지만 바람이 무색하게 발소리는 내 앞에서 멈추었다. 그런데—

'왜 움직이지 않지?'

나는 살며시 고개를 들었다.

"……."

"할아버지……."

성내에서처럼 가벼운 차림의 할아버지가 나를 내려다보고 있었다. 할아버지에게서 말이 없기에 나는 우물쭈물하다가 입을 다물었다. 벌써 늦은 밤이었고, 시간이 얼마나 지났는지도 모르겠다. 내 생각보다 더 많은 시간이 흘렀다면 성에서 도망친 줄로 알고 있을 수도 있었다.

'어쩌지…….'

불호령이 떨어질지도 모른다. 역시 프렌시프에 먹칠을 할 날만 기다리고 있었던 거냐며 소리칠지도 모른다. 나는 일어나려고 애썼지만, 다리는 내 마음대로 움직여 주질 않는다. 그런 내 앞에 할아버지는 등을 내밀었다.

"업혀라."

"그렇지만……."

"돌아가자."

그가 낮은 목소리로 이어 말했다.

"집으로."

"……."

코가 시큰해진 것을 느끼며 천천히 그의 등에 업혀서 목을 끌어 안았다.

"무겁지요?"

"아니."

"하지만 할아버지는 노인이신데……."

"손녀 하나 못 업을 정도로 삭진 않았어."

할아버지에게선 누군갈 찾기 위해 뛰어다닌 사람처럼 땀 냄새가 났다. 그는 나를 업고서 비밀 통로로 들어갔다.

"제가 거기에 있는 줄 어떻게 아셨어요?"

"통행자 명단에도 없고, 영지 안에도 없으니 비밀 통로를 이용했을 거라고 예상했지."

내가 그곳에 이동한 건 우연이었지만, 그 또한 선생님의 배려처럼 느껴졌다. 어느새 우리는 비밀 통로를 지나 성으로 돌아왔다. 난 할아버지의 서재에 있는 소파에 앉았고, 할아버지는 집사에게 명해 가웨인과 란슬롯을 불러들였다. 이내 탁, 탁, 탁! 다급한 발소리가 들리더니 쿵! 문이 열리며 오빠들이 들어왔다.

"이 근방이 얼마나 위험한지 몰라?!"

나는 가웨인이 화를 낼 거라고 생각했는데 정작 소리친 건 란슬롯이었다. 언제나 상냥한 가면을 쓰고 있던 그라서 얼떨떨하고 당황스러웠다.

"시도 때도 없이 도적 떼가 출몰한다고!"

"……."

기세가 얼마나 흉흉한지 가웨인이 그를 뜯어말릴 지경이었다.

"그만해. 알아들었을 거야."

"놔!"

"무사히 돌아왔으면 됐잖아. 놀라게 하지 마."

할아버지도, 란슬롯도, 가웨인도 모두 땀 범벅이었다. 정말로 나를 애타게 찾은 것 같아서 조심스럽게 입을 열었다.

"절 걱정하셨어요?"

가웨인이 푹 한숨을 쉬었다.

"당연하잖아."

"제가 가출한 게 드러나면 가문의 위신이 상해서요?"

이번엔 란슬롯이 인상을 썼다.

"수색령을 내렸다. 근방 영지에도 협조 요청서를 보냈어."

가웨인이 란슬롯의 말에 덧붙여 말했다.

"동부에서 널 찾을 수 없다면 황실에까지 연락할 생각이었다고."

가문의 위신을 걱정한다면 그런 일을 했을 리 없다. 순간 선생님의 말이 떠올랐다.

[상처받고 싶지 않아서 웅크리고 있으면 상대의 진심은 영영 알 수 없을 거다.]

정말로 그럴까? 나는 상처받고 싶지 않아서 웅크렸던 걸까? 이들에게 내가 모르는 진심이 있는 걸까?

나는 용기를 겨우겨우 끄집어내서 물었다.

"그럼 저를 싫어하지 않으세요?"

세 남자가 한동안 말을 잃었다.

"너는 정말…….."

가웨인의 중얼거림과 동시에 란슬롯이 짙은 한숨을 흘렸다. 그때 할아버지가 낮은 목소리로 나를 불렀다.

"세니아나."

"네……."

"성으로 들어와라."

"네?"

"성으로 들어와. 옆에 있어."

난 세니아나의 기억을 통해 할아버지가 얼마나 냉혹한 사람인지 잘 알고 있었다. 싫은 사람에겐 절대로 곁을 내주지 않았고, 두 번 기회를 주는 사람도 아니었다. 그런 그가 수없이 사고를 친 세니아나를, 아니, 나를 다시 성으로 들이겠다는 건 무엇보다 다정한 답변이었다.

나는 코가 시큰거려서 고개만 열심히 끄덕였다. 그 모습을 지켜보던 오빠들이 어쩔 수 없다는 듯 웃었다. 가웨인은 내 볼을 쭉 늘리며 말했다.

"또 사람 간 떨어지게 해 봐라. 평생 돼지라고 놀려 먹어 주마."

"……."

란슬롯이 그런 가웨인의 손을 쳐 내고 나를 보았다.

"가출 생각은 오늘로 끝내 줘. 대답은?"

"네."

그렇게 대답하는 목소리가 잔뜩 떨리고 있었다.

* * *

다음 날, 성에서 일어난 나는 평소보다 빨리 식당에 도착했다. 하지만 할아버지와 오빠들이 더 일찍 도착해서 대화를 나누고 있었다.

"수색 협조 요청을 거두었습니다."

"마찬가지로 비상령도 해제하였습니다. 병사들에게는 따로……."

내가 할아버지 옆에 앉자 그들이 말을 멈추고 나를 보았다. 란슬롯이 부드럽게 웃으며 물었다.

"잘 잤어?"

"네."

우리는 아침 식사를 하면서 도란도란 이야기를 나누었다.

"여비를 잘못 계산했던데."

란슬롯이 장난스럽게 웃으며 내가 적은 도망 계획서를 흔들었다.

'쓰레기통에 넣은 줄 알았는데……!'

가웨인은 그에게서 종이를 빼앗으며 구겨 버렸다.

"가르쳐 주지 마. 이번엔 제대로 도망치면 어쩌려고."

"그럴 거야?"

란슬롯의 질문에 나는 고개를 도리도리 저었다.

"이제 안 가기로 했어요."

이들에게 죽을까 봐, 혹은 정치적 도구로 팔려 갈까 봐 도망치기로 했던 거다. 이제 그렇게 되지 않을 거라는 걸 알았으니 굳이 도망갈 이유가 없었다. 가웨인은 샐러드를 집는 나를 보며 한숨을 내쉬었다.

"널 찾는 사흘은 최악이었어."

나는 눈을 깜빡였다.

'사흘?'

체감상 고작 대여섯 시간쯤이었는데 사흘이나 지났다고?

"시트론이 엄청 걱정했겠다……."

어제는 나도 모르게 잠들어서 시트론에게 인사를 하러 가지도 못했다. 란슬롯이 걱정 말라는 듯 말했다.

"시트론에겐 휴가를 줬다."

"휴가요?"

"열병이 쉽게 낫지 않는 모양이더군. 그 때문에 네 일도 듣지 못했을 거야."

"지금 어디 있어요? 많이 심한 거예요? 제가 가 봐야……."

"성내 병동에 있고, 목숨을 걱정할 정도는 아니야. 네가 가면 간호해 주는 사람도, 환자들도 불편해할 거다."

'그런가…….'

나는 한숨을 푹 내쉬었다. 시트론이 걱정돼서 음식이 어디로 들어가는지도 모르겠다. 가웨인이 고기를 썰어 내 접시에 올려주며 말했다.

"그러고 보니 요새 환자들이 많군. 민간 병원을 수색할 때도 사람이 바글거렸어."

그 말에 란슬롯은 고개를 끄덕였다.

"환절기니까 아무래도."

"부럽네. 나도 좀 아파야 일을 쉴 텐……."

그 말에 할아버지가 가웨인을 쳐다보았다.

"평생 일하지 못하도록 해 주랴."

"……아닙니다."

"쓸데없는 생각 말고 일에 집중해라. 수색에 정신없는 틈을 타 헛생각하는 놈들이 생겼을 것이다."

"예."

그 말을 듣고 있던 나는 불현듯 포털 안에서 들었던 선생님의 마지막 외침을 떠올렸다. 정신없는 와중에도 선생님은 간절히 소리쳤다.

[배신자를 조심해!]

―라고.

배신자, 선생님은 분명히 '배신자'라고 했다.

'영지 안에 배신자가 있다는 말이야?'

가장 먼저 집히는 건 이주민 세작이었다. 하지만 세작은 본래부터 충성하지 않는 사람들이니 배신했다고 보긴 어렵다.

'내부자가 변절했다는 뜻이겠지.'

그렇다면 사용인일까? 가신이나 기사, 행정관일 수도 있다.

'짚이는 데가 너무 많아!'

고민하는 와중에 란슬롯의 시선이 느껴졌다.

"세니아나?"

"아, 네!"

"우리 막내가 무슨 생각을 그렇게 골똘히 하실까."

"아……. 아니에요."

현재로선 증거가 없으니 쉽게 말을 꺼낼 수 없었다.

'일단 며칠간은 수상한 자가 없는지 살펴봐야겠다.'

그렇게 생각하고 가웨인이 썰어 준 고기를 입에 넣는데, 란슬롯이 말했다.

"세니아나, 네 새로운 방에 들일 가구 말인데."

"네."

"직접 보고 고르는 게 어때?"

"제가 골라도 되나요?"

"물론이지. 그 김에 필요한 것도 사 오도록 하자. 드레스룸을 보니까 옷과 장신구가 별로 없더군."

"아, 그러려면 시간이 좀 필요한데……."

"왜?"

"저는 사재가 오빠들처럼 많지 않으니까 건물이 팔려야 해요."

요새 살짝 살이 올랐더니 예전 옷들이 끼기 시작했다. 그래서 드레스를 사려고 알아봤었는데 정말 눈이 튀어나오게 비쌌다. 유명한 디자이너의 드레스는 작은 저택 값이나 했다.

'그런데 가구에 장신구까지 사려면…….'

고개를 젓는 나를 보며 가웨인이 픽 웃었다.

"그런 걸 왜 걱정해?"

"네?"

"말 꺼낸 사람이 사는 거지."

그렇게 말하면서 란슬롯을 흘깃 보기에 나는 깜짝 놀라서 소리쳤다.

"엄청 많이 들 텐데!"

"이럴 때 등쳐 먹는 거야."

가웨인이 씩 웃자 란슬롯은 어이없다는 듯 그를 보다가 헛웃음을 흘렸다.

"좋아, 세니아나. 오늘은 좀 당해 줄게."

"아니 아니! 정말로 엄청 비싸요. 드레스 몇 벌 사면 사재를 몽땅 날릴 수도 있다니까요?"

프렌시프 형제가 동시에 웃음을 터뜨렸다.

"이거 우릴 너무 무시하는데."

"얼마나 사야 우리 사재를 탕진할 수 있는지 볼까."

이 오빠들이 돈 무서운 줄 모르고! 나는 도움을 구하듯 할아버지를 돌아보았다. 그런데 그의 입꼬리도 슬쩍 올라가 있었다.

"가구는 내가 사 주마."

그러더니 약지에 끼고 있던 인장을 빼 주었다.

'신용 카드나 다름없는 인장을 넘기다니!'

나는 당황해서 이러지도 저러지도 못했다. 그러자 가웨인이 감사하다고 인사하라며 제가 냉큼 인장을 받았다.

"그, 그렇지만……."

난 눈치를 보다가 가늘게 한숨을 내쉬었다.

"감사합니다……."

"그래."

내가 이들의 재산을 지켜 줘야 할지도……. 정신을 바짝 차려야 겠다.

난 정신을 반쯤 놓고 유리 진열대를 바라보았다. 고개를 어디로 돌려도 호화롭고 아름다운 장신구로 가득해서 다른 세상에 온 것 같은 기분이었다.

"이건 어때?"

가웨인은 분홍색 리본 핀을 들었다. 중앙엔 파파라차 사파이어 가 달렸고, 끝단 술엔 진주가 달려서 움직일 때마다 찰캉찰캉 맑은 소리를 냈다.

"예뻐요……."

"막내에겐 이쪽도 어울리겠는데."

란슬롯은 화려한 다이아몬드와 토파즈를 꽃송이처럼 배열해 붙 인 초커를 가리켰다.

"엄청 예뻐요……."

이번에도 열심히 고개를 끄덕이며 호응했다. 하나같이 전부 황 홀하게 예뻐서 정신을 차릴 수가 없었다. 그렇게 쇼케이스를 구경 하며 재밌는 모양의 액세서리를 발견하던 때에 가웨인이 다가왔 다.

"달리 마음에 드는 건?"

"아뇨, 별로."

"방금 뭘 보고 있었잖아."

"그냥 특이해서요……."

내가 보고 있던 건 핑크색 토르말린과 에메랄드로 만든 고양이 브로치였다. 진녹색 에메랄드가 양발을 턱밑에 붙이고 있는 고양이 모양으로 세공되어 있었고, 그 위에 핑크색 토르말린이 두 개의 눈처럼 붙어 있었다. 가웨인이 픽 웃으며 중얼거렸다.

"저랑 똑같은 걸 보네."

"아닌데요?"

그는 내 머리칼을 살짝 잡고, 에메랄드를 가리켰다.

'비, 비슷한 색이긴 한데.'

인정하기 싫어서 입을 꾹 다물고 휙 고개를 돌렸다. 란슬롯과 호위로 따라온 기사들까지 브로치를 보며 웃음을 터뜨렸다.

"정말이잖아."

'란슬롯까지!'

부루퉁해져서 쏘아보자 란슬롯이 씩 웃었다.

"귀엽다는 뜻이야."

"……."

"고양이 같고."

"정말!"

울상을 지으며 소리치니 달래듯 내 머리를 쓰다듬는다.

"이 브로치로 할래?"

"그렇지만……."

나는 가격표를 눈짓으로 가리켰다.

'너무 비싼데요.'

이 돈이면 고기가 몇 근이고, 생선이 몇 마린지 계산하는데 란슬롯이 모른 체하며 점원을 불렀다.

"계산."

"브로치만 하시겠습니까?"

"아니, 지금까지 본 것들을 모두 포장하겠다."

나는 화들짝 놀라서 란슬롯에게 매달렸다.

"아니에요!"

"마음에 들잖아?"

"하나면 돼요!"

이렇게 비싼 건 심장 떨려서 하고 다니지도 못할 거다. 내 말에 가웨인이 좋다고 하면서 점원을 보았다.

"여기서부터 여기까지 전부."

뭐라고?

'미쳤나 봐!'

나는 와들와들 떨며 란슬롯을 바라보았다. 하지만 그는 돈을 사이버 머니인 줄 아는 동생을 타박하긴커녕 고개를 끄덕였다. 가웨인이 눈썹을 슥 들어 올리며 물었다.

"전부 할래?"

"아니요!"

"그럼 본 것들만 할까?"

"네……."

가웨인은 영수증에 할아버지의 인장을 냉큼 찍었다. 다음 상점, 또 다음 상점을 지날 때마다 나는 생기를 잃어 갔다. 비싸서 싫다고 하면 가웨인이 "여기서부터 여기까지"를 하는 통에 거절도 제대로 하지 못했다. 쇼핑을 마치고 카페에 들어왔을 때는 기력이 다 쇠해 있었다.

멍하니 케이크만 떠먹는 나를 보며 란슬롯과 가웨인이 픽픽 웃었다. 란슬롯이 내 입가의 부스러기를 떼어 주자 주변에서 앓는 소리가 들렸다. 깜짝 놀라서 주변을 바라보니 부채로 입을 가린 여성들이 란슬롯과 가웨인을 몽롱한 표정으로 보고 있었다. 나는 오빠들에게 속삭였다.

"다들 여길 보고 있어요."

"우리가 잘생겨서 그래."

가웨인이 대수롭지 않게 대답해서 좀 어이가 없었다. 다시 시선을 돌려서 함께 재잘거리는 여자애들을 바라보았다. 깐 달걀처럼 고운 피부에 생기 넘치는 표정, 발그레 달아오른 뺨.

'예쁘다, 예뻐.'

고운 여자아이들이 발랄하게 웃는 모습은 정말로 보기 좋았다. 가웨인은 그런 나를 보며 물었다.

"그러고 보니 넌 성에 친구를 데려온 적이 한 번도 없네."

"저는 친구가 없으니까요."

두 사람이 눈을 동그랗게 떴다.

"하지만 파티에서 자주 이야기를 나누던 영애가 있었잖아. 레베카였나?"

"브리쉴라 영애."

가웨인의 말에 란슬롯이 덧붙였다. 세니아나의 기억 속에 있는 이름이었기에 곰곰이 그때의 기억을 떠올린 나는 스푼을 들며 말했다.

"그거 오빠들한테 잘 보이려고 했던 건데."

"뭐?"

"그 애 아버지가 그러라고 했대요."

레베카는 그걸 세니아나에게 와서 직접 말했다.

[하지만 뭐, 진짜로 친구가 되어 줄 수도 있어요.]

'그 말을 들은 세니아나가 레베카를 계단에서 떠밀어 버렸지.'

내가 한 일은 아니지만 그 애에게 좀 미안해졌다. 그때 그 애는 고작 열다섯에 중2병을 앓고 있을 때였다.

"다른 친구는?"

세니아나의 친구 기억은 그게 전부이길래 윤세나의 기억을 떠올렸다.

'나도 없는데.'

나는 도리도리 고개를 저었다.

"그런데요, 친구 같은 거 없어도 괜찮아요."

"왜?"

"비슷한 사람이 있으니까요."

'시트론이!'

헤헤 웃으며 오빠들을 보았더니 가웨인이 헛기침을 했다.

"그래, 친구가 될 수도 있지."

왜인지 쑥스러운 목소리였지만, 나는 착각인가 싶어서 고개를 끄덕였다.

"그럼요."

주인과 하녀 사이라도 충분히 가능하지.

"기쁘네."

란슬롯이 내 머리를 쓰다듬으며 말했다.

'으응?'

가웨인보다 란슬롯이 신분에 더 엄격할 줄 알았는데 의외였다. 시트론을 떠올리니까 다시 걱정이 들었다.

'많이 아픈 걸까.'

난 케이크를 내려다보았다. 정말로 맛있어서 그녀와 함께 먹고 싶었다.

"시트론에게도 사다 주고 싶은데……."

란슬롯이 고개를 저었다.

"당분간은 찾아가지 마."

"왜요? 몸이 그렇게 안 좋은 건가요?"

내가 화들짝 놀라서 물으니 란슬롯은 달래듯 대답해 주었다.

"면역력이 떨어져서인지 피부병까지 올라왔다고 들었어. 갔다가 옮으면 시트론이 더 속상해할 거다."

아픈데 마음까지 불편하게 하는 건 싫어서 우울한 표정으로 고개를 끄덕였다. 가웨인이 빨대로 얼음을 저으며 투덜거렸다.

"쓸데없는 놈들에게 옮겨 줬으면 좋겠는데. 성에서 안 보이게."

"왜요?"

"수색하느라 잠깐 틈이 생기니까 바로 헛짓거리들이다."

"뭔데요?"

"사소한 거지. 수색하라고 내린 돈으로 술을 퍼마신다던가, 야간 경비 기록을 조작해서 수당을 챙긴다던가."

그 말을 들으니 또다시 '배신자'가 떠올라서 란슬롯에게 물었다.

"오빠는요? 오빠에겐 다른 일이 없었나요?"

"이쪽은 틈이 없어도 매일 헛짓거리라서 특별할 것도 없어."

그가 화사하게 웃었다.

"뭔데요?"

"내가 없는 틈에 광산 책임자를 매수해서 돈을 나눠 먹으려고 했 던걸."

그게 사소한 일이란 말에 질려서 고개를 저었다. 그러자 란슬롯 이 어깨를 으쓱했다.

"소란을 언제나 기회로 여기는 자들이지."

'잠깐만 란슬롯과 가웨인이 방금 한 말……'

방금 오빠들이 한 말과 일전에 보았던 광경, 그리고 선생님의 말 이 머릿속에서 엉켜들었다.

배신자. 광산. 시트론의 병. 소란을 기회로 여긴다.

'설마!'

나는 벌떡 일어났다.

*   *   *

그로부터 며칠 후.

"난 어르신께서 그렇게 새하얗게 질린 건 처음 봤어."

"아가씨가 돌아오셔서서 다행이야."

"언제는 제발 떠났으면 좋겠다면서?"

"이젠 기분이 상했다고 사용인들을 걷어차지 않으시니까."

"웃으면서 인사도 해 주시고."

"귀여우시지~!"

하녀들의 재잘거리는 소리가 멀어지자 그림자가 창고로 숨어들었다. 결계의 사각을 정확히 찾은 그가 마석을 나무 상자 위에 올려놓았다. 이윽고 마석이 깜빡거리며 치지직 소음이 섞인 목소리가 들려왔다.

[상황은?]

"준비는 모두 마쳤습니다."

[두 번 실패는 용납하지 않는다.]

마석의 발신자는 이미 한 차례 실패한 전적이 떠올라 마른침을 삼켰다. 이번 일까지 잘못된다면 프렌시프보다 먼저 저들이 제게 검을 겨눌 터다.

'하지만 성공한다면……'

성공만 한다면 지금과는 비할 수도 없는 자리에 오를 것이다. 사방이 황금으로 둘러싸인 곳에서 손가락 하나로 현재 저와 같은 선상에 있는 인간들을 부릴 수 있었다. 발신자가 단호한 어조로 말했다.

"물론입니다."

[프렌시프의 핏줄들이 눈치를 챈 것은 아니냐.]

마석의 발신자가 히죽 웃었다.

"그들은 저를 완벽하게 신뢰하고 있습니다."

[긴장을 늦추지 마라. 눈치가 빠른 늙은이니 조짐만 있어도 대번에 너를 속아 낼 터.]

"그렇다고 한들 이미 늦었지요."

이미 일은 터진 후고, 수습하는 동안 모든 게 끝나 있을 테니 말이다. 게다가 안전핀도 하나 꽂아 두었다.

'그 계집애.'

요 근래 프렌시프의 성을 가진 사람이라면 누구나 물고 빠는 그 계집애를 이용하면 될 일이다. 며칠 전처럼 또 한 번 그 계집애에게 위험이 닥치면 나베리우스 프렌시프는 다른 일에 집중할 수 없을 것이다. 세니아나 프렌시프가 사라졌을 때 이성을 잃었던 모습을 직접 목격하지 않았던가. 그림자는 비죽 입꼬리를 올리며 말했다.

"염려하지 마십시오."

[그럼 다음 연락을 기다리지.]

치지직ㅡ! 소음과 함께 마석의 빛이 사라졌다. 마석을 품에 넣은 발신자가 창문 근처로 다가가 기척을 살폈다. 멀리서 와글거리는 소리가 들려오는 그 틈을 타 창고를 빠져나왔다. 성문 쪽으로 사람들이 몰려 있었고, 그 사이로 해초 같은 머리칼이 보였다. 발신자는 그쪽을 향해 다가갔다.

"이걸 전부 그냥 주신다고요?"

"그래. 많으니까 혼자 먹지 말고, 여기 오지 못한 이웃들에게도 나눠 줘."

세니아나와 사용인들이 김이 모락모락 오르는 토스트를 종이에 감싸서 나눠 주고 있었다. 수셰프 제레미가 제 쪽으로 온 영지민을 보고 버럭 소리쳤다.

"안 돼, 안 돼. 음식을 받기 전에 '그것'이 먼저다!"

영지민은 시무룩한 얼굴로 의사들이 있는 반대편 줄에 섰다.

"으아아!"

"어린애도 쉽게 맞소. 엄살 그만 피우고 힘 빼시오. 자자, 따끔합니다."

주사를 놓은 의사가 큰소리로 외쳤다.

"다음!"

이상한 분위기를 보고 있자니 뭔가 잘못 돌아가고 있다는 감이 들었다. 정신없이 토스트을 나눠 주던 세니아나가 굳어 있는 발신자를 발견하고는 소리쳤다.

"이쪽으로 와!"

그리고 해맑게 웃으며 손을 흔들었다.

"아가씨⋯⋯. 왜 갑자기 음식을 나눠주시는 거죠? 저 주사는 뭐고요."

"토스트를 나눠 주는 건 당장 영양가 있는 식사가 필요하니까. 그리고 저 주사는 백신."

'배, 백신?'

세니아나의 말에 발신자가 마른침을 삼켰다.

"알아듣게 설명해 주십시오. 백신이라니요⋯⋯!"

"그야 당신이 더 잘 알잖아?"

세니아나의 표정이 순식간에 날카로워졌다.

"프렌시프에 역병을 푼 당사자니까."

"뭐…… 라고요?"

챙―! 그녀의 말이 끝나기 무섭게 기사들이 발신자를 포위했다. 검이 겨눠진 채 꿇어 앉혀진 자에게 그녀가 말했다.

"이 배신자."

세니아나는 고저 없는 목소리로 말을 이었다.

"실망이 커."

그녀가 얼굴이 새파랗게 질린 배신자를 노려보았다.

"세드릭 경."

나는 선생님이 배신자를 조심하라고 일러 준 것 외에 또 한 가지 힌트를 주었다는 걸 깨달았다.

[늦기 전에 가야 해. 포털이 널 지키기 위해 영영 삼켜 버리기 전에.]

즉, 그날 포털이 날 지키기 위해 가둘 만큼 위험한 일이 있었다는 뜻이었다.

'내가 포털에 갇히기 전에 마지막으로 본 사람은 세드릭.'

심지어 그는 별채 쪽에서 걸어왔다. 그것으로 세드릭이 별채에 무슨 짓을 한 게 아닐까 하는 추측을 할 수 있었다. 그리고 별채를 뒤진 결과 어떤 것을 발견했다. 난 종이봉투에 넣은 그것을 세드릭의 얼굴에 던졌다. 퍽! 종이봉투가 세드릭의 얼굴에 부딪히면서 그 안에 담겨 있던 옷가지가 빠져나왔다.

"이게 뭔지 알겠지."

"……모릅니다."

잡아떼시겠다?

"그래, 그럼 내가 알려 주지. 바커스!"

기사 바커스가 노인을 끌고 오자 그를 본 세드릭의 눈이 파르르 떨렸다. 나는 세드릭에게 시선을 고정한 채 물었다.

"저 옷의 주인이 누군가."

노인은 우물쭈물하다가 고개를 푹 수그렸다.

"제 딸입니다."

그 말에 세드릭이 이를 악물었고, 나는 그에게서 시선을 돌려 노인을 보았다.

"세드릭과의 일을 털어놔라."

"그, 그게……."

세드릭의 눈치를 본 그가 흠칫 놀라 뒷걸음질 쳤다. 하지만 바커스에 의해 붙들렸고, 그는 결국 입을 열 수밖에 없었다.

"경은 제 딸의 병증을 확인하시더니 '찾았구나' 하시면서 제게 거래를 제안하셨습니다."

"어떤 거래였지?"

"반란에 가담한 척한다면 프렌시프 령에서 살게 해 주시고, 집도 주고, 돈도 주겠다고 하셨습죠……."

"딸의 증상은?"

"처음엔 열병에 걸린 듯하였지만, 이윽고 발진이 올라왔지요. 그로부터 얼마 지나지 않아 가족이 모두 병을 옮았습니다. 그리고 제 딸은……."

노인이 바싹 마른 입술을 핥고는 다시 입을 뗐다.

"죽었습니다……."

그의 말에 성문에 있던 사람들이 기함했다.

"뭐, 뭐라고?!"

"죽었다니!"

"그럼 병자의 물건을 아가씨의 방에 두고 갔단 말이야?!"

"그, 그런 삿된 물건을……!"

소란이 이는 와중에 다시 세드릭을 보았다. 바닥에 시선을 고정한 채 굳어 있던 그가 휙 고개를 치켜들었다.

"저는 저 노인이 누군지도 모르고, 아가씨의 방에 그런 옷을 두고 간 적도 없습니다!"

"그럼 다른 포로들은 인적 드문 곳에 정착시키면서 이 노인만 중심지에서 살게 한 까닭이 뭐야?"

덕분에 이 노인이 수상하다는 걸 알아차려서 불러들일 수 있었지만.

"그, 그건……."

"내가 맞혀 볼까?"

"……."

"그래야 병을 빨리 퍼뜨릴 수 있으니까. 병을 퍼뜨려서 할아버지의 신경을 그곳에 돌릴 생각이었던 거지?"

굳이 위험을 감수하고 별채에 환자의 옷을 두고 간 이유도 비슷했다.

'그래야 가족들이 더욱 역병에 집중할 테니까.'

동공이 사정없이 떨리는 그를 빤히 보며 말을 이었다.

"사비에르에서 명을 받았기 때문인가?"

"사, 사비에르가 뭣 때문에 그런 짓을 한단 말입니까."

"항만."

세드릭이 숨을 멈추었다. 그런 그를 노려보던 때에 성문으로 달려왔던 가신들이 입을 뻐끔거렸다.

"자, 잠깐, 이게 대체 무슨 소립니까?"

파르뎅 남작이 어버버거리며 날 보았다.

"말 그대로예요. 물류를 독점하고 싶어서 항만을 빼앗으려고 했던 거죠."

"우리가 순순히 주지 않을 게 분명하니까 수작을 부린 겁니까?"

"네."

나는 겉으로 보이는 것만이 전부가 아닐지도 모른다고 생각했다.

'어쩌면 반란군 건도…….'

사실 이상하다고 생각했다. 반란군보다 프렌시프의 군세가 월등히 우월한데, 굳이 농성을 하여 반란군의 뒤를 친다? 물론 빠르게 진압하기 위한 계책이라고 할 수도 있겠지만 내 생각은 달랐다.

'만약 그때 일부러 패배를 유도한 거라면?'

반란군 진압을 실패한 일로 할아버지가 정신이 없을 때 항만을 노리려고 했던 거라면?

'하지만 그들은 실패했어.'

그래서 역병이라는 무리수를 뒀을 수도 있다.

'충분히 가능성 있지.'

세드릭 경이 소리쳤다.

"아닙니다! 저는 억울합니다. 영애는 저를 모함하고, 제 충심을 모욕하고 있습니다!"

'아, 정말 이 아저씨가.'

나는 그에게 다가가서 퍽! 그의 무릎을 걷어찼다. 기사들에게 제압당해 있는 바람에 속절없이 얻어맞은 그가 통증에 신음했다.

"억울하다는 말은 네 영달을 위해 목숨을 위협받고 있는 저들이 해야지."

"크흣……."

"이 쓰레기야."

매섭게 노려본 뒤에 등을 돌렸다. 웅성거리던 사람들이 입을 다문 채 나를 묘한 시선으로 보고 있었다. 뒤편에서 이 모습을 지켜보던 할아버지와 오빠들을 발견했다. 나와 눈이 마주친 그들이 픽 실소를 흘렸다.

*　　　*　　　*

감기와 비슷한 증상, 특유의 발진, 강한 전염성을 가진 병의 정체는 '홍역'이었다. 우리 가족들은 전염병을 다스리기 위해 쉴 틈이 없었다.

란슬롯은 백신 수급을 맡고, 가웨인은 병으로 쓰러진 영지군 대신 황도군을 데려왔다. 할아버지는 사비에르의 수작에 놀아나지 않기 위하여 항만 건과 세드릭의 고신을 맡았다. 그리고 나는 빈민 구호에 나섰다.

'면역력을 위해선 영양 관리가 제일 중요하지.'

손목이 나갈 정도로 당근을 썰고 시금치를 볶아야 했지만, 덕분에 손기술은 많이 좋아졌다. 그렇게 시간이 지났다. 나는 성의 복도를 걷다가 "아가씨!" 하는 목소리에 재빨리 고개를 돌렸다.

"시트론!"

"고생 많으셨지요?"

"너는? 이제 다 나았어?"

"네, 건강해요."

"하지만 더 쉬는 게……."

"벌써 한 달이 넘은걸요. 이제 완전히 건강하다고요."

"다행이야!"

우리가 손을 맞잡고 방방 뛰던 때에 뒤에서 웃음소리가 들렸다. 란슬롯이 쿡쿡 웃으며 우리를 보고 있었다.

"재회 인사는 잠깐 미루자. 조부님께서 기다리고 계신다."

"아, 네."

시트론이 내 귓가에 속삭였다.

"역병이 빨리 진정된 건 아가씨 때문이라고 다들 감사하고 있어요. 저도 그렇고요. 아가씨가 자랑스러워요!"

내가 헤헤 웃자 그녀도 방긋 웃었다. 아쉽지만 시트론과의 만남을 뒤로하고, 란슬롯과 함께 할아버지의 방을 찾았다. 할아버지는 날 보자마자 늘 묻던 것을 또 물었다.

"열은?"

"없어요."

"발진도?"

"네."

"홍역의 징조는 정말로 없는 거야?"

"제가 제일 빨리 백신을 맞았는걸요!"

자신감 넘치는 표정으로 할아버지를 보자 그가 픽 웃었다. 백신도 제일 빨리 맞은 데다 포털이 날 지키려고 사흘이나 가둬 놔서 홍역을 앓지 않았지만, 두 오빠는 달랐다. 소파에 기대앉은 가웨인을 쳐다보았다. 그는 홍역에서 막 회복한 직후였다.

"괜찮으세요?"

"아니, 죽었어."

"뭐예요. 정말로 걱정한 건데."

그가 씩 웃어 보였지만, 살이 빠져서인지 평소보다 더 아슬아슬한 느낌이었다. 옆에 있던 란슬롯이 내 머리를 쓰다듬었다.

"걱정하지 마라. 우린 다 나았어."

"다행이에요."

"나와는 손잡고 뛰어 주지 않을 거야?"

그가 '시트론과는 방방 뛰었으면서' 하는 표정으로 나를 보았다. 내 얼굴이 화르륵 달아오르는 게 느껴졌다.

"아, 안 뛰어요."

"그럼 손만 잡자."

그가 내 손을 잡고 휙 끌어당겼다. 얼떨결에 그의 손을 잡고 소파에 앉아서 진짜로 부끄러워졌다. 그런데 가웨인까지 반대 손을 잡으려 들어서 재빨리 등 뒤로 손을 감췄다.

"나는 왜!"

슬그머니 시선을 피했다.

'그치만 큰오빠는 묘하게 거절하기 어렵단 말이야.'

내 생각을 읽은 듯 란슬롯의 눈매가 달콤하게 휘었다.

"장난은 그만하고."

할아버지의 말에 우리는 그를 쳐다보았다.

"이번 일은 세니아나의 공이 크다."

"하지만 세드릭을 토설하게 한 건 할아버지신데요?"

"송곳과 채찍으로 고신하면 누구나 할 수 있는 일이지."

무시무시한 말을 너무 가볍게 한다.

"뭐, 흠, 원하는 게 있거든 말해 보거라."

란슬롯이 다정하게 덧붙였다.

"뭐든지 괜찮으니까."

그러자 가웨인도 고개를 끄덕였다.

"쩨쩨한 소원 말고, 큰 거."

내가 흘깃 할아버지를 바라보았더니 그가 고개를 끄덕였다.

'그럼 큰맘 먹고.'

내가 숨을 홉 들이켜자 란슬롯과 가웨인이 기대되는 표정으로 날 보았다.

"그럼 저거, 저 주시면 안 돼요?"

"저거?"

할아버지의 시선이 내가 가리킨 곳으로 향했다.

"오르골?"

"오르골인가요?"

할아버지가 가웨인에게 눈짓하자 가웨인이 그것을 가져와서 내 앞에 내려놓았다. 달걀을 받쳐 놓은 것같이 생겼는데 엄청나게 섬세하고 화려했다. 그 앞엔 금으로 조각한 마차가 있었다.

란슬롯이 마차 꼭대기에 솟은 버튼을 누르자 달걀 윗부분이 갈라지며 아기 천사가 나타났다. 아기 천사는 빙글빙글 돌며 너무나 아름다운 노랫소리를 들려 주었다. 맑고 청량하며 부드러운 소리에 난 푹 빠져들었다.

"정말로? 정말로 이거 저 주시는 거예요?"

"나야말로 묻고 싶군. 정말 그것이면 되는 것이냐."

"네!"

"아니……."

할아버지는 어이없다는 듯이 날 보았다. 가웨인이 고개를 절레절레 흔들었다.

"이 녀석에겐 묻지 말고 그냥 안겨 줘야 합니다."

"흠……."

"아니면 '여기서부터 여기까지'라고 하시든지요."

"그렇군."

할아버지가 다리를 꼬며 벽에 붙어 있던 지도를 가리켰다.

"세니아나."

"네?"

"주마, 여기서부터 여기까지."

그는 황도 중심가에 네모난 것들을 가리켰다.

"……네?"

오르골 소리에 황홀해하던 나는 눈을 비비고 지도를 다시 보았다. 할아버지가 가리킨 건 황도 중심가의 건물을 의미하는 네모'들'이었다. 오른쪽부터 왼쪽까지 총 여섯 채. 나는 잘못 이해했나 싶어 한쪽 눈을 찌푸리고 할아버지를 보았다.

"그러니까 저 건물을……."

"주마."

나는 말을 잃었다.

'여기 사람들 진짜 이상해!'

고개를 절레절레 저으며 아버지의 와인 창고로 들어갔다.

'무서운 사람들. 건물이 막 레곤 줄 알아.'

싫다고 소리쳤는데도 소용이 없었다. '그럼 저기서부터 저기까지 주지' 하더니 행정관을 부르려 들었다.

"예뻐……."

나는 빈 술통 옆에 철퍼덕 주저앉으며 품에 안은 오르골을 보았다. 티브이에서 보았던 러시아의 보물, 파베르제의 달걀 같다.

'더 섬세할지도. 이건 오르골도 되고 말이야!'

난 만족스럽게 웃으면서 마차의 꼭지를 눌렀다. 천사가 나타나서 빙글빙글 도는 게 너무너무 예뻐서 감동이 일었다.

'소리 진짜 고와.'

오르골 소리를 따라서 콧노래 부르는데, 갑자기 문이 열렸다. 고레일과 바커스가 나를 보고 눈을 동그랗게 떴다.

"아가씨?"

"헉."

"여긴 제한 구역인데요."

순찰을 하던 모양인지 그들의 손에 순찰 기록지가 들려 있었다. 나는 눈을 굴리다가 우물쭈물거리며 울상을 지었다.

"이를 거야?"

와인 창고는 내가 요즈음 자주 찾는 곳이었다. 아무도 없고, 아무도 안 올 거라는 게 나를 안심시켰기 때문이었다. 바커스가 고레일을 슬쩍 쳐다보았다.

"저는 입이 무거운데 저 녀석은 달라서."

그의 말에 난 고레일을 보면서 간절한 표정으로 손을 모았다. 고레일이 침음을 흘리더니 한숨을 내쉬었다.

"다신 안 봐 드려요."

"응......."

"다음엔 순찰 없는 시간에 오셔야 합니다."

"응!"

그러면서 순찰을 돌지 않는 시간을 알려 주어서 나는 그들에게 호감이 생겼다. 고레일은 헤헤 웃는 나를 보고 어쩔 수 없다는 듯 희미하게 웃었다.

"당분간은 들키지 않도록 정말로 조심하세요."

"어째서?"

"연일 사비에르의 사자가 찾아오거든요. 오늘은 회의장에서 고함도 들렸고요. 어르신 심기가 많이 불편하실 겁니다."

"무슨 일인데?"

"뭐, 이번 일을 넘어가지 않으면 더는 포털을 열어 주지 않겠다는 거겠죠."

'뭐야, 비겁하잖아.'

내가 인상을 찌푸리니 바커스도 혀를 찼다.

"어르신 성정에 쉽게 넘어가실 리 없지."

그 말에 고레일은 옅은 한숨을 내쉬었다.

"모르지. 그들에게 카르스족이 전력석의 마원을 내 주는 한."

"카르스족이라고?"

"길라게온에 공급되는 전력석 마원의 9할은 카르스족의 땅에서 납니다. 그런데 그 지역이 워낙에 찾아가기 힘든 데다 더워서 어떤 상단도 물건을 온전히 옮기지 못하죠."

"사비에르의 성녀는 다르겠네. 포털이 있으니까."

"맞습니다. 그래서 사비에르는 카르스족과 독점 계약을 맺었죠. 그것도 50년씩이나."

"어렵네……."

독점 계약을 했다면 내가 포털을 열어서 가져올 수도 없는 노릇이었다. 한숨을 내쉬는 두 기사와 함께 다시 성으로 돌아갔을 땐 고레일의 말대로였다.

할아버지는 몹시 심기가 안 좋았고, 가신들은 안절부절못했다. 그 사이에서 사비에르의 사자는 아주 오만한 표정을 짓고 있었다.

"그것이 사비에르 공의 뜻입니다."

가웨인이 그를 노려보았다.

"일언반구도 없이 갑자기 전력석의 공급을 중단하는 게 말이지."

"이번 일을 묻어 두고, 항만을 저희에게 넘겨주신다면 다시 거래를 재개할 겁니다."

파르뎅 남작이 버럭 소리쳤다.

"우리도 수력석과 화력석의 공급을 끊는다면 어찌할 것이오!"

"뼈 아프기야 하겠지만······."

그가 킬킬 웃으며 할아버지를 보았다.

"그게 어디 전력석만큼 소중하겠습니까. 저희는 다른 곳과 거래를 틀 때까지 버틸 수 있습니다."

다른 가신이 뻔뻔한 그를 매섭게 노려보았다.

"사비에르는 전력석을 독점하면서 제국의 질서를 해하지 않는 선을 지키며 유통하겠노라 황실에 서약했소."

그랬다. 그러했기에 그들은 처음부터 전력석으로 프렌시프의 목을 조이지 못한 것이다. 사자가 뻔뻔한 표정으로 말했다.

"이리 궁지에 모시니 저희도 도리가 없는 게지요. 그러니 부디 옳은 판단을 해 주십사 부탁드리는 겁니다."

그렇게 말하고서 그는 할아버지에게 고개를 숙였다.

"그럼 일주일 후 다시 찾아뵈지요. 긍정적인 답변 기대 하겠습니다."

사비에르 사자는 선물이랍시고 전력석의 마원이 든 작은 상자 하나를 두고 갔다.

'이게 뭐야. 희롱하는 거잖아!'

사자가 떠난 후 회의실엔 소음이 가득해졌다.

"갑자기 공급 중단이라니! 다 죽으라는 소리가 아닙니까!"

"정신 나간 놈들. 황실과의 서약을 어찌 저리 당당히 어기는지."

"믿는 구석이 있는 거예요."

"그렇습니다. 사비에르 영애가 황후의 친자인 4황자와 혼약을 앞두고 있지 않습니까."

"황실에서 그녀를 들이기 위해 이번 일을 눈감아 줄 거라는 겁니까?"

나는 그들이 웅성거리는 틈에 전력석의 마원에 다가갔다.

'마원을 가공해서 전력석을 만드는 거지?'

대체 얼마나 대단한 것이기에 이러는 걸까 궁금해서 조심스럽게 상자를 열었다.

"일단 저 마원이라도 가공해서 나눠 가져야겠습니다."

"우리 쪽이 더 급하네!"

"저희는 뭐 괜찮은 줄 아십니까!"

가신들이 우르르 쏟아져 나가고, 회의실엔 우리 가족만 남았다. 그때까지도 마원을 유심히 보고 있었다. 내가 그것에 시선을 떼지 않은 채 입을 열었다.

"할아버지."

"말해라."

"이게 정말로 전력석의 마원이 맞나요?"

"그래."

나는 마른침을 꼴깍 삼켰다.

"그렇다면 이거……. 제가 가져올 수 있을 것 같아요."

"뭐라고?"

할아버지와 오빠들이 믿을 수 없다는 표정으로 나를 보며 미간을 좁혔다. 하지만 난 정말로 이렇게 생긴 게 잔뜩 있는 곳을 본 적이 있다.

'그때는 이게 마원인 줄 몰랐지만.'

"무슨 소리야?"

"잠깐 나갔다 올게요."

다급하게 말한 나는 얼른 회의실을 나서서 인적이 드문 곳을 찾았다. 그리고 옷 안에 감춰 두었던 목걸이를 빼서 잡았다.

'가고 싶은 곳을 생각하고……'

눈을 꼭 감았다가 뜨자 팟ー! 하는 소리와 함께 주변이 바뀌어 있었다. 성이 아닌 다른 곳으로 이동되었다.

'지, 진짜로 성공했잖아!'

나는 얼른 주변을 둘러보았다.

'역시!'

여기에는 가넷보다 더 진한 암적 색깔의 보석이 잔뜩 있다. 전력석의 마원이!

"Dea?"

흰머리와 흰 눈동자를 가진 소녀가 나를 보며 눈을 동그랗게 떴다. 일전에 보았던 사람보다 훨씬 고급스러운 옷을 입고 있었다. 이것도 튜닉이긴 했지만 말이다.

"어, 저기, 전 길라게온에서 왔는데요. 이 마원 제게 파시면 안 될까요?"

흰머리의 여자가 나를 빤히 보더니 고개를 저었다.

"그러니까 이 마원을 나한테……."

"Quid?"

"어쩌지. 말이 안 통하는데."

내가 발을 동동거리고 있는 사이 흰머리의 소녀는 무언가를 빤히 보고 있었다.

"아, 가지고 왔네."

정신이 없어서 할아버지가 준 오르골을 가져왔다. 내가 오르골을 양손에 들자 흰머리의 소녀가 살금살금 다가왔다.

"이게 마음에 들어요?"

그녀는 고개를 저었다.

'무슨 뜻인지 모르겠다는 걸까?'

대화하길 포기하고 살며시 마차의 꼭지를 눌렀다. 천사가 튀어나와 빙글빙글 도는 것과 동시에 아름다운 소리가 공간을 가득 메웠다. 소녀의 눈이 반짝거리더니 이내 얼굴이 발그레 달아올랐다. 나는 그녀와 오르골을 번갈아 보면서 끄응 신음을 흘렸다.

"나도 좋아하는 건데……."

회의실에서 굳어 있던 할아버지와 오빠들이 떠올랐다. 나는 눈을 꼭 감고 그녀에게 오르골을 내밀었다.

"……."

"……?"

소녀가 나를 빤히 보는 게 느껴졌다. 내가 살짝 눈을 뜨고 그녀의 손에 오르골을 쥐여 주자 소녀의 눈이 동그래졌다. 그녀가 자신을 가리켰다.

"응, 주는 거예요."

눈을 깜빡이던 그녀는 종종걸음으로 달려가서 무언가를 가지고 돌아왔다. 사자 가죽이었다.

'보답이라는 걸까?'

"아니 아니, 이건 됐어요."

내가 고개를 젓자 고개를 갸웃 기울이고는 이번엔 엄청 큰 검을 낑낑 옮겨 왔다.

"검도 괜찮은데요."

또 고개를 흔들자 다른 것을 가져오려는 듯 다시 뒤를 돌았다. 나는 얼른 그녀의 손목을 잡았다.

"다른 건 다 됐고요. 이거. 이걸 줘요."

내가 마원을 가리키자 소녀는 영문을 모르겠다는 표정이었다. 나는 쪼그려 앉아서 마원을 주워들었다. 소녀의 얼굴이 밝아지더니 고개를 힘차게 끄덕거린다. 그러고는 소녀가 또 나가 버린 탓에 덩그러니 혼자 남았다.

'역시 전력석 마원이라서 쉽게 못 주는 건가.'

얼마간 지나자 밖에서 끼기긱 하는 소리가 들렸다. 소녀가 새빨간 얼굴로 커다란 놋 상자를 끌고 왔다.

"어?"

상자를 열어 보니 안에는 마원이 잔뜩 들어 있었다. 하지만 바닥에 널린 것과 약간 형태가 달랐다. 바닥에 널린 것들이 사비에르에서 가져온 것처럼 둥그스름하다면 이건 밤송이처럼 뾰족했다.

'이것도 비슷한 걸까. 일단 가져가 보자.'

나는 소녀의 손을 붕붕 흔들어 악수하곤 고개를 숙였다. 소녀는 눈을 깜빡이더니 엉거주춤 나를 따라 했다.

"고마워요!"

그렇게 말한 나는 놋 상자 옆으로 가서 섰다. 놋 상자와 함께 이동하고 싶다고 생각하며 눈을 감았다가 뜨자 다시 성이었다. 다만…….

"너!"

가웨인이 벌떡 일어나 소리쳤다.

'이런……. 가족들 생각이 잠깐 스쳤더니.'

처음 포털을 열었던 인적 드문 곳이 아니라 회의실에 도착해 버렸다. 난 당혹감에 우물쭈물 입을 열었다.

"그러니까 이게 어떻게 된 거냐면요……."

*　　*　　*

트리스탄은 생전 처음 보는 아름다운 장식물이 마음에 쏙 들었다. 침대에 배를 깔고 누워 청녹발의 여자아이가 누른 버튼에 살며시 손을 올렸다. 천사가 나타나 빙글빙글 돌며 아름다운 음악이 퍼져 나왔다.

[왕자님.]

시종인 마그누스가 인상을 찌푸리며 다가왔다.

[이건 누구에게 강제로 빼앗으셨습니까?]

[아냐, 그쪽에서 내게 먼저 줬는걸.]

트리스탄이 부루퉁 입술을 내밀었다. 언제 보아도 눈이 부실만큼 아름다운 표정이었지만, 마그누스는 인상을 찌푸릴 뿐이었다. 천사 같은 외모에 넘어가 무릎을 꿇으면 저 잔인한 왕자는 독배를 건넨다. 마그누스가 날카로운 목소리로 물었다.

[평소처럼 멋대로 왕자님의 물건을 안겨 주고 빼앗아 오신 게 아니라요?]

[아니라니까, 여신이 줬어.]

[여신이요?]

마그누스는 잠깐 고개를 모로 꼬고, 그가 하는 말의 의미를 생각했다.

[설마 제사 중에 강림했다던 여신 말입니까.]

[그래, 붉은 눈을 가진!]

트리스탄은 흥분하여 번쩍 일어났다. 제사 중에 여신이 강림했다던 소식에 나라가 들썩였다. 그녀를 보았다던 신전장은 감격하여 잠깐 혼절했을 정도였다.

[아주 귀여웠어. 눈이 어린 고양이처럼 크고 동그란 데다 목소리도 티티새처럼 사랑스럽지 뭐야!]

트리스탄은 헤벌쭉 웃다가 눈을 살짝 찌푸렸다.

[그런데 이상하지.]

[이상하다니요?]

[여신이 신물을 내려 주기에 보답으로 사자왕의 가죽을 주었거든? 그런데 싫다고 하길래 이번엔 국보인 카틀란타의 검을 주었지.]

하지만 여신은 고개를 젓고는 다른 것을 가리켰다.

[전부 싫다더니 잡초를 달라지 뭐야.]

[잡초요?]

잡초라면 나라 각지에 나는 암적색 원석을 의미하는 것이었다. 뽑아도 뽑아도 자라는 데다가 오랜 시간 묵혀 두면 뾰족한 형태로 변해서 징그러웠다. 이 나라에선 고민거리인 쓰레기 같은 존재였다.

[여신께서 쓰레기를 왜…….]

[그러게 말이야. 그래서 태워 버리려고 모아 둔 변종 잡초를 주었어.]

트리스탄은 오르골을 매만지며 히죽 웃었다. 참으로 상냥한 여신이었다.

'또 와 주었으면 좋겠다.'

상냥하게 웃던 여자아이를 떠올리던 트리스탄이 마른 입술을 핥으며 중얼거렸다.

[또 언제 와 줄까.]

[글쎄요……. 하지만 다시 오신다면 이번엔 꼭 신전에 알리셔야 합니다.]

[여신을 위해서 잡초를 잔뜩 뽑아 두어야지.]

트리스탄은 마그누스의 말에 대답하지 않고 키득거렸다.

　내 이야기를 들은 가족들은 말이 없었다. 노기 외엔 감정을 드러
내지 않는 할아버지의 눈동자가 잘게 떨렸다.

　"네가 포털을…… 포털을 열 수 있다고."

　그가 이마를 짚으며 중얼거리자 란슬롯과 가웨인도 딱딱하게 굳
어서 그저 나를 보고만 있었다.

　"어째서 말하지 않은 거야."

　"언제부터 열 수 있었던 거지?"

　나는 손가락을 꼬물꼬물 매만지며 조그맣게 웅얼거렸다.

　"열게 된 건 얼마 안 됐는데요……. 그게…… 알려지면 싫은 일들
이 생길 것 같아서……."

　"싫은 일?"

　"전쟁에서 군사들을 옮겨 줘야 하니까요……. 사람을 죽이는 일
에 동참하고 싶지 않았어요. 또…… 성에서 도망…… 칠 때 귀찮아
질 것 같기도 해서……."

　세 남자의 뜨거운 시선에 나는 고개를 숙였다.

　"잘못했어요……."

　란슬롯이 한숨을 흘렸다.

　"혼내는 게 아니야. 그저 얼떨떨할 뿐이야."

　"네?"

　"흰머리에 흰 눈을 가진 사람들을 직접 보고 온 건 너뿐이거든."

　"멀어서요?"

"그래, 이 세계의 끝에 있다고 하지. 역사상 그곳까지 포털을 열 수 있었던 사람은 없어."

"게다가 전력석의 마원까지 가져왔으니⋯⋯."

그들이 말을 하는 동안 할아버지는 상자 속에서 암적색 원석을 꺼내 지그시 응시하고 있었다. 그가 낮은 목소리로 말했다.

"이건 그냥 전력석의 마원이 아니야."

"예?"

"보그다."

"보⋯⋯!"

란슬롯이 벌떡 일어나 상자를 잡자 가웨인이 물었다.

"보그?"

"5개국이 서로 차지하기 위해 백년 전쟁을 벌였던 보물 말이다."

"아, 왕실마다 자랑스럽게 진열해 두던 그거? 이제는 전시용밖에 남지 않았다고 들었는데."

란슬롯은 고개를 끄덕였다. 할아버지가 나를 향해 손짓하기에 주춤주춤 그에게 다가갔다.

'이제껏 포털을 숨겨 왔다고 혼나려나⋯⋯.'

그런데 그가 나의 볼을 살짝 꼬집었다.

"⋯⋯?"

"아주 잘했다."

"네?"

"제기랄, 예뻐 죽겠군!"

나는 당황해서 눈만 끔뻑거렸다. 할아버지는 호탕하게 으하하

웃음을 터뜨렸다. 그가 이렇게 기뻐하는 건 처음이라서 엄청 당황스러웠다.

'으응?'

뭐가 뭔지 모르겠지만, 어쨌든 할아버지가 좋아하셔서 다행이었다.

그날 즉시 할아버지는 믿을 만한 가공 전문가를 불러들였다.

"이것으로 전력석을 얼마나 만들 수 있지?"

보그를 보던 그가 가웨인의 물음에 손을 덜덜 떨며 말했다.

"말이라고 하십니까! 이 상자에 있는 것들만으로도 프렌시프는 1년을 거뜬히 지낼 수 있을 겁니다."

란슬롯이 싱긋 웃었다.

"전력석을 구매금으로 분배한 예산을 다른 곳으로 돌려야겠군요."

그 말에 할아버지는 또 으하하 웃으며 가공 전문가에게 말했다.

"가공에 얼마나 걸리겠느냐."

"하나당 나흘은 주셔야 합니다."

"그래. 바로 가공을 시작해라."

"내 생에 보그를 가공해 보는 일이 생기다니!"

신이 나서 물러나는 가공 전문가를 뒤로하고, 란슬롯이 할아버지를 보았다.

"세니아나의 능력을 밝히실 겁니까."

"그리 먼 곳까지 포털을 열 수 있는 성녀라는 걸 알게 된다면 길라게온 전역이 뒤집힐 거다."

"예, 황실이고 귀족이고 세니아나의 눈에 들고 싶어 안달이 날 겁니다. 하지만 정쟁의 소용돌이에 휩쓸릴 테지요."

잠시 침묵하던 할아버지가 나를 쳐다보았다.

"세니아나."

"네?"

"네가 원하는 대로 해라."

"제가 원하는 대로요?"

성녀를 데리고 있다는 건 가문에 엄청난 힘이 되는 게 아닌가? 사비에르의 경우만 봐도 그들이 부흥한 건 모두 성녀의 덕이었다. 그런데 내가 원하면 밝히지 않아도 좋다는 거야?

의아스러움에 나는 조심스럽게 물었다.

"밝히지 않으면 프렌시프는 이득을 볼 수가 없잖아요."

"이번 일을 네가 해결해 준 것만으로도 족해."

"하지만……."

"네가 밝히겠다면 전력으로 지켜 줄 것이다. 하지만 반대여도 괜찮아."

"……."

"위험에 노출되지 않을 테니까."

고저 없는 목소리였지만, 난 알 수 있었다. 그의 눈빛이 다정하다는 것을—

일주일 후, 예정되었던 대로 사비에르의 사자가 찾아왔다.

"그래서 생각은 해 보셨습니까?"

그는 거만하게 다리를 꼬고 앉아 턱을 치켜들었다. 절대로 거절할 수 없을 거라고 확신하는 듯한 표정이었다. 그의 무례한 태도에 가신들과 기사들이 얼굴을 굳혔다. 마담 버지니아가 냉랭한 목소리로 말했다.

"사비에르에선 이따위로 예의를 가르치는 모양이지."

"나는 계집과는 대화를 나누지 않소."

그 말에 가신들이 고함을 내질렀다.

"기가 막히는군!"

"무례한 작자!"

"저, 저……!"

회의장이 터져 나갈 듯한 소음으로 가득해졌지만, 사비에르의 사자는 개의치 않았다.

"자, 어르신. 이제 답변을 해 주십시오."

할아버지는 그의 말에 답하지 않고 나를 보았다.

"네가 상대하여라."

"네?"

사비에르의 사자에, 가신들까지 눈을 홉뜨고 나를 주목했다.

"무슨……!"

가신 중 하나가 무어라 말하려 했으나 란슬롯이 고개를 끄덕였고, 가웨인이 괜찮다고 말했다. 나는 얼떨떨할 뿐이다.

할아버지는 자신의 협상 테이블에 세울 사람으로 아무나 택하지 않는다. 지금껏 그의 대리자로 나갔던 사람은 란슬롯과 마담 버지니아, 그리고 현재 황도에 있는 두 명의 가신뿐이었다.

'내가 이런 일을 제대로 배우지 않았다는 건 모두가 알고 있어.'

그중에서도 할아버지가 제일 잘 알고 있을 터였다. 그렇다는 건 원하는 대로 주물러도 된다는 뜻이었다. 사비에르의 사자가 어처구니없다는 듯 웃었다.

"아니, 어르신! 이런 어린 아가씨와 제가 무슨 이야기를 나눈단 말입니까!"

모멸감으로 가득한 사자의 표정을 본 나는 작게 숨을 들이켰다. 다시 한 번 말하지만, '나를 오래 보지 않은 사람들'은 날 순둥이라고 불렀다. 즉, 오래 본 사람들은 다르게 불렀다는 말이다. 내 진짜 별명은 '싸움만 안 걸면 순둥이'였다.

사비에르의 사자가 흥분하여 소리쳤다.

"저는 사비에르 공의 명을 받고 정식으로 온 사자입니다!"

그 사이, 나는 그가 희롱의 선물로 가져왔던 상자로 다가가 퍽! 발로 차 버렸다.

'음, 세니아나가 망나니였어서 다행이야.'

귀족 영애는 쉽게 못 할 행동임에도 사람들이 기함하지 않으니까 말이다. 가신들은 오히려 오래 참았다는 표정이었고, 파르뎅 남작은 차라리 속이 시원해 보였다.

버럭대던 사자가 기가 차다는 듯이 고함쳤다.

"이게 무슨 짓입니까!"

"이런, 웬만하면 말 시키지 마."

"뭐라고요?"

"나는 멍청이와는 말을 섞지 않거든."

이와 비슷한 이야기를 들은 적이 있던 버지니아의 눈이 커졌다. 사자의 얼굴이 붉으락푸르락 변했다.

"이런 일을 하고도……!"

"어허!"

열이 오를 대로 올라 있던 가신들이 소리쳤다.

"감히 프렌시프 영애에게 무슨 막말인가!"

"아가씨는 프렌시프의 얼굴이오! 이 이상 모욕한다면 더는 참지 않겠소!"

"영지전이다!"

세니아나를 혐오하던 가신들까지 버럭 소리치며 삿대질을 했다. 그건 나쁘지 않은 기분이라 나는 속으로 좀 기뻤다. 그러나 소심한 몇몇 가신들은 안절부절못했다. 사비에르의 기분을 상하게 해서 전력석을 공급받지 못할까 봐 걱정하는 것이었다.

"어르신, 정말 이대로 거래를 끝내고 싶으신 겁니까!"

사비에르의 사내는 협박하듯 말했고, 나는 그의 앞에 섰다.

"그래, 우리는 더 이상 협상하지 않아."

"예, 예?!"

"이제 자급자족할 수 있거든."

사자의 얼굴이 흙빛처럼 변했다.

"그게 무슨…….."

난 목걸이를 살짝 쥔 채 마지막으로 그에게 말했다.

"가서 전해. 프렌시프 영애도 포털을 열 수 있다고."

그렇게 말한 뒤 포털을 열어 사자를 성 밖으로 날려 버렸다. 장내가 고요해짐이 느껴진 나는 슬그머니 눈치를 보며 생각했다.

'너무 심했나…….'

나를 협상 테이블에 세운 건 멋대로 해도 괜찮다는 의미였는 줄 알았는데. 그래도 사자를 날려 보낸 건 과했을까?

그런 고민을 하던 찰나에 가신들 사이에서 헛바람이 터져 나왔다.

"이, 이게……."

그 말이 신호탄이라도 되는 양 가신들이 허겁지겁 말을 쏟아냈다.

"내가 지금 잘못 본 거요?"

"아니, 저도 분명……!"

"말도 안 돼!"

"포털이, 방금, 아가씨가……!"

대접견실이 터져 나갈 듯한 소음으로 가득해졌다. 그때까지 눈을 동그랗게 뜬 채 나를 보던 가족들은 실소를 흘렸다.

"화끈하던데?"

내게 다가온 가웨인이 유쾌하게 웃으며 말했다.

'부, 부끄러워.'

손을 꼼지락거리고 있노라니 장내의 시선이 내게 쏟아졌다. 가장 먼저 질문을 한 건 파르뎅 남작이었다.

"대체 어떻게 된 일입니까."

내가 할아버지의 눈치를 살피자 그가 괜찮다는 듯 고개를 끄덕이기에 조심스레 입을 열었다.

"보신 대로예요."

"그러니까 아가씨가 포털을, 포털을……."

"네, 맞아요."

나는 고개를 조그맣게 끄덕이곤 이어 말했다.

"포털을 열 수 있게 되었어요."

"그럼 아가씨께서 성녀, 아니, 대체 언제부터……!"

"그 전에 전력석을 자급자족한다니요! 카르스족과 계약을 맺은 겁니까?'

"하지만 카르스족의 마원은 사비에르가……!"

"잠깐! 지금 그게 중요한 게 아니잖소!"

가신들이 쉴 새 없이 질문을 퍼붓자 할아버지가 쾅! 테이블을 내리쳤다. 정신이 반쯤 나가서 소리치던 가신들은 그제야 입을 다물었다. 소란이 어느 정도 진정되었을 때, 마담 버지니아가 내 어깨를 다정하게 잡았다.

"괜찮습니다. 천천히 말씀하세요."

인자하고 부드러운 말씨에 안심이 되어서 난 가늘게 한숨을 흘렸다.

"포털을 열게 된 건 얼마 되지 않았어요. 포털 마원을 발견했을 때 힘 조절이 어려웠고, 그 탓에 잠깐 다른 곳에 다녀왔어요. 거기서 전력석 마원과 비슷한 걸 보았지요."

시제품으로 온 보그를 조심스럽게 꺼내 테이블 위로 올려놓았다.

"혹시나 도움이 될까 싶어서 가져왔는데 예상이 맞았던 거예요."

보그의 존재를 알고 있던 가신들이 눈을 홉떴다.

"이, 이, 이건⋯⋯!"

마담 버지니아마저 놀란 눈으로 날 쳐다보기에 고개를 조그맣게 끄덕였다.

"맞아요. 보그예요."

대접견실은 또 한 번 고요에 휩싸였다. 그러나 얼마 지나지 않아 ─

"으하하하!"

가신들이 입을 함지박만 하게 벌리고 웃음을 터뜨렸다. 그러더니 아가씨는 프렌시프의 보물이라는 둥, 이처럼 속 시원한 일은 30년 만이라는 둥 찬사를 쏟아 냈다.

'다들 좋아해서 다행이야.'

안도감에 가슴을 쓸어내렸다.

"세니아나."

"네?"

"잘했다."

란슬롯이 다가와 머리를 쓰다듬었다. 다정한 손길이 기분 좋아서 헤헤 웃었다.

"보그를 확보했으니 사비에르와는 다시 거래할 일이 없겠군요."

"우리도 상단을 꾸려 보그를 판매해야 합니다."

"하지만 보그의 단가가 어느 정도일지⋯⋯."

"천금이 아깝겠습니까. 보그예요, 보그! 시장에 내놓기만 하면 컬렉터들이 눈에 불을 켤 테지요."

가신들이 보그를 가지고 와자지껄 떠드는 틈에 마담 버지니아가 다가왔다.

"아가씨."

"네, 말씀하세요."

"괜찮으시다면 제가 아가씨를 끌어안아도 될까요?"

"그건……."

잠깐 고민하다가 고개를 도리도리 저었다.

"그렇겠지요……."

버지니아의 목소리에 아쉬움이 뚝뚝 묻어났다. 나는 접견실 안을 슬쩍 둘러본 뒤 까치발을 들어 그녀의 귓가에 속삭였다.

"나중에요."

"네?"

"여긴 사람이 많으니까요."

내 말에 웃음을 터뜨리던 그녀가 무언가 생각났다는 듯이 말했다.

"그런데 그 작자는 어디로 이동시키셨습니까?"

"어, 그게……."

버지니아의 물음에 시끄럽게 떠들던 사람들도 이쪽을 주목했다. 난 민망한 표정으로 중얼거렸다.

"오물 구덩이… 요."

정확히 말하면 거름을 삭히기 위해 만든 거대한 퇴비 시설의 한 가운데였다. 가신들이 말없이 서로 시선을 교환하는 걸 보며 귀족 영애가 생각했다기엔 천박한 장소라고 생각할까 봐 걱정되었다. 그때 파르뎅 남작이 작게 헛기침했다.

"입으로 배설하던 놈에겐 제격인 장소지요."

아무도 그의 말에 토를 달지 않아서 조금 뿌듯해졌다.

*　　　*　　　*

"가, 각하! 각하!"

사비에르 저에 베르나르가 뛰쳐 들어왔다. 서류를 작성하던 사비에르 후작이 외알 안경을 추켜올리다 인상을 찌푸렸다.

"이 무슨 지독한 냄새인가."

"그, 씻었지만 냄새가 빠지지 않아서…… 아니, 그보다 큰일입니다!"

"큰일이라니. 프렌시프의 늙은이가 화병으로 죽기라도 한 게냐."

사비에르 후작의 얼굴에 조소가 떠올랐지만, 베르나르는 급히 고개를 저었다.

"그게 아니라, 프렌시프 영애가……!"

"프렌시프의 망나니 말이냐."

"예, 그 망나니가……!"

거무죽죽한 안색으로 손발을 벌벌 떠는 베르나르를 보며 후작이 미간을 좁혔다. 어쩐지 감이 좋지 않았다. 등줄기를 타고 아린 기운이 스멀스멀 기어 올라왔다.

"그 망나니가 무얼 했기에."

싸늘하게 재촉하자 베르나르는 마른침을 삼키고 겨우 다시 입을 열었다.

"포털을 열 수 있습니다."

"뭐?"

"그러니까 프렌시프 영애가 포털을 열 수 있단 말입니다. 성녀라고요! 에이레네 님과 같은 성……!"

퍽! 후작이 재떨이를 들어 그의 얼굴에 던졌다. 컥! 비명을 내지른 베르나르는 벌벌 떨며 뒷걸음질 쳤다. 찢어진 이마에서 새어 나온 피가 후두둑 떨어지며 융단을 적셨다.

"내 딸과 같다니! 그 망나니가 어떻게 내 딸과 같다는 말인가!"

"그, 그렇지만 정말로 저는……!"

"프렌시프의 늙은이가 수작을 부린 것이다. 그렇지 않고서야 말도 안 되는 일이지."

후작이 이를 갈며 외알 안경을 거칠게 벗었다.

"하필 이런 때에……."

항만과 세작이 얽혀 있는 시점이다. 게다가 운이 나쁘면…….

'그것까지 들킬 수 있어.'

이 와중에 프렌시프 영애가 정말로 성녀라면 지금까지 애써 쌓아 올린 것들에 균열이 갈 수 있었다.

"너는 전력석 마원의 구매자들을 단속해라."

"예? 어째서……."

"멍청하기는! 늙은이가 타지를 통해 마원을 사들이고 우리를 속이는 것일 수도 있지 않으냐!"

"하, 하지만 그 계집애는 저를 정말로 이동시켰습니다!"

"다른 대륙에서 성녀를 데려왔을 수도 있지."

"예? 그럼 다른 자의 힘을 빌려 성녀 행세를 한 겁니까?"

"그러니까 그걸 확인해 보자는 게 아닌가."

후작의 눈이 음험하게 빛났다.

* * *

프렌시프는 바로 백안과 백발의 사람들이 있는 나라에 관해 조사하기 시작했다. 나는 가족들과 가신, 그리고 관리들의 정보 수집 능력에 깜짝 놀랐다. 닷새도 안 되어 내가 다녀온 나라가 '엘트라'이며 십여 년 전 바다에서 표류하다 엘트라에 다녀온 노인이 있다는 것을 찾아냈다.

프렌시프는 노인을 통역사로 세우고 엘트라와 거래하기로 결정했고, 나는 프렌시프의 서신과 통신석을 포털로 옮겨 주었다. 얼마 지나지 않아 엘트라에서 초청하겠다는 답신이 왔다. 할아버지를 필두로 나와 가신들이 엘트라로 향했다.

통역사의 말을 들은 나는 눈을 깜빡였다.

"제가 여신이라고요?"

통역사가 고개를 끄덕였다.

"예, 나라를 구원할 붉은 눈의 여신이 내려올 거라는 신탁이 있었답니다. 이곳 사람들은 포털을 모르고 있었기 때문에 갑자기 나타난 영애를 여신으로 알고 있던 게지요."

"하지만 전 사람인데요?"

"그래서 다들 실망을······."

눈썹이 길게 늘어져 눈을 가리고 있던 엘트라의 사람이 한숨을
내쉬었다. 하지만 곧 그의 옆에 있던 사내가 무어라 말했고, 통역사
는 식은땀을 뻘뻘 흘리며 손을 내저었다.

"그러니까 여기 계신 아가씨는 여신의 권속이 아니라니까요!"

통역사의 말에 할아버지의 눈썹이 꿈틀 움직였다.

"무슨 말이냐."

"그, 그러니까 여신은 아니어도 신성한 힘을 가진 건 맞다고, 이
들이 아가씨를 신의 권속으로 떠받들어야 한답니다."

"그런데."

"이곳에서 평생 머물면서 성녀가 되어 달라고······."

할아버지의 눈초리가 싸늘해졌다. 함께 온 가신들이 나를 둘러
싸고 그들을 경계했다.

"Nostra dea!"

"아가씨는 우리의 여신이오!"

두 쪽에서 나를 두고 싸워 댔다. 사이에 낀 통역사만 어찌할 바
를 몰랐고, 난 이만 돌아가고 싶어졌다. 그때 우리가 회의 중인 엘
트라의 신전 문에서 무언가 뿅 튀어나왔다. 새하얗고 어여쁜 손가
락이 꼬물꼬물하더니 벽 안에서 스륵 얼굴을 들이밀었다.

'아, 그 애다!'

내가 반가움에 손을 살짝 흔들자 소녀의 눈이 반짝였다. 그 애도
나를 향해 살짝 손을 흔들었다. 이 모습을 본 할아버지가 작은 목소
리로 물었다.

"왜?"

"아, 저번에 보그를 선물해 준 아이예요."

"오르골과 맞바꿔서 준 게지."

할아버지가 날카롭게 거래로 정정했지만, 눈치를 살피는 나를 보며 낮게 한숨을 내쉬었다.

"가도 돼."

"정말요?"

"그래."

할아버지가 통역사에게 무어라 말하자 그가 엘트라어로 통역했다. 엘트라 사람들은 내가 그 애와 함께 있겠다는 말에 크게 기뻐했다.

'응?'

뭔진 모르겠지만, 어쨌든 자리를 떠도 된다기에 소녀에게 다가 갔다.

"안녕?"

"Dea!"

하도 많이 들어서 이제 이게 여신이라는 뜻인 걸 알겠다.

"아니 아니, 난 여신이 아니야."

하지만 그 애는 들은 척도 않고, 날 끌고 포르르 달려갔다. 신전 안에서 불경하게 뛰어다니는데도 우리를 막아서는 사람은 하나도 없었다. 그 애가 데려간 곳은 어떤 방이었다.

"우와!"

온통 황금, 보석, 황금, 보석의 천지! 놀라서 눈을 동그랗게 뜨자 그 애는 금화와 목걸이 등을 잔뜩 끌어안고 와서 내게 안겨 주었다.

"준다고? 아냐 아냐, 됐어."

내가 손을 내젓자 소녀가 고개를 모로 꼬더니 다른 것을 가져왔다.

"얘는 자꾸 주기만 하네."

"……?"

"이것도 괜찮아."

거절하고 있는데 방 안으로 누군가 들어왔다.

"Regulus!"

검은 피부의 사내가 인상을 쓴 채 우리를 쳐다보았다. 나는 화들짝 놀라서 손을 감추었다.

"훔친 거 아니에요!"

"압니다."

"어?"

갑작스러운 대륙어에 나는 눈을 동그랗게 뜨고 그를 보았다. 그러자 그가 떠듬떠듬 답했다.

"조금, 합니다."

"그렇구나……. 아, 이 아이 이름이 뭐예요? 그쪽은요?"

"트리스탄 님입니다. 저는 마그누스라고 불러 주세요."

나는 고개를 끄덕이며 아이의 이름을 소리 내어 곱씹어 보았다.

"트리스탄……."

그러자 그 애의 얼굴이 환해지며 나를 가리켰다.

"나? 나는 세니아나."

"셴?"

"세니아나."

"세, 니안."

발음이 어려운지 트리스탄은 자꾸만 우물거렸다.

"뭐, 좋아. 편할 대로 불러."

마그누스가 통역해 주었고, 트리스탄은 셴이라 부르며 나를 끌어안았다.

"귀여워라."

여동생이 생긴 것 같아서 기뻤다. 트리스탄은 그 후로도 틈만 나면 내게 무언가를 안겨 줬는데, 그때마다 마그누스가 눈에 불을 켜고 고개를 저었다. 조그만 목각 인형에도 소리치기에 이 정도는 괜찮다고 했지만, 마그누스는 고개를 저었다.

"트리스탄 님께서 주신 건 뭐든 받지 마세요."

의아했지만 이유가 있겠거니 싶어 목각 인형을 내려놓았다. 하지만 계속 보물의 방에 있으면 선물 공세가 끊이지 않을 것 같아서 밖으로 나가자고 했다.

우리는 꽃이 잔뜩 핀 들 위에 나란히 앉아서 해가 질 때까지 놀았다. 난 마그누스의 도움으로 트리스탄에게 우리말을 가르쳐 주었다. 영리한 트리스탄은 단어를 몇 가지 알려 준 것만으로도 어물어물 문장을 만들었다.

"셴, 좋아."

"정말 똑똑하네."

내가 잘했다는 뜻으로 머리를 쓰다듬자 폭 안겨서 쇄골에 얼굴을 비볐다.

"간지러워."

킥킥 웃고 있으려니 사람들이 우리를 부르러 왔다. 회의장으로 돌아가자 이야기가 잘 끝난 모양인지 할아버지의 곁에 보그가 가득 든 상자가 몇 개나 있었다.

"거래하기로 했나요?"

"그래. 철과 맞바꾸기로 했다."

할아버지가 내 어깨에 붙은 꽃잎을 떼어 주며 말했다. 손길이 다정해서 내가 미소 짓고 있을 때 마그누스가 물어왔다.

"두 분은 어떤 사이입니까?"

"제 할아버지예요."

마그누스는 트리스탄에게 말을 전해 주었고, 트리스탄이 눈을 동그랗게 떴다. 그러더니 어딘가로 달려가 버렸다. 다시 돌아왔을 땐 보물의 방에서 보았던 보석보다 더 호화로운 목걸이가 들려 있었다. 트리스탄이 할아버지에게 목걸이를 획 안겨 주었다.

"선물인가 봅니다. 예의 바른 민족이군요."

가신들이 껄껄 웃으며 말했다. 할아버지가 미심쩍은 눈으로 트리스탄을 보자 트리스탄이 활짝 웃으며—

"그거, 네 것."

"……."

내 허리를 한 팔로 휘감는 손길에 깜짝 놀라서 눈을 동그랗게 뜨고 트리스탄을 쳐다보았다. 그러자 나의 볼에 입 맞추며 낮게 말했다.

"이거, 내 것."

가신들의 눈이 커지고, 엘트라의 사람들이 껄껄 웃었다. 표정이 싸늘해진 할아버지가 나를 덥석 끌어당기며 소리쳤다.

"안 돼!"

—하고. 그렇게 말한 할아버지가 빨리 돌아가자고 성화여서 인사도 못 하고 포털을 열었다.

*   *   *

그 후로는 꽤 평화로운 날이 이어졌다. 가신들은 입을 함지박하게 벌리며 거의 날아다녔고, 나만 보면 "우리의 여신!" 하며 껄껄거렸다. 엄청 부끄러웠지만, 망나니 소리보다는 낫구나 싶었다.

난 란슬롯이 쥐어 준 쿠키를 오물오물 먹으며 할아버지, 그리고 오빠들과 대화를 나눴다. 가웨인은 내가 쿠키를 삼킬 때마다 우유 잔을 챙겨 줬다.

"그래서? 그 공주 이름이 트리스탄이라고?"

"공주래요? 어쩐지, 공주님처럼 예쁘더라."

"그거 진짜 여자애 맞지?"

가웨인이 울컥 인상을 찌푸리기에 난 고개를 납죽 끄덕였다.

'그럼, 엄청나게 예뻤다고. 머리도 길고.'

하지만 가웨인은 눈을 가름하게 떴다.

"왜 하필 이름이 트리스탄이야. 찝찝하게. 돼지, 내 말 잊지 않았지?"

"돼지 아니라니까요."

"그래, 우리 돼지야."

씩 웃으며 말하는 그를 흘겨보았다.

"기억하고 있어요."

"남자가 접근하면?"

"왜 이러세요, 저는 오빠가 둘이나 있어요."

"그리고?"

"정강이를 발로 찬다."

"그래, 또?"

"일어서기 전에 칼로 찌른다……."

가웨인과 란슬롯, 거기에 할아버지까지 흡족한 표정으로 고개를 끄덕여서 좀 무서워졌다.

'진짜로?'

농담이 아니었단 말인가. 당황해서 눈치를 보다가 슬쩍 말을 돌렸다.

"그, 그러고 보니까 요새는 평화롭네요. 보그도 영지에 잘 보급되는 중이고."

란슬롯은 빙그레 웃으며 내게 건조 딸기가 콕콕 박힌 새 쿠키를 들려줬다.

"폭풍이 치기 전에도 이렇듯 평화롭지."

"그래요?"

"가신들을 만만히 보지 마라. 분수 모르는 짓을 세상에서 제일 좋아하는 종자거든."

"흠, 그렇구나……."

그렇게 말하고 새 쿠키를 먹으려고 하는데 노크 소리가 들렸다. 방 안으로 들어온 마담 버지니아가 우리를 보고 우후후 웃었다.

"오늘도 다복하시군요."

"용건은?"

"확인해 주셔야 할 서류를 가져왔습니다."

서류를 할아버지에게 전달한 그녀는 몇 가지 이야기를 전했다. 십여 분쯤 대화를 나눈 뒤, 버지니아는 그리 처리하겠다며 고개를 숙였다. 심심해서 부르르 기지개를 켜는데 걸음을 돌리던 그녀가 날 보며 생긋 웃었다.

"오늘 밤 축제가 있답니다. 지루하시면 가 보시는 게 어떨까요?"

"축제요?"

"다가올 봄의 성공적인 농사를 기원하며 불꽃놀이를 하거든요."

그런 게 있었어? 눈을 동그랗게 뜨고 가족들을 쳐다보는 내 눈길에 가웨인이 인상을 쓰며 말했다.

"그 핑계로 날건달이 여자를 꼬시려고 혈안이다. 밤엔 번잡하고 위험하니 성에서 봐."

"성에서 더 잘 보여."

란슬롯도 부드럽게 웃으며 말했다. 그러자 버지니아가 침음을 흘렸다.

"그러고 보니 미혼의 영애들은 징크스 때문에 집안에서 잘 내보 내지 않지요."

"징크스요?"

"불꽃이 머리 위에서 터지는 걸 보면 결혼을 늦게 한다는 이야기가 있지요."

아하. 내가 고개를 끄덕이고 있을 때 가웨인이 다시 입을 열었다.

"생각해 보니 가까이서 봐야 더 잘 보일 것 같군."

란슬롯도 그의 말을 거들었다.

"상점가의 이벤트에 참여하는 것도 경험일 테고요. 그렇지 않습니까, 조부님?"

"그렇지."

언제는 성에서 더 잘 보인다고 했으면서?

"이번 기회에 모두 함께 나가는 게 어떻겠습니까?"

가웨인의 말에 할아버지가 고개를 끄덕였다. 의아하긴 했지만, 어쨌든 축제에 갈 수 있다니 기분이 좋아졌다.

"그럼 전 준비하고 올게요!"

신이 나서 일어나자 란슬롯이 빙그레 웃었다. 나가려다가 버지니아를 보니 그녀는 소리 없이 어깨를 들썩이고 있었다.

'……?'

나와 눈이 마주치니 그제야 "부디 즐거운 시간 되시길." 하면서 깔깔 웃고 사라졌다.

난 시트론과 함께 드레스룸으로 들어갔다. 오빠들과 쇼핑을 나갔을 때 옷을 잔뜩 사 온 덕에 어둡고 칙칙했던 옷장이 봄의 들판처럼 화려하게 개화한 것 같았다.

"아가씨, 이건 어떠세요?"

시트론이 연어색의 드레스를 가져왔다.

"으음, 그것도 예쁘지만 치마가 너무 풍성해서 걷기 불편할 것 같은데."

"그럼 이건요?"

이번에 가져온 건 밝은 베이지색의 드레스였다.

"좋아, 너무 화려하지도 않고!"

"여기에 장신구는…… 그렇지! 브로치를 달면 귀엽겠어요."

고양이 브로치를 달아 준 시트론이 생긋 웃었다. 난 그녀가 고른 조합이 마음에 쏙 들어서 고개를 끄덕였다. 우리는 얼른 옷을 갈아입고 단장했다. 밝은 베이지색의 깔끔한 드레스에 귀여운 브로치를 달고 머리는 하나로 굵게 땋아 장미색 레이스 리본으로 묶었다.

"사랑스러워라."

시트론이 그렇게 말하며 기뻐했다. 거울 속의 나는 정말로 괜찮은 것 같았다. 준비를 마치고 얼른 가족들에게 돌아가니 란슬롯이 내 리본을 매만지며 빙그레 웃었다.

"예쁘네."

"그, 그런가요."

그가 내 손등에 입 맞췄다. 부끄러워져서 꼼지락거리자 가웨인이 헛기침을 했다.

"……."

"왜요?"

"……호위를 추가해야겠어."

"네?"

그는 내 말에 대답하지 않고, 기사에게 호위를 다섯 명 더 붙이라고 명했다. 우리는 마차를 타고 성을 빠져나갔다. 중앙 애비뉴에 도착하자 사람들이 구름 떼처럼 몰려 있었다. 마차에서 내리려고 하는데 두 손이 다가왔다. 하나는 란슬롯, 또 하나는 가웨인이었다.

"책보다 무거운 걸 어떻게 드시려고. 내게 맡기지?"

"열세 살 때까진 날 못 이기던 게 누구더라."

"지금은 달라."

"섬세한 에스코트가 뭔지부터 배우고 오지?"

두 사람이 서로 빈정거리고 있을 때, 또 하나의 손이 슬그머니 다가왔다. 난 할아버지의 손을 잡고 마차에서 폴짝 뛰어내렸다. 두 오빠는 할아버지를 비겁하다는 표정으로 보았지만, 할아버지는 그들을 슥 쳐다볼 뿐 별말이 없었다.

축제는 정말로 화려했다. 여러 가지 모양의 등이 어두운 밤을 낮처럼 밝히고 있어서 눈이 휘둥그레졌다. 평소엔 전혀 볼 수 없는 모습이라서 원래 축제가 이렇게 화려하냐고 물었다.

"보그를 무상으로 공급해서 평소보다 더 화려하게 꾸밀 수 있었던 거야."

"그렇구나."

프렌시프에선 보그를 거의 헐값에 사들였고, 그 덕에 영지민들에게 무상으로 공급할 수 있었다. 생활의 질이 달라진 게 눈에 보여서 조금 뿌듯해졌다.

"양꼬치! 맛 좋은 양꼬치 팝니다!"

"단돈 십 피니로 참여하는 팔씨름 대회! 우승자에겐 천 피니에 달하는 상품을 증정합니다!"

"축제 명물 코르사주! 소중한 사람에게 선물하세요!"

상인들이 목청 높은 소리를 듣고 있으니 축제라는 게 실감이 났다. 나는 신이 나서 걷다가 고개를 갸웃 기울였다.

'그런데 의외로 알아보는 사람이 없어.'

하긴 좁은 도시라고 해도 시장 얼굴 한 번 보기 힘들다. 지역 신문이나 미디어에 얼굴을 자주 비추고, 선거철마다 시끄럽게 방송하는데도 길가에서 마주치면 누군지 모른다. 거기다 프렌시프의 면적은 약 십만 제곱미터로 한국 면적을 웃도는 크기였다.

'그러고 보니까 대단하네.'

나는 할아버지를 흘깃 쳐다보았다.

"왜?"

"할아버지가 이렇게 큰 땅을 다스리는 거지요?"

"그렇지."

"대단해……."

내가 눈을 반짝이며 혼잣말로 중얼거리자 그는 큼하고 헛기침을 했다.

"동부에서 제일 크지."

"그렇군요."

"보아르네 령을 제외하면 이 제국에서도 가장 크다."

"보아르네 령은 더 커요? 보아르네 백작도 대단하네요."

"거긴 다 황야야!"

그러더니 '풀 한 포기 안 자라서 인구는 우리가 제일 많다'며 인상을 찌푸렸다.

"그렇구나……. 아, 양꼬치 먹어도 돼요?"

"……."

"안 되나요……?"

시무룩하게 물어보니 그가 한숨과 함께 고개를 끄덕였다. 난 할아버지의 마음이 변하기 전에 얼른 양꼬치 상점으로 달려갔다.

"치즈 가루를 뿌린 거, 어니언 소스를 바른 거랑 그리고, 그리고……!"

"칠리도 맛있지요."

"그럼 칠리까지!"

주인은 주문 즉시 양꼬치를 지글지글 구워 주었다. 얼마 지나지 않아 내가 주문한 것들이 포장되어 나왔고, 얼른 칠리 소스 양꼬치를 맛보았다.

"으……."

한 손으로 뺨을 감싸고 우물거리자 오빠들이 궁금하다는 듯한 표정으로 다가왔다.

"진짜 맛있어요!"

양고기 특유의 군내도 심하지 않고, 간은 적당한 데다 톡 쏘는 고추가 입맛을 끌어당긴다. 나는 즐겁게 먹다가 혀를 데어 작게 신음했다. 그러자 가웨인이 혀를 차며 고기를 후후 불어 고기를 하나하나 입에 넣어 줬다. 열심히 받아먹는 날 보며 오빠들이 웃음을 터뜨렸다.

"새 새끼 같네."

"그거 욕이에요?"

"천천히 먹으라고. 자, '아' 해."

나는 또 입을 벌리려다 주변의 시선을 느꼈다. 호위로 나온 기사들이며 할아버지까지 나에게 집중하고 있었다. 지나가던 사람들마저 이쪽을 힐끔거린다.

'어린애도 아니고 오빠들이 주는 걸 넙죽넙죽 받아먹었네.'

성에서 하도 익숙해져서 아무렇지 않게 입을 벌렸다.

'부끄러워!'

내가 함께 온 시트론에게 우왕좌왕하며 남은 양꼬치를 맡기자 가웨인이 물었다.

"왜? 더 먹지."

"하지만 사람들이……."

"뭐 어때서."

"이상하다고 생각할까 봐……."

"그런 놈들 있으면 눈알을 파 줄 테니까 걱정하지 마."

그게 더 걱정인데. 슬금슬금 뒷걸음질 쳐 그들 사이를 빠져나오니 할아버지가 손을 내밀었다.

"자."

난 할아버지의 손을 잡고 다시 걸었다. 한참 상점을 구경하던 우리는 간단한 핑거푸드와 음료를 사서 불꽃놀이 전망대로 이동했다. 전망대에 올라가기 무섭게 피융—! 소리가 들리더니 펑, 펑! 불꽃이 하늘을 수놓았다.

"봤어? 확실하게 본 거지? 머리 위에서 터졌잖아."

가웨인이 그렇게 물어왔지만 난 멍하니 하늘만 바라볼 뿐이었다. 촘촘한 눈꽃 모양의 불꽃이 사방으로 갈라지며 작은 광채 부스러기가 머리 위로 흩날렸다.

오색으로 갈라져 떨어지던 유성우가 종국엔 연보라색 꽃잎이 되어 사라졌다. 눈앞에 꽃잎 하나가 나풀, 춤추듯 땅 아래로 가라앉았다. 발등 위에 오른 꽃잎이 바람에 섞여 안타까울 만큼 조금씩 사라져 갔다.

"예쁘다……."

구름 한 점 없는 새카만 하늘에서 펼쳐지는 불빛의 향연에 시선을 온통 빼앗겼다. 이렇게 아름다운 광경 아래서 사람들이 즐겁게 웃었고, 난 그 속에 섞여 가족의 손을 잡고 있었다. 할아버지는 헤헤 웃고 있는 날 돌아보며 물었다.

"왜?"

"그냥요. 좋아서."

"실없긴."

그가 픽 웃었다.

*　　　*　　　*

그 시각, 사비에르 후작 저는 또 다른 불꽃이 튀고 있었다. 황도 저택에 모인 사비에르의 가신들은 후작의 노기에 질려 말을 잃었다.

"벌써 프렌시프와 거래가 끊긴 지 열흘이 넘었다."

"그, 그렇습니다."

베르나르가 기어들어 가는 목소리로 답하자 후작의 눈빛이 날카로워졌다.

"내 보기엔 그 늙은이 심기를 네 놈이 단단히 거스른 것 같은데."

"그, 그건……!"

'그야 그렇기는 하지만.'

프렌시프에 사자로 갔던 베르나르는 사비에르의 위세를 믿고 지나치게 굴었다는 자각이 있었다.

'프렌시프에서 이리 매몰차게 거래를 끊을 줄 누가 알았단 말인가!'

제가 아니라 그 누가 갔더라도 마음껏 오만을 떨었을 것이다. 후작이 새파랗게 질린 베르나르를 보며 다시 입을 열었다.

"그 늙은이가 자존심이 상해 우리와 거래를 끊으려 든 거야. 그렇지?"

베르나르로부터 프렌시프와 있었던 일을 전해 들은 가신들이 침음을 흘렸다. 프렌시프 영애는 베르나르를 단숨에 이동시켰다고 했다. 그런 힘을 발휘하는 건 오로지 포털뿐이었다.

하지만 사비에르 후작은 포털의 '포'자만 나와도 발작적으로 반응했다. 절대 있어서는 안 되는 일이었기에 더욱 강한 반응을 보인 것이다. 베르나르가 어물거리며 말했다.

"가, 각하, 프렌시프에서 거래를 재개하지 않으면 이쪽에서도 큰 타격이…… 재정적 타격뿐만 아니라 프렌시프에서 수입하던 화력석과 수력석의 공급마저 끊길……."

짝! 솥뚜껑 같은 손으로 베르나르의 뺨을 후려친 후작이 그를 살벌하게 노려보았다.

"하여!"

"……요, 용서를…… 용서를, 각하……."

"이 내가 그 늙은이에게 무릎이라고 꿇으라는 말이냐."

베르나르는 거무죽죽해진 얼굴로 웅얼거렸다.

"하지만 첩자의 존재를 들켰으니 프렌시프가 황궁에 고발이라도 한다면……."

후작이 베르나르를 노려보며 라이터를 꽉 쥐었다. 움찔 어깨를 떨며 몇 걸음 물러나는 베르나르를 보며 가신 하나가 짙은 한숨을 내쉬었다.

"각하, 고정하십시오. 저자의 말이 틀린 게 없습니다. 이미 거래의 주도권은 프렌시프에 넘어갔습니다."

"게다가 마원을 매개로 타 령(領)을 겁박하는 건 황궁에서 엄히 금한 일이 아닙니까. 프렌시프에서 그것마저 걸고넘어진다면……."

가신들의 말을 들은 사비에르 후작이 고함을 내질렀다.

"그건 황후가 내 딸을 며느리로 들이기 위해 눈감아 주기로 한 일이다!"

"인정하십시오. 베르나르가 직접 겪지 않았습니까. 프렌시프에 새로운 성녀가 등장했습니다."

"……!"

"그녀의 힘이 에이레네 아가씨를 웃돈다면 황후는 지체 없이 우릴 버릴 테지요."

다른 이들이 가신의 말에 동의하여 고개를 숙였다.

"항만을 포기하고 프렌시프에 자비를 구해야 합니다."

"성녀의 가문끼리 맞붙는 것은 황궁에만 이득인 일. 프렌시프에서도 황권이 강화되는 건 바라지 않을 겁니다."

"배상금으로 해결해야 합니다."

"가문의 기둥이라도 뽑아 바쳐야 화를 진압할 수 있습니다."

사비에르 후작이 테이블을 내리쳤다. 새빨갛게 달아오른 눈과 희게 질린 주먹이 그의 노기를 드러냈다. 하지만 그 또한 다른 도리가 없다는 걸 알고 있었다.

'빌어먹을!'

이 모든 일의 시작이 세니아나 프렌시프였다. 길라게온 최악의 레이디라 손가락질받던 망나니가 전염병의 존재를 눈치채고, 첩자를 숨아 내더니 이제는 포털까지 열어 사비에르의 앞길에 가시덤불을 놓았다.

"프렌시프에 전령을 보내라."

"예."

사비에르 후작이 주먹을 꽉 말아 쥐었다.

*   *   *

불꽃 축제를 보고 성으로 돌아온 다음 날, 사비에르의 사자들이 도착했다. 이전에 왔을 때와는 판이하게 다른 태도였다. 그들은 할아버지를 알현하는 즉시 무릎을 굽혔다.

"어르신을 뵙습니다."

하지만 할아버지는 그들의 인사를 받지 않으며 가웨인을 돌아보았다.

"군의 상태는?"

"명하신다면 전군, 언제든 진격 가능합니다."

두 사람이 주고받는 말에 사비에르의 사자들이 새파랗게 질려 할아버지를 올려다보았다.

"어, 어르신……!"

크게 당황한 그들을 보고도 할아버지는 눈 하나 깜짝하지 않았다. 그들이 마른 침을 삼키고 품에서 편지를 꺼냈다.

"머, 먼저 사비에르 공의 편지를 확인해 주십시오. 이번 일 배상액으로 삼천만 피니를 제안하셨습니다."

삼천만 피니를 한화로 따지면…….

'사, 삼백억이 넘잖아!'

듣도 보도 못한 거금에 나는 손이 달달 떨렸지만, 할아버지는 실소를 흘렸다.

"고작 돈으로 해결을 보겠다?"

"그 외에 원하시는 바를 말씀해 주신다면 뭐든 긍정적으로 고려하시겠다 말씀하셨습니다."

"하면 후작의 목을 내놓아라."

순간 대접견실이 얼어붙었다. 사자들이 새파랗게 질려 어찌할 바 모를 때, 프렌시프의 가신들까지 숨을 깊게 들이켜며 할아버지를 바라보았다.

"어르신, 부디 자비를……. 자비를 베풀어 주십시오. 후작께선 어르신의 심기를 거스른 데에 크게 반성하고 계십니다."

"예, 그렇습니다. 때문에 사비에르 원로원장인 드리즈만 백작을 사자로 보내신……!"

쾅! 가웨인이 검집으로 바닥을 내리쳤다. 놀란 사비에르의 사자들이 입을 다물자 란슬롯이 해사하게 웃으며 말했다.

"그 입, 온전한 채로 돌아가고 싶으시다면 부디 허튼 말은 삼키십시오."

"겨, 경, 저희는……."

"협상은!"

그가 크게 일갈하자 사비에르의 사자들이 흠칫 어깨를 움츠렸다. 란슬롯이 그들을 싸늘하게 돌아보며 다시 입을 열었다.

"협상은 사비에르 공이 프렌시프의 문장 앞에 무릎을 꿇은 다음 차례입니다."

"……."

"사비에르 공께서 직접 오실 적엔 프렌시프를 능멸한 이전 사자의 수급을 선물로 가져와 주시리라 믿죠."

할아버지가 고개를 끄덕이자 가웨인이 문 앞을 지키고 선 기사들에게 명했다.

"잔챙이들께서 돌아가시니 너희들은 배웅에 소홀함이 없어야 할 것이다."

끌어내라는 소리에 사비에르 사자들의 얼굴이 모멸감으로 달아올랐다. 하지만 다른 말 없이 할아버지를 향해 한 번 더 공수한 후

물러났다. 사자들이 돌아가고 나서도 장내는 고요했다. 가족들의 위압감은 프렌시프의 가신들까지 덩달아 짓눌릴 만큼 강렬했다.

"이만 끝내지."

할아버지가 말하기 무섭게 가신들이 꽁무니를 뺐고, 대접견실엔 나와 가족들만이 남았다. 가웨인이 굳어 있는 내게 손을 뻗었다.

"가자."

"……."

"소리쳐서 놀랐어?"

나는 눈치를 보다가 조그맣게 고개를 끄덕였다.

"조금……."

그가 픽 웃더니 나를 번쩍 안아 들었다.

"꺄악!"

"자자, 괜찮다, 괜찮다."

가웨인이 아기 어르듯 둥기둥기 흔들어서 어이가 없어졌다.

"그 정도는 아닌데요……."

내가 그를 흘겨보니 란슬롯이 내 볼을 꼬집으며 다정하게 말했다.

"그래, 우리 막내는 용감하지."

"놀리는 거지요?"

오빠들이 웃음을 터뜨렸다.

"어떻게 해야 우리 돼지가 안심할 수 있나?"

가웨인의 물음에 나는 슬그머니 그들을 내려다보며 웅얼거렸다.

"저한테는 소리 지르시면 안 돼요?"

"안 해."

"하지만 예전엔 맨날……."

"이젠 절대로."

가웨인의 눈이 드물게 진지해졌다. 란슬롯도 희미하게 웃으며 내 머리를 쓰다듬었다. 그들의 다정함이 좋아서 방긋 웃어 버렸다.

*　　*　　*

프렌시프의 결정을 들은 사비에르 후작은 황후궁을 찾았다. 새빨간 모란으로 뒤덮인 황후궁의 정원을 지나 에메랄드와 금사를 촘촘히 엮은 태피스트리 아래 선 그에게 초조한 기색이 역력했다.

"폐하께 인사 올립니다."

황후 그라니아가 안경을 벗으며 입을 열었다.

"사비에르 영애는 박복하군."

"예?"

"아비된 자가 우둔하니 결혼을 앞두고 이따위 추문에 휩쓸린 것이 아닌가."

나붓한 음성에 예기가 실린 것을 느낀 사비에르 후작이 굳은 표정으로 고개를 숙였다.

"드릴 말씀이 없습니다, 폐하."

"난 내 아들 앞에 깔린 융단이 티끌 한 점 없는 순백이길 원하네."

"이 일만 진화한다면 필시 그리될 것입니다."

"진화라……."

그라니아는 코웃음을 치며 사비에르 후작을 내려다보았다.

"내 눈엔 사비에르의 불길이 사그라들고 있는 것으로 보이는데."

사비에르는 불과 한 세대 전만 해도 프렌시프에게 한참 밀리는 가문이었다. 그런 사비에르가 이만큼 성장하고, 가주인 후작이 금좌 11석(길라게온 최고 권력가들로 구성된 회의)의 한 자리를 차지하게 된 건 모두 그의 딸 에이레네가 성녀인 덕이었다. 그런데…….

그라니아가 입매를 비틀었다.

"새로운 성녀가 등장하지 않았는가."

"폐하, 그건……!"

매섭게 노려보는 그녀의 눈길에 후작이 마른침을 삼켰다.

"아직 확인되지 않은 바입니다."

"하면, 이것은."

그라니아는 테이블 위에 '보그'를 올려 두었다.

"그, 그건……!"

"포털이 아니라면 꿈도 꿀 수 없는 보물이지."

"……."

"사교계를 우습게 여기지 마시게. 이미 프렌시프 영애가 성녀이며 보그를 가져왔다는 소식이 퍼지고 있네."

얼굴이 새파랗게 질린 사비에르 후작이 우뚝 굳어 버렸다.

'정말로 전력석 마원을 공급할 수 있게 된 것인가. 그것도 보그를……!'

그의 얼굴에 낭패가 엿보이자 황후가 인상을 찌푸렸다.

"그러니 신탁이 내려왔을 때부터 기를 쓰고 포털 마원을 찾았어야지!"

황후가 노성을 내질렀으나 사비에르 후작은 고개를 폭 수그린 채 말이 없었다. 프렌시프에 포털 마원이 매립되어 있다는 건 사비에르 또한 알고 있는 바였다.

사실 신탁이 내려온 건 2년 전의 일이었다. 황후는 즉시 사비에르에 이야기를 전했고, 사비에르에선 프렌시프 령에 첩자를 보냈다. 하지만 아무리 해도 마원을 찾을 수 없었기에 반란군 사건과 전염병 사건을 통해 프렌시프를 옭아맨 후 내부를 수색할 생각이었다.

"항만 같은 것에 눈독만 들이지 않았어도 일이 이렇게 되진 않았을 것이야."

"새로운 성녀가 등장하기 전에 딸아이의 입지를 다져야 했습니다."

"그따위 일에 시간을 지체해서 신탁을 더는 숨길 수 없게 되었지만, 말이지."

"……."

쿵! 그라니아가 테이블을 내리쳤다.

"도미니크가 마원을 가져오는 데 실패해서 망정이지 그렇지 않았다면 그따위 천것이 내 아들과 나란히 설 뻔하지 않았는가!"

"……."

"프렌시프에서 항의하는 일만은 없어야 해. 어떻게든 수습하시게."

황후가 그를 매섭게 노려보았다.

"프렌시프 늙은이에게 무릎을 꿇고 자비를 구걸해서라도."

사비에르를 도와줄 생각이 일절 없다는 뜻이었다. 사태가 이 지경이 되었으니 제 딸을 통해 황후를 압박할 수조차 없었다.

"……예."

"배웅은 않겠네."

그라니아는 매정히 고개를 돌렸고, 후작은 소득 없이 성을 나서야 했다. 그가 떠나고 시녀장 올슨이 황후의 앞에 차를 내려놓았다.

"진정 사비에르를 돕지 않으실 겁니까?"

황후가 미간을 좁혔다. 이미 사비에르와 한배를 탔고, 배가 난파되면 그녀에게까지 피해가 미칠 터였다.

"프렌시프 영애를 만나 봐야겠다. 적당한 핑계를 만들어서 동부 별궁으로 초대해라."

"예."

시녀장 올슨이 고개를 숙였다.

며칠 후, 사비에르 후작이 프렌시프를 직접 찾아왔다. 나와 후작이 만나는 걸 꺼리는 가족들로 인해 직접 보진 못했지만, 마담 버지니아의 말로는 정말 무릎을 꿇었다고 했다. 거기에 배상금은 처음에 말했던 금액의 세 배가 되어 사비에르는 운영 중인 상단까지 정리해야 했다.

시트론이 내 머리를 빗겨 주며 빙그레 웃었다.

"이번 일은 일단락되었나 봐요."

"그런가 봐."

"세드릭 경, 아니, 세드릭은 사비에르에서 데려간다고 했죠? 살아남긴 힘들겠네요."

세드릭이 덜덜덜 떨며 애원하던 모습을 떠올렸다.

[사, 살려, 살려 주십시오. 아가씨, 개처럼 살겠습니다! 차라리 광산
으로 보내 주십시오! 광산 노예가 될……! 으아악!]

기사들이 얼른 막아서서 그 모습을 다 본 건 아니지만, 제대로 된 꼴은 아니었다. 일신의 영달을 위해 그 많은 사람의 목숨을 쥐고 흔들었기에 연민이 생기진 않았다.

'사비에르가 피해 간 것도 마음에 안 들어.'

란슬롯은 이 일이 금세 사교계에 퍼질 거라고 했고, 실제로 소문이 퍼진 건 열흘도 채 지나지 않아서였다. 사비에르는 황궁의 질책을 피하지 못했고, 가주인 후작은 금좌 11석의 자리를 잃었다.

시트론이 손질한 머리를 깔끔하게 묶었다.

"음, 예쁘네요. 그런데 오늘은 어째서 단출한 차림이세요?"

"뒷산에서 산딸기가 난대. 가서 잔뜩 따올 거야."

"깨끗한 소쿠리도 있어야겠네요."

시트론은 활짝 웃고는 커다란 소쿠리를 챙겨 주었다. 난 콧노래를 흥얼거리며 뒷산으로 향했다. 어느덧 겨울이 물러가고 완연한 봄이었다.

'봄에 돈 걱정 안 한 게 얼마 만일까.'

아니, 없는지도. 사람들은 봄이 시작의 계절이라고 한다는데 내게 봄은 '공과금의 계절', '전세 재계약의 계절', '집주인이 연장 안 해주면 어떡하지의 계절'이었다.

뒷산엔 정말로 산딸기가 가득했다. 햇빛에 닿아 루비처럼 반짝이는 산딸기를 하나 꺼내서 베어 무니 새콤달콤 맛있었다. 나는 덩굴 앞에 쪼그려 앉아서 산딸기를 하나 땄다.

'잼을 만들까.'

아보카도가 있으니까 함께 과카몰리를 만들어도 맛있겠다. 작은 것들은 산짐승의 몫으로 두고, 산딸기를 똑, 똑 따서 소쿠리 안에 가득 집어넣었다.

부르르 기지개를 켜는데 나무 뒤에서 인기척이 들렸다. 누가 있나 싶어 빤히 쳐다보았지만, 사람이 나타나진 않았다. 소쿠리를 끌어안으며 일어나자 또 한 번 바스락, 풀 스치는 소리가 들렸다.

"……?"

조심스럽게 걷기 시작하니 내 보폭에 맞춰 살금살금 걷는 소리가 들렸다. 난 태연히 걷는 척하다가 휙 뒤를 돌아보았다. 몰려오던 프렌시프 성의 사용인들이 화들짝 놀라서 굳어졌다.

"뭐야?"

"그, 저, 오늘, 산딸기를 따러 가신다길래……. 여기는 산짐승도 많고……."

"예에, 뱀도 나옵니다."

"산 타다 넘어지시면 다치니까요……."

그들 뒤에서 딴청을 부리고 있는 적포도주색 머리칼의 남자는 기사 바커스였다.

"바커스 경은 왜?"

"살려 주십시오."

내가 무슨 소리냐는 듯 바커스를 보자 그가 가슴 앞에 두 손을 모으며 말했다.

"단장이 아가씨 손톱 밑 거스러미 하나도 제 탓이랬습니다. 그런데 덤불 가득한 산에 오시니 제가 오죽 불안했겠습니까."

기가 막혀서 흘겨보니 그들이 시무룩해졌다. 저 표정에 또 마음이 약해져서 표정을 풀며 물어볼 수밖에 없었다.

"산딸기 먹을래……?"

"예!"

다섯이나 되는 사람들이 단숨에 달려왔다.

"다네요!"

"그렇지? 담금주를 해도 진짜 맛있을 거야."

"와인입니까? 딸기로 와인을 만든다는 얘기는 들어봤습니다."

"복분자주라고 해."

말하고 나니까 복분자주가 마시고 싶어졌다. 그러고 보니 이 세계로 오고 난 뒤에 술을 마신 적이 없었다.

"오늘 담글까?"

"그럴까요? 저희도 돕지요."

사용인들이 몹시 설레했다. 바커스까지 도우면 얻어 마실 수 있냐고 물어왔다.

"응, 줄게."

"지금 즙을 내면 됩니까?"

"아니, 헹구고 해야지."

그가 조급하게 구는 게 우스워서 우리는 한참 킥킥거렸다. 모두 함께 내 조리실로 가서 산딸기를 씻고, 손으로 으깼다. 그리고 설탕을 적당히 넣은 다음 소주 대신 보드카를 넣었다. 꼴꼴꼴 소리를 내며 들어가는 술을 본 바커스가 꼴깍 침을 삼켰다.

"언제 마실 수 있습니까?"

"음, 석 달쯤 뒤?"

"그렇게나 오래 걸려요?!"

"숙성되어야 하니까. 칵테일로는 금세 마실 수 있고."

그러고 보니 안주가 아쉬웠다.

'보드카는 돼지고기와도 잘 어울리는데, 수육을 만들까.'

아니다. 기왕 하는 거 무채를 해서 보쌈으로 먹어야겠다. 난 커다란 솥에 돼지고기 세 덩이, 원두를 간 것과 된장, 월계수 잎, 마늘, 후추를 넣어 삶았다. 삶는 동안 배추를 절여 두고, 무를 채 썰었다.

'아! 액젓이 없잖아. 으음, 다시마 육수로 하지 뭐. 어간장도 조금 넣고.'

양념을 만들어서 무치고 있자니 조리실 곳곳에서 탄성이 들려왔다.

"왜?"

"손이 정말 빠르시네요."

"으응, 그런가."

나는 어물쩍 대답하고 어색하게 웃었다. 윤세나일 적엔 매일매일 혼자서 주방에 있다 보니까 아무래도 빠를 수밖에 없었다. 어느

덧 수육이 다 삶아져서 수육을 잘라 무채와 함께 접시에 옮겨 담았다.

"이제 먹어 볼까?"

"기대되네요!"

절인 배추에 무채와 함께 싸서 먹으니 머리에서 펑펑 불꽃이 터졌다. 입안 가득 보쌈을 오물오물 씹다가 목이 막히면 산딸기 칵테일을 홀짝 들이켰다.

"아아아……."

"천국이다……."

"맛있네요. 배추 간은 삼삼하고, 무채는 매콤짤짤한 데다 고기는 달큰하고!"

내가 고개를 힘차게 끄덕이고 있는데 조리실 문이 벌컥 열렸다.

"바커스, 너 순찰 안 돌고…… 아가씨?"

고레일이 인상을 찌푸렸다. 대낮에 칵테일 파티를 벌이고 있던 우리는 화들짝 놀라서 굳어졌다.

"이거 술이잖습니까. 다들 근무시간에 뭐 하는 짓들……!"

고레일이 소리치려 입을 열었을 때, 나는 재빨리 그의 입에 보쌈을 집어넣었다.

"어때?"

"맛있…… 아니, 이게 무슨……."

"우리 이제 공범이니까……."

"……."

"이르지 말아 주라."

내가 기죽어서 우물거리며 말하자 바커스는 얼른 고레일의 손에 술잔을 쥐어 주었다.

"너!"

"아가씨께서 직접 만드신 거라고. 이 고사리 같은 손으로 우리 같은 아랫것들을 위해! 너, 아가씨 정성을 고해바칠 거냐?"

바커스가 나를 향해 지원 사격을 요청하는 눈빛을 보내길래 손을 꼼지락꼼지락하며 말했다.

"여, 열심히 만들었는데……."

"……."

고레인은 짙은 한숨을 내쉬며 술잔을 힐긋 쳐다보더니 이내 술을 맛보았다.

"훌륭하네요."

그가 다정하게 웃으며 말을 이었다.

"하지만 달아서 취하는 줄도 모를 테니 적당히 드셔야 합니다?"

"응!"

나는 활짝 웃으며 대답했다.

'그런데 세니아나는 주량이 얼마나 되지?'

한 번도 마셔 본 적이 없어서 모르겠다. 기억 속의 세니아나는 술을 마시면 양주 한 병을 깡그리 비웠다. 물론 어느 시점부터는 인사불성이긴 했지만 말이다.

'그래도 소주 한 병쯤은 되겠지?'

나는 그렇게 생각하고 다시 술잔을 들었다.

　　　　　*　　　*　　　*

　가웨인은 기막힌 광경을 보며 헛웃음을 터뜨렸다. 황궁에서 세니아나 앞으로 편지가 와서 데리러 왔더니만, 조리실 안은 술 냄새로 진동하고 있었다.

　"오바부미다!"

　세니아나가 그를 손가락 끝으로 가리키며 까르륵 웃음을 터뜨렸고, 바커스는 진땀을 흘리느라 바빴다.

　"그, 많이 드시지는 않았습니다. 그 양주잔으로 한 잔도 채 안 드셨는데……."

　"입 닥쳐."

　가웨인의 말에 바커스가 뒷짐을 지고 고개를 숙였다. 세니아나는 포크를 입에 물고 고개를 갸웃 기울이더니—

　"못됐네~?"

　—하고 쫑알대서 가웨인은 어처구니가 없었다.

　"인사불성이구만."

　"아냐, 아냐."

　"가자."

　세니아나는 술병을 끌어안고서 고개를 도리도리 저었다. 가웨인이 훅 한숨을 내쉰 뒤 그녀를 둘러업었다.

　"꺄악!"

　성으로 돌아가는 내내 '싫어, 이 괴물! 오바부미 괴물~!' 하고 쫑알댔다. 그 소리를 듣고 란슬롯과 나베리우스가 방에서 나왔다.

"무슨 일이냐."

"사용인들과 술을 마셨습니다."

"뭐?"

나베리우스가 인상을 찡그리며 세니아나를 쳐다보자 그녀가 까르륵 웃음을 터뜨렸다.

"할보디!"

공중에서 바둥거려 기어이 가웨인의 손에서 빠져나온 그녀가 나베리우스의 품에 폭 안겨 가웨인을 노려보았다.

"할보디, 쟤 나빠요."

"뭐?! 이게!"

가웨인이 소리쳤지만, 세니아나는 입술을 삐죽이며 나베리우스의 가슴에 얼굴을 비빌 뿐이었다.

"이리 와."

"싫어~!"

"놔둬라."

나베리우스가 세니아나의 등을 슬쩍 감싸며 말했다. 가웨인이 어이없다는 눈으로 그를 쳐다보았더니 나베리우스의 입꼬리가 실룩이고 있었다. 란슬롯도 픽픽 웃으며 허리를 굽혀 세니아나와 시선을 맞췄다.

"그러네. 가웨인이 나빴어."

"응!"

"물 마시러 갈까?"

"술 좋아!"

"귀여워."

란슬롯이 픽 웃으며 그녀의 머리를 쓰다듬었다.

"그래, 술. 좀 밍밍할 테지만."

세니아나는 란슬롯이 내민 손을 잡고 쫄랑쫄랑 그를 따라갔다. 방 안으로 들어가자 집사가 얼른 물을 내왔다. 나베리우스는 직접 잔을 받아 세니아나에게 물을 먹여 주었다.

"조금 더, 옳지."

"싱거운데……. 할보디, 조리실에요. 맛있는 술 있어요."

"그렇구나."

나베리우스는 제 손을 잡고 얌전히 물을 마시는 세니아나를 보고 입매가 허물어졌다. 그 후로도 세 남자는 세니아나의 술주정 수발을 드느라 정신이 없었다.

"수박 먹고 싶다."

"수박?"

세니아나가 나베리우스의 무릎을 베고 웅얼대자 그는 즉시 줄을 잡아당겼다. 설렁줄이 아닌 비상줄이었다. 세드릭 대신 참모를 맡게 된 칼립스가 굳은 표정으로 들어왔다.

"하명하십시오."

"수박을 가져와라."

"예?"

꽃이 핀 지 얼마 되지 않았다. 수박은 아직 색도 안 올랐을 시기인데, 어디서 구한단 말인가. 그가 당황스러운 명에 굳어 있자 나베리우스는 덧붙였다.

"당장."

나는 손을 꼼지락거리며 슬그머니 가족들을 돌아보았다.

'어, 어쩌지.'

화가 났나……

잠에서 깨어 일어났을 때, 할아버지의 무릎을 베고 누워 있었다. 그것도 란슬롯의 재킷을 덮고, 가웨인의 검을 끌어안은 채였다. 무슨 일이 있었는지 전혀 기억에 없어서 어떤 실수를 했는지조차 모르겠다. 특히 가웨인의 표정이 무서웠다.

"오, 오빠……"

"오바부미, 겠지."

"그건……. 어린애 옹알이 같은 말이잖아요."

가웨인은 헛웃음을 터뜨리며 내 이마를 튕겼다.

"아야!"

"또 한번 취해 봐라."

"조금은 마셔도 돼."

란슬롯이 그를 걷어차곤 웃었다. 할아버지는 내게 도각도각 네모나게 잘린 수박이 꽂힌 포크를 쥐어 주었다.

'봄에 웬 수박?'

고개를 갸우뚱하며 수박을 받는데 눈 밑이 새카만 기사와 눈이 마주쳤다.

'일이 많은가 보다.'

나는 수박을 오물거리며 가족들의 눈치를 보았다.

'화가 많이 난 것 같지는 않지?'

다행이다. 얌전히 있었나 봐.

속으로 '잘했네, 나!' 하고 생각하며 뿌듯해하는데, 할아버지가 내 앞에 편지를 내려놓았다.

"황후가 네게 전한 서신이다."

"황후요?"

깜짝 놀란 나는 포크를 놓고, 얼른 편지를 잡았다. 확실히 편지 제일 앞면에 새겨진 문장은 황후의 것이었다.

"제게 어째서⋯⋯."

"네가 성녀라는 게 귀에 들어간 게지."

보그를 공급하기 시작한 시점에서 언제고 소문이 날 줄은 예상했다. 하지만 생각했던 것보다 더 빠르다.

"황후와 황비들이 제를 올리기 위해 동부 별궁으로 올 거다. 그때 말벗으로 너를 보내 달라 요청했어."

'말벗이라면⋯⋯.'

학식과 기품, 가문을 따져 선발한 후·비의 측근이었다. 금좌 11석의 딸과 손녀들이 포함된 데다가 황후와 황태자비를 수없이 배출한 사교계 최고의 그룹이었다.

'황후의 말벗은 사비에르 영애라고 했던가.'

세니아나의 지식을 되짚어 보는 중에 할아버지가 말했다.

"네가 가고 싶지 않다면 가지 않아도 돼."

하지만 가지 않으면 프렌시프와 나는 곤란해질 거다. 황후는 금좌 11석의 수장인 카렌듈라 후작의 외동딸이며 이 나라에서 가장 지체 높은 여성이었다. 그녀의 심기를 거슬러서 표적이 되면 심리적은 물론, 물리적 압박까지 받을 거다.

'그렇게 될 바에야 얌전히 대화 몇 마디 나누고 오는 게 낫지.'

고민 끝에 나는 대답했다.

"갈게요."

그러자 가웨인이 인상을 찌푸렸다.

"황후가 네게 무슨 짓을 할 줄 알고."

"동부 안에서 제게 해를 가한다면 바보지요. 그런 사람은 무섭지 않아요."

내 말에 오빠들은 눈을 크게 떴다. 란슬롯이 이내 웃음을 터뜨렸다.

'게다가 내겐 포털도 있으니까.'

정말로 황후가 바보여서 내게 해를 가하려 한다고 해도 도망치면 그만이었다. 난 바로 황궁에 수락하는 답장을 보냈고, 황궁에선 내가 당일에 입고 갈 드레스와 비취로 만든 허리 장식을 보내왔다. 그리고 며칠 뒤, 시트론과 호위들을 대동하여 신전으로 향했다.

*　　*　　*

내가 별궁 안으로 들어가자 우아한 귀부인이 나를 향해 무릎을 굽혔다.

"황후궁의 시녀장입니다."

그녀는 내게 몇 가지 주의 사항을 설명해 줬고, 호위와 시중인은 한 사람씩만 데려갈 수 있다고 말했다. 그래서 진중한 고레일을 호위로, 시트론을 시중인으로 택했다.

"안내하겠습니다."

시녀장을 따라 들어간 곳은 정원이었다. 커다란 원형 테이블 앞에 소녀들이 잔뜩 모여 있었다. 서 있는 사람들만 보여서 자리가 없나 싶었는데, 가까이서 보니 앉아 있는 소녀들이 있었다. 앉아 있던 소녀 중 융단 같은 흑발을 가진 소녀가 몸을 일으켰다.

"프렌시프 영애지요? 자, 여기 앉으세요."

그러자 샛노란 머리의 영애가 인상을 찌푸렸다. 나는 내게 자리를 권한 영애에게 말했다.

"하지만 저보다 먼저 온 분들이 계신 것 같은데요."

소녀는 서 있는 사람들을 잠깐 돌아보다가 다시 나에게 시선을 고정하고 생긋 웃었다.

"괜찮아요. 우린 특별하니까."

그러면서 내가 허리에 찬 비취 장식을 가리켰다.

'아하, 비취가 있는 사람이 1군이면 서 있는 사람이 2군인가.'

내가 그렇게 생각하고 있을 찰나, 문가에서 인기척이 들렸고 소녀들이 모두 등을 곧게 세운 채 치맛자락을 들었다.

"황비님들을 뵙습니다."

세 명의 황비가 인자하게 웃으며 소녀들을 바라보았다. 나도 치맛자락을 잡고 무릎을 굽혔다.

"세니아나 프렌시프입니다."

"어머나, 사랑스럽기도 하지."

금발의 황비가 내게 손을 내밀었다. 나는 란슬롯에게 들었던 황궁의 정보를 떠올렸다.

'금발. 금발이면…….'

로웨나 황비다!

황비 중 가장 젊은 쪽인 그녀는 죽은 황태자의 모후 대신 황태자를 양육한 사람이었다. 황후 다음으로 입김이 센 비였다.

나는 고개를 숙이고 그녀의 손을 양손으로 잡았다.

"자자, 이리 앉아서 얘기하지. 어머, 자리가 부족하구나."

황비들이 와서 나까지 앉기엔 자리가 모자랐다. 그러자 로웨나 황비가 내게 인상을 썼던 샛노란 머리의 영애를 가리켰다.

"크리스틴, 자리를 비켜 주렴."

"하, 하지만 황비님……!"

'크리스틴이라면 지금까지 로웨나 황비의 말벗이었던 사람이잖아?'

"괜찮아요."

내가 로웨나 황비에게 말했지만, 그녀는 눈썹을 까딱 들어 올릴 뿐이었다. 크리스틴이 입술을 짓씹으며 자리를 비켜 주었다. 황비는 내 손을 잡고 자리로 향했다.

"그리 겸손할 것 없단다. 특별한 사람은 특별한 대접을 받아야지."

로웨나 황비가 이리 친근하게 구는 까닭은 짐작이 간다.

'로웨나 황비도 내가 성녀라는 걸 알고 있구나.'

황후의 말벗이 사비에르의 성녀이니, 자신 또한 나를 말벗으로 두고 앞으로 후계 쟁탈전에 도움을 받고 싶은 것이다. 그런 생각을 할 때 시중인들이 우르르 정원의 문에 정렬했다.

이 열로 정렬한 시중인들 사이에서 걸어들어온 사람은 황후 그라니아였다. 로웨나 황비의 시선이 일순 차갑게 식었다. 하지만 이내 말갛게 웃으며 황후를 향해 예를 표했다.

"황후 폐하를 뵙습니다."

로웨나 황비가 말하자 정원에 있던 모두가 그녀를 향해 무릎을 굽혔다. 그라니아는 정원을 슥, 둘러보다 내게 시선을 고정했다.

"프렌시프 영애."

"예, 폐하."

"초대에 응해 줘서 고맙네."

"초대해 주셔서 영광이에요."

그녀의 시선이 내 손목을 잡고 있는 로웨나 황비의 손으로 향했다.

"이런, 로웨나는 손이 빠르군."

"첫눈에 마음에 쏙 들었답니다. 뺏어 가시면 안 됩니다?"

로웨나 황비는 농담하는 것처럼 까르륵 웃고는 말을 이었다.

"사비에르 영애가 오지 않았으니 그녀 대신 프렌시프 영애를 말 벗으로 삼으실까 봐 걱정되어서요."

"대신이라. 자네의 재치는 알아줘야 해. 하지만 상대에 따라선 듣기 거북한 말이란 것도 알아 두게나."

"만백성의 어머니신 폐하께서 설마 그렇게 속이 좁으시겠어요. 현명하시다는 걸 아니 드리는 말씀이지요."

나는 속으로 감탄했다.

'이렇게 우아하게 빈정거릴 수도 있구나.'

란슬롯에게 이들의 관계를 듣지 못했다면 사이가 좋은 줄 알았을 거다. 황후가 정원을 걷기 시작하자 황비와 시중인, 소녀들까지 그녀의 뒤를 따랐다. 황후는 꽃송이를 매만지며 나를 힐긋 쳐다보았다.

"그래, 프렌시프에서의 생활은 어떤가? 사교계에도 나오지 않았다고 들었네만, 무료하지는 않나?"

"아닙니다."

"다른 일에 매진하고 있기 때문이겠지?"

"네?"

"요리 말이네."

내가 놀라서 쳐다보니 황후가 실소를 흘렸다.

"영애만 한 나이에 데뷔탕트도 하지 않았으니 아카데미에서 수양 중이 아닐까 싶었지."

황궁 직속의 사방(四方) 아카데미는 로열 키친으로 가는 가장 빠르고 정석인 방법이었다. 요리사를 목표로 하는 사람이라면 평민부터 귀족 할 것 없이 아카데미로 향했다.

하지만 두 무리가 섞이면 평민은 당연히 권력에 눌려 설 자리를 잃는다. 그래서 아카데미에서 내건 재학 조건이 '신분을 노출하지 않을 것'이었다. 그 때문에 로열 키친을 목표로 하는 귀족은 사교계에 나서지 않았다.

"그렇습니다."

내 말에 로웨나 황비는 크게 흥미를 보였다.

"그거 기대되는구나. 그럼 이번에 영애의 요리를 맛볼까?"

황비들과 그녀들의 말벗들도 동의했다.

"요새 어디 귀족이 요리하는 게 흠인가요."

"그럼요."

그들의 말을 들은 로웨나가 히죽, 입꼬리를 올렸다.

"그렇지. 로열 셰프가 귀족이 아닌 게 흠일 정도지. 이래서 사람은 누울 자리를 보고 누워야 해."

그 말에 다른 황비가 황후의 눈치를 보며 말했다.

"하지만 현 로열 셰프는 평민이어도 실력은 좋……."

"어머! 실력만 좋으면 무얼 하나. 덕분에 로열 키친의 기상이 바닥에 떨어졌는데."

로웨나 황비는 우후후, 웃으며 말을 이었다.

"정통성 없는 미꾸라지는 물을 다 버려 놓는 법이지. 그렇지 않나?"

아직 어린 말벗들이 "그렇습니다.", "현명하셔요, 황비님." 하고 대답했다. 하지만 나이 있는 소녀들과 황비들, 그리고 나는 입을 열지 않았다.

'저건 로열 셰프 이야기가 아니야.'

황태자와 4황자를 비유한 것이다. 황태자는 전대 황후의 소생으로 가장 막강한 정통성을 가지고 있다. 우뚝 선 후계를 위협하는 황후의 아들을 미꾸라지라고 헐뜯는 말이었다.

황후의 표정이 험악해졌다. 로웨나가 생긋 눈웃음치자 황후의 손에서 꽃송이가 우그러졌다. 손가락 틈새에서 꽃잎이 후두둑 떨어졌고, 시중인들이 서둘러 고개를 숙였다.

"자네."

황후가 로웨나를 불렀다. 로웨나 황비는 가볍게 웃으며 입가를 부채로 가렸다.

"말씀하십시오."

"물을 가져다주겠나. 목이 마르군."

"예?"

이번엔 로웨나 황비의 표정이 일그러졌다. 그녀는 황궁의 사용인 출신으로 황제의 눈에 들어 벼락출세한 케이스였다. 물론 하녀 중엔 제법 계급이 높은 너스(6세 이하 황족의 유모)였지만, 시녀도 아닌 하녀 출신이란 것은 변함이 없었다.

출신을 되짚는 말에 로웨나 황비의 손이 바르르 떨었다.

"시녀장은 무얼 하고요."

"자네가 내오는 건 뭐든 달지 않은가."

황후가 서열을 강조한 것이다. 로웨나는 사람들을 힐끔 쳐다보다가 입술을 깨물었다.

"송구합니다, 폐하. 몸이 좋지 않아서요."

"그래? 안타깝군. 어쩔 수 없지. 가서 쉬게."

"예?"

"쉬라고."

로웨나 황비는 무어라 말하려 입술을 옴짝거렸으나 이미 몸이 아프다고 변명해 버렸으니 다른 말을 할 수 없었다. 그녀가 부채를 꽉 그러쥔 채 고개를 숙였다.

"내일 다과회에서 뵙지요."

나는 떠나는 로웨나 황비를 보며 속으로 한숨을 삼켰다. 황후가 나를 돌아보았다.

"그러고 보니 영애에게 재밌는 소문이 있던데."

포털 얘기였다.

"철이 없을 때 지나친 행동을 했지요. 망나니라는 별명은 부끄럽기 그지없습니다."

어물쩍 모른 체하는 나를 보고 황후는 인상을 찌푸렸다.

'나는 정말 정쟁에 끼어들 생각이 없는데 그냥 놔주면 안 될까.'

하지만 이미 황후의 눈빛이 심상치 않았다. 이미 반쯤은 나를 적으로 판단한 것 같았다.

우리는 얼마 정도 대화를 나누었다. 그리고 자세한 이야기는 내일 티타임에서 나누자는 황후의 말에 모두 함께 정원을 빠져나왔다. 시트론이 방으로 돌아온 나를 보며 눈을 동그랗게 떴다.

"피곤하세요? 표정이 안 좋으신데요."

"여기가 전쟁터라서 그래……."

그렇게 말하곤 소파에 깊게 몸을 기댔다. 시트론이 걱정스럽게 날 보았다.

"이제 좀 쉬세요."

"말벗은 차를 탈 줄 알아야 한대. 그래서 배워 둬야……."

나는 담요를 끌어안고 웅얼거렸다.

"주무세요. 새벽에 깨워드릴게요."

눈을 비비며 정신을 차리려 애썼지만, 자꾸만 눈이 감겨왔다. 그리고 어느 순간 까무룩 잠들고 말았다.

내가 일어난 건 자정이 넘은 시각이었다. 간단히 세수를 한 뒤 시트론과 함께 다이닝 룸으로 향했다. 이전에 누가 다녀간 모양인지 다이닝 룸 안엔 그윽한 허브향이 풍기고 있었다. 티팟을 꺼내던 시트론이 헉, 숨을 들이켰다.

"어머, 내 정신 좀 봐! 저녁에 찻잎을 얻었는데 두고 왔네요."

"여기 아쌈은 있는데?"

"종류마다 맛있게 우리는 법이 다르거든요."

"그렇구나."

"잠시만 계세요."

그녀가 나를 두고 다이닝 룸을 벗어났다.

'시트론은 정말 세심해.'

나는 사려 깊은 그녀가 정말 좋았다.

'친구가 이런 걸지도.'

하지만 시트론은 여덟 살이나 연상이었다. 따지자면 친구보다는 언니 쪽에 가깝다.

윤세나였을 적에도 친구는 없었다. 선생님을 만나기 전까지 아주 우울한 아이였다. 그런 데다가 피부병까지 지독하게 앓아서 고아원 아이들은 나를 괴물이라고 놀리며 따돌렸다.

'생각해 보면 그때 트라우마가 생긴 게 아닐까?'

또래 아이들에게 먼저 다가가는 게 힘드니까. 선생님을 만난 후엔 많이 나아졌지만, 운이 나빴다. 가난한 고아라고 도둑질 누명을 썼고, 졸업할 때까지 낙인이 찍혀서 친구를 만들지 못했다. 그래서 말벗으로 온 소녀들이 서로 친근하게 구는 게 부러웠다.

'친구……. 나도 있으면 좋겠다.'

그런 생각을 하고 있는데, 인기척이 들려왔다. 당연히 시트론인 줄 알고 활짝 웃으며 문가를 보았다.

"시트…… 저하?"

시트론이 아닌 도미니크가 나를 보고 있었다.

"이 시간에 뭐 하는 겁니까."

"말벗은 차를 탈 줄 알아야 한대서 배우고 있었어요. 그러는 저하께선 여기 왜……?"

"호위단 총괄로 왔습니다."

"아…….."

문득 정원에서 들었던 소녀들의 말이 떠올랐다.

[보셨어요? 오늘은 또 얼마나 근사하신지 몰라요.]

[하녀들 비명이 여기까지 들리더라니.]

[어떻게 해! 그분이 오실 줄 알았으면 좀 더 꾸미고 올 것을.]

'그분이 도미니크였구나!'

"언제까지 계세요? 아, 호위니까 동부제를 지낼 때까지는 계시지요?"

"예."

"잘됐다!"

나를 빤히 보던 그가 물었다.

"제가 반갑습니까?"

"물론이죠!"

일전에 나를 구해 준 적도 있고, 포털을 열 수 있는 것도 비밀로 해 준 고마운 사람이었으니까.

그가 허리를 조금 숙여 나와 눈을 맞추었다. 키가 훌쩍 커서 매번 올려다보다가 이렇게 정면에서 얼굴을 보니 어쩐지 그가 달라 보인다.

'진짜 잘생겼네.'

란슬롯이나 가웨인보다 이목구비가 섬세했다. 사람이 어쩜 이렇게 그린 것처럼 생겼을까. 신기해서 요목조목 뜯어보고 있자니 그가 희미한 미소를 머금었다.

"나도."

"네?"

"나도 네가 반가워."

편한 말투의 그는 처음이라 나는 눈을 동그랗게 떴다. 그런데 왜 반말? 물어볼까 하다가 황족 신분이니 사실은 공대해 줄 필요가 없다는 걸 깨닫고 손가락만 매만졌다.

'빤히 보니까 민망하네.'

"순찰 돌고 계셨던 거 아니에요? 가 보셔야 하지 않나요?"

민망해서 말을 돌리자 그가 허리를 곧게 폈다.

"하녀를 기다리고 계셨던 게 아닙니까?"

어느새 말투가 공대로 돌아왔다. 내가 민망해하니까 배려해 준 것이었다.

"맞아요."

"올 때까지 함께 있겠습니다."

"왜요?"

"여긴 프렌시프 성이 아닙니다. 무슨 일이 생길지 알 수 없죠."

"아……."

"개인 호위가 계시죠?"

"네."

"항상 곁에 두십시오."

나는 고개를 조그맣게 끄덕이다가 슬그머니 그를 올려다보았다.

"그런데요. 왜 이렇게 잘해 주세요?"

"제가요?"

"네. 구해 주기도 하셨고, 포털도 비밀로 해 주시고, 또 오늘도……."

내 말에 그는 조심스럽게 손을 뻗었다. 뺨에 서늘한 손가락이 닿자 움찔, 몸이 굳어졌다.

"홀로 있을 적에 당신이 떠오르고, 시간이 지날수록 궁금해지고, 다시 보면 반가워서."

"제가요? 왜요?"

"왜일까요?"

그의 질문에 나는 눈을 깜빡였다. 내가 떠오르고, 궁금해지고, 다시 보면 반갑다니. 어째서? 한참 고민하던 나는 퍼뜩 고개를 들었다.

'친구 하고 싶어서?'

나는 활짝 웃으며 말했다.

"저도요!"

그러자 도미니크의 눈이 조금 커졌다.

"예?"

"저도 친구 하고 싶었어요."

"……."

"저하와 저는 세 살 밖에 차이 나지 않으니까 친구도 할 수 있는 거지요?"

그는 인상을 찌푸린 채 나를 지그시 쳐다보았다.

"……왜요?"

"나를 보는 다른 사람들의 마음이 이랬을까 싶어서."

"예?"

"반성이 되는군요."

그가 가늘게 한숨을 내쉬었다.

'친구 하기 싫은 건가?'

나는 시무룩해져서 어깨를 늘어뜨렸다. 내가 호감이 있는 사람이 나와 친구 하고 싶은 줄 알고 엄청 기뻤는데.

그런 나를 보고 도미니크는 물었다.

"영애는 '친구'를 그리워하고 궁금해합니까?"

"없어서 잘 모르겠는데……."

"……."

"아마 그렇지 않을까요?"

그렇게 말하자 그가 픽 웃었다.

"그럼 하죠."

"네?"

"친구부터."

"정말이요?!"

나는 친구라는 말에 기뻐서 펄쩍펄쩍 뛸 뻔했다. 함께 웃고 있는데 발자국 소리가 들려왔다. 어느새 다이닝 룸으로 들어온 시트론이 눈을 동그랗게 뜨고 나와 도미니크를 쳐다보았다. 도미니크는 다시 평소의 무뚝뚝한 얼굴로 돌아갔다.

"그럼 전 이만 가 보겠습니다."

"네."

내가 고개를 가볍게 숙이자 그도 마주 인사했다. 그가 다이닝 룸을 떠나고 나서 시트론이 다급히 물어왔다.

"저하께서 여긴 무슨 일로……?"

"호위단 총괄로 오셨대. 순찰 중이셨어."

"아, 순찰. 그런데 꽤 오래 머무신 것 같은데요?"

"나와 친……."

거기까지 말하던 나는 입을 다물었다. 황자와 후작 영애가 사사로이 친분을 쌓는 건 남들 보기에 그리 좋은 일은 아니었다.

'시트론이 걱정하는 건 싫으니까.'

"호위를 데려오지 않아서 사람이 올 때까지 기다려 주신 거야."

"그렇군요."

시트론이 찻잎 주머니를 내려놓으며 고개를 주억거렸다.

"냉정하기가 마물 같다던데, 소문이었나요?"

"상냥한 분이셔."

"하지만 소문엔……."

"응?"

시트론이 티 세트의 물기를 닦으며 종알거렸다.

"르마르 공작 영애가 도미니크 저하께 홀딱 빠졌다는 얘기 아세요?"

"그랬어?"

"네, 결혼해 주지 않을 거라면 차라리 죽여 달라고 울고 불며 애원하더래요."

나는 깜짝 놀라서 시트론을 쳐다보았다.

'정말로 인기가 많구나.'

그렇게 생각하고 있는데 시트론은 사실이라는 듯 고개를 끄덕였다.

"저하는 영애에게 검을 던져 주셨고요."

"왜?"

"죽으려면 죽으라는 뜻이겠죠."

그렇게 차가운 사람이라고?

미소짓던 도미니크가 떠오르자 난 의아해졌다. 그가 그렇게 매몰차게 구는 건 상상이 가지 않는다.

시트론에게 차를 타는 법을 배우느라 새벽을 하얗게 지새운 나는 열 시가 넘어 눈을 떴다.

"일어나셨어요?"

"으응……."

눈을 비비며 고개를 끄덕였다. 시트론은 내게 세숫물을 가져다주었다. 장미 오일을 넣은 향긋한 물로 세수를 하니 그제야 정신이 돌아온다. 그녀가 내 머리를 빗기며 물었다.

"식사하셔야죠?"

"다른 사람들은?"

"식사는 친분 있는 분들끼리 모여 간단히 하시나 봐요. 만찬이 있을 땐 미리 연락을 주신대요."

"그렇구나. 음, 그런 간단하게 준비해 줘."

나는 가벼운 몸단장을 하고 후원으로 향했다. 벤치에 앉아 있으니 시트론이 샌드위치를 가져왔다. 샌드위치를 집으려고 하는데 샛노란 머리의 영애가 몇몇 소녀를 거느리고 다가왔다. 로웨나 황비의 말벗인 크리스틴이었다.

그녀가 생긋 웃으며 내게 말했다.

"식사가 늦으시네요."

"아, 네. 이제 일어나서요."

"어머나……."

그녀가 입가를 가리고 소녀들과 눈을 맞추었다. 그러더니 다시 나를 보고 곤란한 표정을 지었다.

"영애는 뭐랄까, 좀…… 게으른 편이군요."

"시녀장에게 기상 시간이 따로 있다는 말은 듣지 못했는데요?"

"그렇다곤 하지만 상식이란 게 있으니까요."

고상하게 말하지만, 눈빛에 스민 적의는 숨기지 못했다. 내가 빤히 쳐다보자 그녀가 생긋 웃었다.

"설마 제 말에 기분이 나쁘신 건 아니죠?"

"영애 —"

"걱정하지 마세요, 여러분."

크리스틴은 내 말을 끊고 함께 온 영애들을 돌아보았다.

"설마 프렌시프 영애가 걱정 어린 말을 곡해해서 듣는 어리석은 분이시겠어요?"

"그럼요."

그녀가 빈정거리듯 말하자 무리의 소녀들이 맞장구쳤다. 다른 때 같으면 한마디 하겠지만, 크리스틴에겐 조금 미안한 마음이 있었다.

어제 나 때문에 자리에서 일어나야 했으니까.

"어제 일 때문이라면 사과를……."

"그 얘기는 됐어요. 포털이 오죽 대단한가요. 후·비님들께서 흥미를 보이실 만해요. 그것도 얼마 못 갈 거라고들 하지만."

"……."

"아, 오해는 하지 말아요. 소문이 그렇다는 거예요. 사비에르 양이 워낙 자리를 굳건히 잡아 놔서 영애는 설 자리가 없을 거라는 얘기가 우세하거든요."

크리스틴이 입가를 부채로 가린 채 후후, 웃었다.

"게다가 황후께서 지원을 아끼지 않으시니."

"영애는 로웨나 황비님의 말벗이 아닌가요?"

"그러니 영애에게 자중을 부탁하는 거랍니다. 괜히 우리 황비님께 영애의 능력을 오해하게 하지 말라고요."

내 포털로 헛바람 넣지 말라는 뜻이었다. 갈수록 말이 지나치다. 내가 미간을 좁히자 크리스틴은 생긋 웃었다.

'어떻게 할까.'

고민하고 있는데 소녀들이 "어머!" 하고 입을 가렸다. 크리스틴도 숨을 들이켰다. 그녀들의 시선 끝에 걸린 건—

'친구다!'

도미니크가 프렌시프 령에서 보았던 부관과 함께 걸어오는 중이었다. 크리스틴이 재빨리 그에게 다가갔다.

"저하."

"……."

"일전에 따로 뵈었을 때보다 야위셨네요. 공무가 고되신 모양입니다."

따로 뵈었다는 말에 소녀들이 서로를 쳐다보며 속닥거렸다. 크리스틴은 수줍은 표정으로 도미니크를 올려다보았다.

"아버님께서도 염려가 크세요. 동부제 이후에 저하를 뵈러 가시겠다고 하셨어요."

"……."

"그때는 다른 이야기도 있겠지만……."

그녀가 부끄러운 듯 고개를 수그렸다. 마치 혼담이라도 오갈 것 같은 뉘앙스였다.

"괜찮으시면 저희와 함께 산책이라도……."

"누구?"

"네?"

도미니크가 무뚝뚝한 얼굴로 말하자 크리스틴이 당황하여 되물었다.

"누구냐는 말입니다. 그쪽."

그러자 어딘가에서 풋! 실소가 터져 나왔다. 크리스틴이 새빨갛게 달아올랐다.

"취, 취기가 오르셨을 때 뵈어 저를 기억하지 못하시나 봄……."

그녀의 말이 끝나기도 전에 도미니크는 걸음을 옮겼다. 나에게로.

"영애."

나는 도미니크를 향해 무릎을 살짝 굽혔다. 그가 희미하게 웃으며 말했다.

"잘 주무셨습니까?"

"네."

"새벽까지 차를 끓이시느라 고단하셨을 텐데요."

"아……."

"그리 부지런하시면 병납니다."

아무래도 그는 나와 크리스틴의 대화를 들은 것 같았다. 크리스틴도 눈치챈 모양인지 손마디가 새하얘질 정도로 치맛자락을 꽉 말아 쥐고 있었다. 나를 보는 시선이 살벌하기에 당황해서 그에게 속삭였다.

"다들 우리를 보고 있어요."

"압니다."

그러나 그는 부드럽게 웃을 뿐이었다. 입술을 꾹 짓씹은 크리스틴은 소녀들을 이끌고 사라졌다. 내가 시무룩해져서 한숨을 내쉬자 그의 부관이 내게 물었다.

"마음이 상하셨습니까?"

"네? 아니요, 샌드위치가 그새 퍽퍽해져서."

부관은 눈을 동그랗게 뜨더니 이내 웃음을 터뜨렸다. 나는 조금 발끈했다.

"요리사가 애써 만든 음식이란 말이에요. 맛있게 먹는 게 보답하는 건데……."

부관은 큼, 헛기침을 하며 "마음만으로도 기뻐할 겁니다." 하고 말했다. 하지만 목소리에 밴 웃음기까지 전부 지우진 못했다.

"신기하신 분."

"제가요?"

"텃세를 당하면 움츠러드는 게 보통이니까요."

"모두가 그런 건 아닌걸요."

다른 영애들은 오히려 친절한 편이었다. 사람들을 잘 모르는 날 배려해 함께 식사를 하자고 전해 온 소녀들이 여럿이었다. 게다가 시트론이 얻어 온 찻잎도 그녀들이 흔쾌히 나눠 준 것이었다. 찻잎의 보관 방법이나 맛있게 타는 자신만의 방법까지도 알려 주었다고 했다. 그렇다고 말해 주니 부관이 중얼거렸다.

"사람은 대게 친절보다 냉대를 기억하죠. 하지만 영애는 다르군요."

그건 선생님이 가르쳐 준 인생의 지혜였다.

'우리 선생님 대단하지!'

나는 우쭐한 표정으로 부관을 쳐다보았다. 그러자 그가 크게 웃음을 터뜨렸다.

"알베르."

도미니크에게 이름이 불리고 나서야 부관은 웃음을 수습했다. 그들은 내가 샌드위치를 다 먹을 때까지 기다려 주었다. 접시를 비우고 우유를 마시자 도미니크가 내 입가로 손을 뻗어 왔다. 흠칫 놀라 어깨를 움츠리자 그가 천천히 손끝으로 내 입술을 문질렀다.

"묻었습니다."

"아……. 가, 감사……."

난 민망해져서 우물쭈물했고, 그는 희미하게 웃었다.

"……."

"……."

미, 민망해라……. 친구끼리는 무슨 말을 하더라. 어색해져서 눈을 데굴데굴 굴리고 있으려니 도미니크가 말했다.

"영애의 취미는 뭡니까."

어쩐지 배운 걸 발표라도 하는 것 같은 어색한 어조다. 하지만 난 대화할 거리가 생긴 게 좋아서 활짝 웃었다.

"저는 요새 칼을 모아요!"

내가 냉큼 대답하자 알베르가 중얼거렸다.

"칼?"

"식칼이요."

도미니크는 "아……." 하고 고개를 끄덕였다.

"저하께서는요?"

"모으는 거라면……. 독일까요."

"독이 그렇게나 종류가 많아요?"

내가 아는 건 복어 독이라든지, 아몬드 냄새가 난다는 청산가리

정도였다.

"확인된 것만 기백입니다. 산성 독 계열만 해도 수십이 넘죠."

"산성 독은 어떻게 보관해요? 병도 녹여 버리지 않나요?"

"산도가 천차만별이라 약한 것들은 병에도 보관 가능합니다."

"놀라워요!"

우리의 대화를 듣던 알베르가 어처구니없는 표정을 지었다.

"이게 남녀 간의 대화인지……."

*　　*　　*

그날 밤, 나는 다과회가 예정된 시간에 그랜드 홀로 내려갔다. 자리에 앉자 소녀들이 다정히 웃으며 말을 붙여왔다.

"차 종류는 어떤 걸 즐겨요?"

"내가 맞춰 볼게요. 오렌지 페코죠?"

"제가 보기엔 다즐링인데요."

"하지만 눈을 봐요. 과일처럼 달콤하게 반짝이잖아요."

"그렇긴 하지만."

까르륵, 맑은 웃음소리가 홀에 번졌다. 소녀들은 정말로 친절해서 대화에 잘 끼지 못하는 나를 배려해 여러 가지를 물어봐 주었다. 나는 가슴이 콩콩 뛰었다.

'멋지다, 즐거워!'

아이들과 대화를 나눈 적이 드물었던 터라 이 자리가 설레고 재미있었다.

"보석들의 미소를 보니 흐뭇하구나."

뒤에서 들린 목소리에 우리는 모두 몸을 일으켰다. 황후와 황비가 우리를 향해 미소짓고 있었다. 우리가 그녀들에게 예를 표하자 후·비들이 하나둘 자리에 앉았다. 로웨나 황비는 내 옆에 앉아 생긋 미소지었다.

"영애는 무슨 차를 마시고 있으려나?"

"저는 실론을⋯⋯."

"어머나, 우리는 취향이 비슷하구나. 나도 실론티를 좋아한단다."

그녀가 후후 웃으며 시종에게 손짓했다. 시종이 그녀의 찻잔에 차를 따랐고, 그녀는 내게 초콜릿 스콘 접시를 내밀었다.

"스콘도 좋아하니?"

황비가 이것저것 챙겨 주었지만, 나는 마음이 불편했다. 그녀가 나를 살뜰히 대하는 이유는 호감이 아니었다. 그녀의 눈빛은 나를 어떻게 이용해 먹을까 고민하던 사채업자와 비슷했다. 무엇보다 우리 쪽을 보는 황후의 표정이 서늘해서 그녀가 자꾸 신경 쓰였다.

'체하겠다⋯⋯.'

로웨나 황비가 밀크 저그를 집으며 나를 보았다.

"그런데 영애는 별궁에 어찌 왔을까? 마차는 아닐 테고."

"네?"

"포털이 있으니 말이야."

사람들의 시선이 내게 쏟아졌다. 로웨나 황비는 빙그레 웃었다.

"어디까지 열 수 있니?"

"⋯⋯."

"옮길 수 있는 사람의 수는? 사비에르 영애는 한 번에 장정 반백 명을 옮긴다던데, 영애는 어떨까?"

이렇게 직접적으로 묻는 말은 어물쩍 넘길 수도 없었다. 나는 잠시 고민하다가 작은 목소리로 말했다.

"글쎄요. 사비에르 영애와 비교해 본 적이 없어서 모르겠어요. 앞으로도 비교할 생각은 없습니다."

정쟁엔 끼어들지 않겠다는 선언에 로웨나 황비의 표정이 서늘해졌다. 투명한 밀크 저그를 흔들던 그녀가 "그렇구나." 하고 낮게 중얼거렸다.

황후 그라니아는 어떤 질문에도 초연하게 대답하는 세니아나를 흘깃 쳐다보았다.

'속을 알 수가 없군.'

지금 가장 마음에 안 드는 건 세니아나 프렌시프보다도 로웨나였다.

'찢어 죽일 계집 같으니.'

사사건건 시비를 거는 탓에 오늘만 해도 몇 차례나 신경전이 오갔다. 게다가 보란 듯이 새로운 성녀인 세니아나 프렌시프에게 들러붙어 있었다.

로웨나는 차에 따뜻한 우유를 부으며 세니아나에게 가벼운 농담을 건넸다. 세니아나는 불편한 듯 보였으나, 별다른 내색은 없었다. 하기야 사비에르 가의 성녀가 황후 자신의 며느리가 될 테니, 다른 줄을 잡는 것이 이로울 터였다.

'꼴 보기 싫군.'

한 모금 더 차를 마신 황후가 몸을 일으키려 했을 찰나였다.

"컥―!"

로웨나가 입을 틀어막더니 컥, 컥, 사례들린 듯 기침을 시작했다.

"황비님, 황…… 꺄아악!"

그녀의 말벗이었던 크리스틴이 비명을 내질렀다. 로웨나의 손 아래로 피가 줄줄 흐르고 있었다.

"꺄악!"

"경비병! 경비병!"

"폐하, 이쪽으로!"

놀란 시녀장이 황후를 감쌌다. 황후마저 굳어진 채 쓰러진 로웨나를 쳐다보았고, 순식간에 아수라장이 되었다.

즉시 통신석을 통해 오늘 일어난 사건이 황제의 귀에 들어갔다. 크게 분노한 황제는 조사관을 투입했고, 사비에르 가의 포털을 통해서 온 조사관들은 별궁을 발칵 뒤집었다. 그리고 얼마 지나지 않나 독이 발견되었다. 황후의 짐 속에서.

조사관이 황후의 시녀장을 추궁했다.

"이건 비상이 아닙니까."

그러자 황후궁의 시녀장이 소리쳤다.

"희석해서 벌레를 쫓는 약으로 쓰려던 겁니다. 황후 폐하께서 벌레를 극도로 꺼린다는 건 모두 아는 사실이 아닙니까."

"하지만 독인 것은 분명하지요."

"뭐라고요! 황후 폐하를 의심하신단 말씀입니까!"

난장판도 이런 난장판이 없었다. 하지만 동부 별궁을 발칵 뒤집어도 독을 가지고 있는 사람은 황후가 유일했다. 황후는 기사에게 둘러싸여 이러지도 저러지도 못한 채 시간을 허비했다.

그녀는 손톱을 잘근잘근 물어뜯고 있었다. 표정에 초조함과 근심이 가득했다. 말벗이며 시종들, 다른 황비들조차 그녀와 얽히게 될까 봐 감히 가까이 가지 못했다. 나만 제외하면.

나는 그녀에게 슬그머니 다가갔다.

"저, 폐하……."

황후가 싸늘한 얼굴로 나를 돌아보았다. 난 까치발을 들고 그녀의 귓가에 속삭였다. 내 말을 들은 황후의 눈이 커지더니 그녀가 내 어깨를 잡고 주변을 살폈다.

"사실이냐?"

고개를 끄덕이자 황후의 얼굴이 환해졌다.

〈다음 권에 계속〉